I0831918

Fragmentos de Venus

Cambiaformas Celestiales 1

Tjalara Draper

Traducción a cargo de
Lissethe Herrera

www.tjalaradraper.com

Edición original en inglés Editado por: Kirstin Andrews

Diseño de portada por: Tjalara Draper Creative

Imagen de fondo del capítulo diseñada por: baimo on pngtree

Diseños de imagen de encabezado de capítulo por: Tjalara Draper Creative

❀ Creado con Vellum

Para mi esposo, Kevin
Mi soporte, mi alegría y mi mejor amigo.
Muchas gracias por haber creído en mí y
por haber leído este libro a pesar de que no te guste la fantasía y
pienses que paso demasiado tiempo con
«mis tontos dragones y hadas».
Te amaré por siempre.

ESCRITO POR TJALARA DRAPER

CAMBIAFORMAS CELESTIALES

FRAGMENTOS DE VENUS - LIBRO 1

~ **¡FLAMAS DE MARTE - LIBRO 2** ***PRÓXIMAMENTE, EN BREVE, PRONTO!*** ~

CAPÍTULO 1

CERRANDO EL CASO

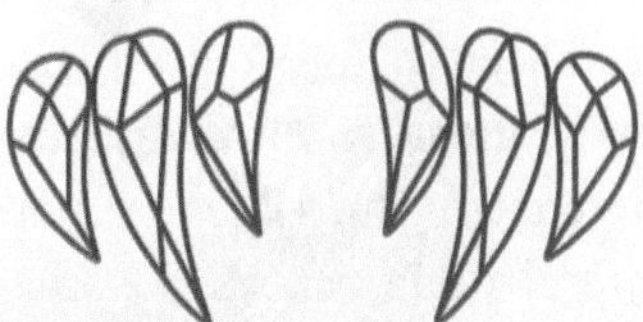

NATHAN DELANO RECORRIÓ LA OSCURA ESTANCIA DE LA cabaña, prestando especial atención a sus pasos. Las luces provenientes de las patrullas parpadeaban con intensidad, reflejándose en innumerables charcos y manchas carmesí. A continuación, procedió a saludar a cada uno de los Erathi uniformados presentes.

«Humanos», se recordó, negando con la cabeza. Aún después de tantos años, la palabra «Erathi» seguía siendo la primera que se le venía a la mente.

La detective Judith Walker inspeccionaba con una mano enguantada el sólido mecanismo del cerrojo de la puerta de un dormitorio. En cuanto notó su presencia, le hizo un gesto para que se acercara.

—Hola, Jude —la saludó, recorriendo una vez más la sala con la mirada—. ¿Cuál es la situación?

—Hola, Delano. —Se quitó el guante de un tirón y señaló una bolsa negra que contenía un cadáver, la cual estaba siendo cerrada por un paramédico—. Una adolescente fallecida.

—¿Sabemos de quién se trata?

—Sí. Es la chica Branstone desaparecida. —Jude le entregó su teléfono—. Ten, echa un vistazo. Tomé estas cuando llegué.

Nathan navegó entre las fotos de Jude, reconociendo a aquella chica rubia de inmediato. Sin duda se trataba de la víctima: Lyla-Rose Branstone. El tenebroso contraste entre ambas fotografías era asombroso; a diferencia de la amplia sonrisa que mostraba en la foto del anuario anexada en su expediente, sus ojos ahora se encontraban muy abiertos y vidriosos. Tenía cuatro horribles y profundos cortes grabados en el lateral de la cabeza, los cuales se extendían desde detrás de la oreja hasta llegar a la barbilla. Incluso la propia oreja había sido rajada en varias zonas.

—Mira esto. —Jude se posicionó a su lado para ampliar la imagen, mostrándole el área situada entre el cuello y el hombro de la víctima—. Lo primero que pensé fue que se trataba de una extraña mordedura.

Seis punzadas ensangrentadas, situadas justo debajo de la clavícula izquierda de Lyla, formaban un arco incompleto que carecía de cúspide. Las marcas ubicadas en los extremos de este eran las más pequeñas, mientras que las que se encontraban en el medio tenían el ancho de un bolígrafo.

Sintió una opresión en el pecho.

«No. Aquí no. No en *Brookhaven*». Solo una especie era capaz de haber causado tal mordedura: su propia raza, los *Veniri*.

De hecho, llevaba los últimos quince años escondiéndose de ellos.

—¿Encontraron algún arma? —preguntó, esperando que Jude no notara su evasiva respuesta.

Ella negó con la cabeza.

—Nada. Al menos, no todavía. Localizaron un vehículo abandonado en la carretera. Ya envié a un oficial a revisarlo. Solo falta que yo lo haga.

Nathan asintió y le devolvió su teléfono.

—¿Algún testigo?

—El dueño de la cabaña que vive en la parte baja de la colina. Él y su mujer estaban a punto de acostarse cuando escucharon gritos que venían de aquí. Decidió venir a investigar y, cuando encontró a la víctima, llamó a emergencias de inmediato.

Un músculo se tensó en su mandíbula.

—¿Pudo ver algo más? ¿Alcanzó a ver al culpable?

La detective volvió a negar con la cabeza.

—Quienquiera que haya estado aquí se marchó antes de que él… —Se vio interrumpida por la melodía de su teléfono —. Es uno de mis hijos —explicó, observando la pantalla. A continuación, lo miró en señal de disculpa.

Nathan le hizo un gesto para que contestara.

—Yo me encargo.

—Gracias, Nathan. —Tras darle una palmadita en el hombro, atendió de inmediato y se dirigió directamente a la salida—. Hola, ¿qué pasa, cariño…?

Una vez que se aseguró de que los paramédicos que llevaban la bolsa con el cadáver la hubiesen seguido, regresó a la habitación. Era hora de ponerse a trabajar.

La pintoresca cabaña seguramente había sido construida hacía varias generaciones por uno de los antepasados del propietario. Las alfombras hechas a mano dispersas en el suelo le daban un toque acogedor, o al menos hubiera sido el caso si estas no se encontrasen aplastadas entre los muebles astillados. En una de las paredes de madera había un armero decorativo acompañado por una colección de cabezas de animales colocadas en placas: ciervos, zorros, un oso, una cebra y un tigre. Nathan nunca había entendido el afán humano por los trofeos, aquella necesidad que los impulsaba a exhibir con orgullo trozos de sus víctimas.

Se abrió paso entre el caos con gran precisión, observando los detalles de cada herida, salpicadura y mancha de sangre, y tomando algunas fotografías de vez en cuando. El piso de madera crujió ante el avance de sus botas. Una vez que llegó a la puerta trasera, la cual había permanecido abierta, fue recibido por una helada ráfaga de viento que golpeó su rostro y nuca, obligándolo a alzarse el cuello de la camisa y a ajustar su chaqueta. Contempló la oscuridad, aspirando una profunda bocanada del frío aroma que caracterizaba a aquella noche.

Un cosquilleo familiar se deslizó bajo su lengua.

Miró hacia atrás, asegurándose de que ninguno de los oficiales restantes le prestara atención. De esa manera, dejó que la pequeña transformación siguiera su curso, permitiéndole a aquel cosquilleo inicial convertirse en una fuerte punzada.

En cuestión de segundos, una lengua bífida salió disparada de entre sus labios como un látigo, volviendo a su boca al cabo de unos instantes. Fue así como evaluó los aromas y sabores de la noche; un ramillete de persistentes y potentes olores derivados de la actividad nocturna.

La habilidad que poseían los Veniri para rastrear esencias, o mejor dicho la esencia del alma, había ayudado enormemente a Nathan en su trabajo como detective Erathi, pues era mucho más sencillo determinar los hechos de la escena del crimen si se podían oler las intenciones y emociones residuales del momento. Sin embargo, teniendo en cuenta la cantidad de policías, paramédicos y civiles que habían transitado la zona durante la última hora, haría falta algo más que su lengua para aislar la información que necesitaba.

Examinó las estrellas. La luz que desprendían resultaba sorprendente, eso era un hecho. Aun así, ninguna de ellas brillaba tanto como Venus, cuyo resplandor podía apreciarse incluso a través de las ramas de los árboles. Nathan cerró los ojos y respiró profundamente, empapándose de los rayos venusianos.

Finas membranas se deslizaron bajo sus parpados cerrados, creando un nuevo par lateral en su interior. Cuando volvió a abrirlos, el paisaje que tenía delante no había cambiado; seguía empapado de oscuridad. O al menos así fue hasta que su lengua bífida volvió a hacer acto de presencia. Esta vez, los senderos plagados de almas se iluminaron, transformándose en fosforescentes zarcillos de humo, volutas brillantes que contrastaban con la oscuridad. Cada uno de ellos relucía un tono diferente del arcoíris y se dirigía hacia el bosque que se encontraba más al fondo.

Salió de la cabaña, sintiendo el crepitar y crujido de las hojas con cada paso. Cuando los rastros comenzaron a desvanecerse, volvió a avivarlos con ayuda de su lengua. Era gracias a esta que podía procesar los sabores infundidos en cada rastro, los cuales le permitían recopilar información valiosa.

Tras haber caminado durante unos instantes, sintió cómo su bota se impactaba contra algo. Devolvió las membranas al interior de sus ojos y sacó su linterna. El haz incandescente de esta reveló a un hombre inconsciente que vestía una capucha y unos jeans. Junto a él, a medio metro de distancia, había otra persona: una adolescente cuya ropa se hallaba salpicada de manchas de color rojo intenso.

Cuando el haz de su linterna captó su rostro, no pudo evitar maldecir en voz baja. Era otra de las jóvenes de su expediente.

«Violet Chambers, 16 años de edad. Tutores legales: Norman y Connie Hopkins. Dirección: Daisy Crescent #42. Desaparecida. Vista por última vez alrededor de las 11:15 p.m. del jueves 18 de julio».

Su pelo castaño oscuro estaba cubierto de sangre, suciedad y hojas. A diferencia de la foto en su expediente, lucía bastante demacrada. La mayor parte de su rostro se hallaba cubierta de cortes y magulladuras, y su ojo derecho era casi imperceptible debido a la hinchazón que lo rodeaba.

Nathan agachó la cabeza y se frotó las sienes con cansancio. Tomó aire durante algunos instantes, y después colocó su mano en el cuello de la víctima con el fin de localizar su pulso.

Un débil latido resonó entre sus dedos.

* * *

Nathan se apresuró a regresar a la cabaña, procurando no zarandear a la joven que llevaba en brazos. Violet emitió un débil quejido.

—Aguanta un poco más —le indicó—. Ya casi llegamos.

Ingresó por la puerta trasera, saliendo rápidamente por la delantera.

—¡Necesito una ambulancia! —exclamó.

Jude fijó su atención en él. Dejó escapar un grito ahogado, con los ojos abiertos de par en par, y vociferó algunas órdenes. En cuestión de segundos, dos paramédicos le habían acercado una camilla. Nathan depositó ahí a la chica y retrocedió, haciendo espacio para que los profesionales pudieran empezar a efectuar sus sincronizadas maniobras.

No recordaba mucho de lo que pasó después, solo que le había contado a Jude acerca de su descubrimiento, omitiendo el hallazgo del segundo cuerpo. Lo había ocultado apresuradamente, sabiendo que pronto debía regresar a limpiar el desastre antes de que alguien lo encontrara y empezara a hacer preguntas. En especial Jude.

La miró con detenimiento, sintiendo como su mandíbula se tensaba en el proceso. Tenía la barbilla apoyada en una mano, postura que hacía cada vez que reflexionaba. Casi podía ver a su cerebro descomponiendo y analizando las nuevas pruebas que él le había brindado. Su inteligencia e intuición siempre lo habían impresionado; aquellos rasgos la convertían en una gran detective. No obstante, que lo fuera también lo hacía trabajar horas extras para mantenerla al margen. Jamás debía enterarse sobre el origen de aquel caos infernal. De saberlo, su vida estaría en peligro, por no hablar de la suya.

Soltó un bufido. ¿A quién quería engañar? Esta llevaba años corriendo peligro.

Aquel sonido burlón trajo a Jude de vuelta a la realidad. Tras menear la cabeza, volvió a centrar su atención en él.

—Siento haberme desconectado así. Estaba pensando.

Nathan le dedicó una sonrisa cómplice, absteniéndose de responder.

—Ten. —Metió la mano en el coche en el que él que se apoyaba, sacando un termo rojo de su interior—. Toma un poco de café. Espero que siga caliente.

Bebió un sorbo, estremeciéndose de inmediato. Aun así, se obligó a tragar aquel líquido amargo y tibio.

—Uf, quizás puedas ponerle un poco de azúcar la próxima vez —comentó mientras se limpiaba la boca con su manga.

—No tuve tiempo —respondió Jude, tomando un gran trago del termo.

Nathan echó una mirada por encima de su hombro; uno de los paramédicos le hacía señas para que se acercara.

—Se acabó el descanso. Nos llaman.

Ambos se dirigieron a la ambulancia, donde Nathan saludó con la cabeza al paramédico que se hallaba junto a la camilla.

—¿Cómo está la víctima?

—Está despierta y estable, al menos por ahora. Le dimos una dosis de morfina para aliviar el dolor hasta que podamos llevarla al hospital.

Asintió.

—¿Cree que pueda hacerle algunas preguntas?

El paramédico se encogió de hombros.

—Puede intentarlo. Quizás logre sacarle algo, pero dudo que sea mucho. Al menos, no por esta noche.

Nathan se acercó a la chica.

—¿Cómo estás? ¿Estás bien abrigada?

Ella lo miró, sus ojos se encontraban muy abiertos y vidriosos.

—Te llamas Violet, ¿cierto?

Tras unos instantes de vacilación, y haberle dirigido una mirada fugaz a Jude, asintió.

—Violet, ¿podrías contarme lo que pasó?

No hubo respuesta.

—¿Puedes decirnos quién te hizo esto? —preguntó Jude.

El estómago de Nathan se revolvió tras escuchar su pregunta. La expresión de Violet también cambió, volviéndose distante. Finalmente, negó con la cabeza y apartó la mirada.

—Está bien, Violet. Estás a salvo —la tranquilizó Nathan, mostrándose más relajado ante su respuesta.

Una de sus manos apretaba la parte superior de la manta isotérmica que la cubría. Tenía sangre seca bajo las uñas; la mitad de aquella que había pertenecido al dedo índice había sido arrancada. Además, sus nudillos se encontraban destrozados y ensangrentados. Algo era seguro, durante lo que fuera que le hubiese pasado, se había defendido con uñas y dientes.

Su mente se disparó, imaginando los horrores a los que debió enfrentarse mientras gritaba y rogaba a su atacante que se detuviera. La furia comenzaba a hacer estragos en la boca de su estómago, provocando que este hirviera. Sus codos empezaron a arder, los gritos en su mente cobraron fuerza. Pronto, una sensación punzante sustituyó al ardor; podía sentir como las mangas de su chaqueta comenzaban a desgarrarse. Necesitaba recuperar el control, y *rápido*.

No obstante, sin que se diera cuenta, el rostro femenino que gritaba en su mente había dejado de ser el de Violet. Se había transformado en…

«¡Ya basta!».

Cerró los ojos de golpe, apartando la mirada de la chica. Se dedicó a inspirar profundamente durante unas cuantas veces, obligándose a relajarse hasta que las cuchillas de sus codos volvieron a fundirse con su piel.

Se volvió hacia ella.

—Violet…

—Tenía un tatuaje —murmuró, con voz ronca.

El impacto que acompañaba aquellas palabras lo envolvió. Sus ojos grises-azulados se cruzaron con los suyos, mirándolo con gran intensidad.

—¿Un tatuaje? ¿De qué tipo? —interrogó Jude, sacando su teléfono.

Las siguientes palabras de Violet fueron lentas y deliberadas:

—Tenía un tatuaje de un escorpión de cristal, justo aquí —indicó, señalando el costado de su cuello.

Nathan frunció el ceño y rascó su cabeza.

—¿Estás segura? —cuestionó la detective mientras tecleaba más notas en su celular.

Violet asintió.

—¿Era amigo tuyo?

—Yo… —Frunció el ceño, cerrando los ojos con fuerza. Segundos después, dejó escapar un ahogado sollozo—. Yo… no… No recuerdo.

—No pasa nada —la tranquilizó con gentileza.

Violet se volvió hacia Nathan, una lágrima rodaba por su mejilla hinchada.

—No sé quién pudo ser —susurró.

—No te preocupes, Violet —la consoló, dándole una suave palmadita en el hombro.

La chica sujetó la manta con ambas manos, provocando que el plástico plateado se arrugara. Todo su cuerpo temblaba entre sollozos silenciosos; sus lágrimas formaban senderos que atravesaban la sangre y suciedad de su rostro.

—Es suficiente por ahora —indicó el paramédico—. Ya la hemos retenido lo suficiente. Debemos llevarla al hospital.

Ambos se hicieron a un lado mientras Violet era introducida en la parte trasera de la ambulancia. Pronto, las luces se encendieron y el motor del vehículo cobró vida.

Jude dejó escapar un fuerte suspiro.

—Supongo que deberíamos ir a investigar la zona donde encontraste... —Una vez más, fue interrumpida por el tono de su teléfono. Comprobó su reloj y chasqueó la lengua—. Es mi hija otra vez. Ha estado muy enferma, y con los largos turnos que he tenido que hacer...

—No pasa nada, Jude. Si necesitas ir a casa, hazlo.

Ella apretó los labios.

—No debería.

—Anda, vamos. Tus hijos te necesitan. —Le dio una palmadita en el hombro—. De todas formas, llevas aquí más tiempo que yo. Déjame encargarme de este lío.

—¿Seguro que no te importa? —cuestionó, dudosa.

—En absoluto. —La condujo hasta su auto—. Ve a casa y dale un beso de buenas noches a esos niños.

Jude le dedicó una sonrisa cansada y luego se enderezó un poco, como si se hubiera quitado un gran peso de encima.

—Gracias, Nathan. Siempre puedo contar contigo.

Dos horas más tarde, Nathan se encontraba al lado de su coche, observando cómo la última de las patrullas se alejaba de la escena del crimen. En cuanto sus luces traseras se perdieron en la oscuridad, pasó por debajo de la cinta policial y regresó a la cabaña.

Era hora de poner fin a la investigación.

Por mucho que odiara manipular las pruebas, los casos que involucraban cambiaformas era mejor dejarlos pasar. Además, lo que Jude ignorase no le quitaría el sueño ni a ella ni a sus hijos.

Tenía que deshacerse del segundo cuerpo, pero antes, debía comprobar algo. Violet recordaba un tatuaje, uno que, de volver a ver, desataría el caos.

Entrecerró los ojos ante la oscuridad del lugar, percibiendo el azote del viento a su alrededor. Nada. Parpadeó y alzó el rostro al cielo, y, de nuevo, buscó a Venus. La radiante estrella nocturna entonó una suave melodía que solo él podía escuchar, provocando que su cuerpo reaccionase; sus ojos, nuevamente cubiertos por un par de parpados extras, volvieron a hacer acto de presencia.

Repitió aquel movimiento de sacar la lengua, el cual inundó la oscuridad de brillantes colores; cada matiz del arcoíris cobraba vida ante sus ojos, exponiendo sus múltiples tonalidades. El arrebatador fenómeno no tardó en perder fuerza hasta que, con otro movimiento de su lengua, recobró su nitidez y vivacidad original.

Al igual que un sabueso, siguió su rastro, cambiando de dirección según le indicase su lengua hendida. Aunque, a diferencia de estos, no eran olores lo que perseguía, sino emociones e intenciones; deseos e intereses, la esencia que caracterizaba al alma.

Poco a poco, consiguió filtrar el olor familiar de Jude, así como el de los demás agentes y paramédicos, reduciendo así la gama de colores. No tardó en identificar el olor de Violet y el de la chica fallecida, mismos que también filtró. Solo quedaban un par de rastros.

Recurrió a su energía venusina interna y, como si exhalara vaho en un día de invierno, expulsó parte de ella hacia los rastros restantes, iluminándolos y perfilándolos, distinguiéndolos de la oscuridad. Nubes de aquel leve resplandor se acumularon en varias zonas; estos eran los ecos de momentos pasados, instantáneas de las emociones más fuertes de su dueño. Volvió a soplar otra ráfaga, centrando su atención en dichos lugares hasta que, finalmente, logró distinguir rostros difusos en su interior. Inspeccionó cada uno con detenimiento hasta dar con el que buscaba.

Soltó un bufido. Ahí, en el reflejo vaporoso del cuello del hombre, se hallaba un tatuaje que mostraba a un escorpión de cristal.

Tras examinarlo, decidió ignorar la creciente marea de emociones que crecía en su interior, y seguir aquel rastro que se perdía en la oscuridad.

CAPÍTULO 2

ATENTADO CONTRA PAPILAS GUSTATIVAS

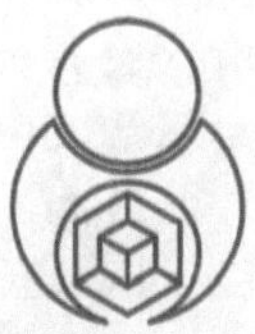

VIOLET DESPERTÓ DE GOLPE; ALGUIEN LA TOMABA DEL BRAZO. Aquello provocó que los recuerdos de su secuestro resurgieran en su mente, por lo que se apartó de inmediato.

—Tranquila, Violet —dijo una voz femenina—. Solo revisaba tus signos vitales.

Su pánico disminuyó al reconocer a la enfermera junto a su cama. Mucho más relajada, volvió a recostarse sobre las almohadas y se frotó los ojos.

—Voy a medirte la presión arterial, ¿de acuerdo?

Antes de que Violet pudiera responder, la enfermera le colocó el brazalete correspondiente y encendió la bomba eléctrica que detonaba el proceso. El apretón en su brazo ya se había vuelto incómodo cuando, finalmente, la enfermera liberó la presión de este y anotó los resultados. Luego, procedió a revisar su temperatura y su ritmo cardíaco.

Se reprendió en silencio. Ya debería estar acostumbrada a esa rutina, puesto que una enfermera venía a revisar sus signos vitales aproximadamente cada seis horas. El personal del hospital de *Brookhaven* la había atendido bien, mas eso no cambiaba lo mucho que seguía odiando estar ahí. Para ella, todos los hospitales eran detestables; desde sus paredes blancas, los carteles promocionales de «Consulte a su médico» hasta los aromas, una mezcla de fluidos infectados con un fuerte olor a antiséptico.

Aun así, los olores y el ambiente de hospital eran mucho más tolerables que el dolor que la había acompañado desde que tenía memoria, aquel que le recordaba lo que ese lugar significaba para ella: el doloroso recuerdo de su madre abandonándola en uno de esos edificios fríos y solitarios poco después de haber dado a luz. Hacía tiempo que Violet había renunciado a la idea de que ella volviera a buscarla, pero eso no impedía que el dolor resurgiera cada vez que se veía obligada a entrar en uno de esos malditos lugares.

—Mmm —murmuró la enfermera, anotando algunos datos en el portapapeles ubicado al final de su cama—. Tus heridas están sanando bien, pero todavía tienes un poco de fiebre. Me aseguraré de que te den otra dosis de Tylenol.

Ella asintió, limpiándose las lágrimas que amenazaban con salir, y tragó el creciente nudo que sentía en su garganta.

A pesar de lo que sentía con respecto a los hospitales, quedarse ahí seguía siendo preferible a la alternativa. Un ligero escalofrío recorrió su cuerpo ante la idea de ser devuelta con sus padres adoptivos.

La enfermera frunció el ceño.

—¿Tienes frío?

Violet asintió a modo de respuesta. Era mejor a explicar la verdad. ¿Cómo podría sobrevivir a su «hogar» ahora que Lyla-Rose se había ido? Ella había sido su salvavidas, la chispa que brillaba en la oscuridad, la brisa que impulsaba sus alas rotas. Lyla la había mantenido en pie, había sido su única amiga en el mundo. Aun así, también ella la había abandonado.

—Te traeré una manta caliente.

La enfermera le dedicó una sonrisa tranquilizadora antes de salir de la habitación.

En un intento por respirar y superar la creciente opresión en su pecho, se dedicó a observar el monótono patrón que formaban las baldosas ubicadas en el techo del lugar.

«Muerta. Lyla está muerta».

Esta vez ni se molestó en apartar las lágrimas, mismas que no tardaron en rodar por sus mejillas. En su lugar, volvió la cara hacia su almohada. Los dolores y molestias, que no se habían curado del todo, volvieron a hacer estragos, siendo acompañados por el estremecimiento de su cuerpo a causa de sus constantes sollozos.

No recordaba lo que había pasado en los últimos días; estos habían sido nublados por el dolor y envueltos por un enjambre de enfermeras, médicos, trabajadores sociales y agentes de policía. Estos últimos la habían interrogado hasta al cansancio, sacándole hasta el último detalle. *«¿Qué había pasado? ¿Quién era el responsable?»*. No obstante, por mucho que lo intentara, seguía sin recordar nada, salvo una imagen que había quedado grabada en su memoria: el tatuaje en el cuello de un escorpión de cristal.

Cerró los ojos, haciendo presión en su cabeza con las yemas de los dedos.

«Vamos. ¡Piensa! Intenta recordar».

El hacerlo no cambió nada. Sus recuerdos seguían bloqueados. Durante aquellos instantes, el miedo reemplazó a la frustración. ¿Qué le pasaba? ¿Por qué no podía recordar?

Sus pensamientos se vieron cortados por un débil parloteo. A medida que el volumen de este aumentaba, Violet logró reconocer la voz grave de su doctor y una más suave, perteneciente a su trabajadora social: Miranda. A juzgar por el tono de su conversación, se trataba de algo serio.

Cuando escuchó como se detenían frente a su puerta,

procedió a acurrucarse rápidamente entre sus almohadas, fingiendo dormir.

—No podemos mantenerla aquí para siempre, Miranda.

—Lo sé, lo sé... Esperaba haberle encontrado otra familia a estas alturas, pero a su edad resulta casi imposible.

Violet sintió como el pánico comenzaba a apoderarse de su pecho.

—Lo entiendo, pero lleva aquí casi dos semanas, y solo porque no hemos tenido tantos pacientes. Está más que lista para ser dada de alta. El hospital no es ninguna casa hogar.

—Tiene razón, lo entiendo. Tampoco puedo agradecerle lo suficiente por haberla dejado quedarse más de lo necesario. Es solo que no soporto la idea de llevarla de vuelta con esa gente horrible.

—Ojalá pudiera hacer algo más para ayudar. De verdad me gustaría. Pero por ahora, todo lo que puedo hacer es darle el resto de la tarde. Tiene que llevársela hoy.

—Gracias, de verdad lo aprecio. Eso debería darme tiempo suficiente para hacer algunas llamadas más.

—Excelente. Dejémosla dormir por ahora. Me aseguraré de que una de las enfermeras le haga llegar los formularios para darla de alta.

Sus pasos resonaron sobre el piso de linóleo hasta que se perdieron en la distancia.

Violet abrió los ojos de golpe.

Hoy. Miranda la llevaría a casa *hoy*. Frunció el ceño, analizando sus opciones; claro, no tenía otro lugar a donde ir, pero ya tenía dieciséis años. Ya no era ninguna niña. Podía valerse por sí misma: hacer autostop para llegar a la ciudad, conseguir trabajo y pasar desapercibida hasta que los de servicios sociales se olvidaran de ella. El plan no era perfecto, pero era mejor a volver a un hogar de acogida. De ninguna manera regresaría, de eso estaba segura. Esos días habían terminado.

Se quitó la manta, estremeciéndose en el acto. Otra cosa de la que estaba segura era de que iba a necesitar algunos analgésicos para el camino.

Al cabo de unos instantes, Violet se encontraba vestida y llevaba colgado al hombro su pequeño bolso bandolero, el cual contenía las pocas pertenencias que Miranda le había traído. A continuación, asomó la cabeza hacia el pasillo, mirando en ambas direcciones antes de aventurarse a salir de la habitación.

Con los años, se había convertido en una experta escabulléndose. Procedió a avanzar con cautela, manteniéndose alejada del área de enfermería y ocultándose cada vez que pasaba alguien que pudiera reconocerla. Afortunadamente, logró llegar a la farmacia del hospital sin problemas.

La ventanilla de atención, al igual que la puerta de acceso lateral, estaba cerrada. El encargado debía estar haciendo guardia o almorzando. Tras echar un vistazo a su alrededor, asegurándose de que nadie la observaba, rebuscó en su bolso hasta dar con algunos pasadores para el cabello. Metió uno entre sus dientes, dobló el metal y clavó sus improvisadas ganzúas en el pomo de la puerta, con la destreza propia de alguien que había practicado aquella habilidad durante horas.

Clic.

«Perfecto».

Había conseguido abrir la puerta con facilidad.

—Sabes —habló una voz profunda detrás de ella—, una cosa es huir del hospital, pero robar medicamentos supone un pase directo al reformatorio.

Se congeló en el acto. Apenas y abría la puerta unos centímetros y ya había captado la atención de alguien. Un hombre estaba apoyado en la pared junto a la puerta de la farmacia: era uno de los oficiales que la había visitado con frecuencia y la había interrogado sobre el asesinato de Lyla. No la miraba; en su lugar, inspeccionaba sus uñas con indiferencia.

Dirigió su mirada hacia la salida del hospital, ubicada en el extremo opuesto del pasillo en el que se encontraba.

—Yo no haría eso si fuera tú —le advirtió—. Te derribaría y esposaría antes de que el sensor de la puerta automática lograra detectar tu presencia.

Frunció el ceño. Sus costillas, muslo y tobillo aún no estaban del todo curados, por lo que probablemente tendría razón.

—Pero lo que si *haría* —continuó—, sería pensar con cuidado lo que haría a continuación. —La miró de reojo—. Si tomas las decisiones correctas, es probable que olvide comentarle este asunto a mi compañera y al director del hospital. Por no hablar de Miranda. Estaría destrozada si se enterara de lo que ibas a hacer. Sobre todo, cuando se la ha pasado hablando maravillas sobre ti.

Violet dudó por unos instantes hasta que se percató de la dureza que poseían sus ojos leonados, los cuales parecían advertirle que debía actuar pronto o, de lo contrario, lo haría él. Con un resoplido infantil, retiró los pasadores de la cerradura y soltó la puerta neumática, que se cerró lentamente, produciendo un silbido. Ya no sentía adrenalina, sino vergüenza. Seguro que de todas formas el oficial terminaría delatándola y Miranda la mataría.

—Por aquí —indicó él.

Se dirigió al pasillo, el cual se encontraba en la dirección contraria a la salida del hospital. Violet miró con aflicción la puerta que conducía a su libertad. Todavía podía escapar; su acompañante ni siquiera se había molestado en comprobar si lo estaba siguiendo.

Se estremeció ante el pensamiento.

«¿A quién quiero engañar?».

Tras soltar un resignado suspiro, decidió seguirlo. Sin embargo, tras haber avanzado un poco, frunció el ceño. No la llevaba a su habitación. En su lugar, empujaba una puerta de cristal, la cual mantenía abierta para ella.

—Esta no es mi habitación.

—Lo sé —se limitó a responder mientras le hacía un gesto para que entrara.

El mundo en el que había ingresado contrastaba por completo con el esterilizado hospital: estaban en los jardines botánicos del centro. Estos estaban llenos de enormes árboles que se alzaban en lo alto. En lugar de paredes blancas, una enorme gama de inimaginables tonos de verde se extendía y asomaba en todas direcciones, patrón que se veía interrumpido por una gran variedad de flores brillantes que crecían a su alrededor. El agua caía suavemente por una pared rocosa ubicada junto a la puerta, y una suave brisa, cargada de aromas florales y terrestres, disipaba el olor a antiséptico.

Algunos pacientes deambulaban por los senderos serpenteantes o estaban sentados en los bancos que ahí se encontraban. Una enfermera, que empujaba a una anciana en silla de ruedas, se detuvo para dejar que su paciente acariciara con su mano arrugada una flor que colgaba a poca altura.

—¿Qué hacemos aquí? —preguntó ella.

—Recordar por unos minutos que la vida no siempre es una mierda.

Avanzó por el sendero hasta instalarse en una banca con vistas a un estanque, el cual era alimentado por una cascada artificial.

Violet frunció el ceño. ¿Qué pretendía ese tipo? Recién la había atrapado robando medicamentos y, en lugar de regodearse, ¿prefería relajarse en la naturaleza?

Decidió unírsele al cabo de unos instantes, sentándose en el extremo opuesto de la banca. Una vez ahí, lo miró de reojo; tenía los ojos cerrados y su rostro miraba hacia arriba, captando las pinceladas de luz solar que se colaban entre las hojas. Supuso que tendría alrededor de cuarenta años, en vista de los mechones plateados de su pelo oscuro y que también adornaban la barba de tres días que cubría su mandíbula cuadrada. Las arrugas que se formaban alrededor de su frente, ojos y boca hacían que su rostro pareciese decir: «estoy a punto de matarte», rasgos que, junto a su gran altura y su musculatura, no hacían más que aumentar su intimidante aspecto.

Aun así, no se sintió amenazada cómo había sucedido con oficiales anteriores, mismos a los que les gustaba usar su placa y fuerza para intimidar a quiénes creían culpables y llevarlos ante la llamada «justicia». Había algo en él que la tranquilizaba.

—Así que, ¿quieres decirme por qué intentabas escapar?

Violet sujetó los extremos de las mangas de su suéter, fijando su atención en un pez koi anaranjado que se deslizaba tranquilamente en el agua.

—No estaba intentando escapar.

—¿Ah, sí? Entonces, ¿cómo lo llamarías?

Dobló las piernas sobre su asiento, abrazando sus rodillas.

—Estaba...

Hubo un momento de silencio. No se atrevió a terminar la frase. No tenía sentido hacerlo. Seguramente él estaba ensayando el sermón que le daría, incluyendo el amenazarla con usar su taser para obligarla a volver con sus horribles padres adoptivos. Porque era lo correcto, porque ella no era lo bastante mayor para cuidarse sola. Bla, bla, bla...

En su lugar, abrió la cremallera de su chaqueta hasta la mitad, metió la mano en ella y sacó una bolsa de papel blanco. Después, procedió a abrirla y a ofrecerle un poco de su contenido, mostrándole una especie de caramelos con forma de discos negros. Ella aceptó tomar uno. Él la imitó, metiéndose uno de los dulces en la boca antes de volver a guardar la bolsa en su chaqueta.

Violet inspeccionó ambas caras del disco; una de estas era lisa, mientras que la otra contaba con una impresión en relieve de algún tipo de moneda europea. Se encogió ligeramente de hombros, metiéndose el disco en la boca. Al instante, sintió como su lengua pareció querer suicidarse. Todo su rostro se contrajo cuando el intenso sabor a sal y regaliz llenó su boca.

—¿Pero que...? —exclamó justo antes de escupir involuntariamente la porquería viscosa en el jardín detrás de ella.

A continuación, profirió un sonido de asco al tiempo que intentaba eliminar el sabor restante de su boca. Como aquello no dio resultado, se frotó la lengua con la manga.

—Qué desperdicio —comentó el oficial; su expresión denotaba una pizca de diversión.

—¿Qué *era* esa cosa?

—Aquí se les conoce como monedas de regaliz holandesas.

Su cara se retorció en una mueca de asco.

—¡Iugh! Recuérdame no volver a comer una de esas.

—Oh, vamos. No está tan mal. —Aquel rasgo de emoción en su voz se transformó en una sonrisa.

—¿Bromeas? ¡Antes preferiría lamer el suelo! *¡Qué asco!*

Su comentario lo hizo reír, provocando que liberara una ronca carcajada que resonó desde lo más profundo de su pecho.

—¡Violet, aquí estás!

La susodicha se giró solo para observar cómo Miranda ingresaba por la puerta ubicada a unos cuantos metros. A pesar de que su rostro denotaba tranquilidad, sus ojos parecían arder.

«Oh-oh, está furiosa».

—¿Qué significa esto? —reclamó Miranda—. Por favor, dime que no intentabas huir de *nuevo*. ¿De verdad piensas que vivir en la calle es lo mejor para ti? Ya es suficiente con que una chica haya muerto, y ahora tú...

—Está bien —intervino una nueva voz. Otra oficial que Violet reconoció. Una mujer de mediana edad se acercó a Miranda, tocándole el hombro—. Ya la encontramos.

Violet se hizo un ovillo, volviendo a abrazar sus rodillas. Los ojos le escocieron ante la formación de nuevas lágrimas.

—Ven, Miranda —le pidió la mujer mientras la alejaba de ella—. ¿Qué tal si lo discutimos? Nathan, ¿te importaría?

—Enseguida regreso —le prometió, dándole una palmadita en el hombro antes de ir a reunirse con las damas.

Se agruparon a unos cuantos metros, lo suficientemente cerca como para vigilarla, pero también lo suficientemente cerca como para que ella pudiera seguir escuchando su conversación a pesar de que hablaran en voz baja.

—Lo siento, Jude —se disculpó Miranda.

—No hace falta que te disculpes.

—Lo sé. Es solo que... Ya no sé qué hacer. Entiendo por qué quiere huir. De verdad. Yo haría lo mismo en su lugar. Llevo días haciendo llamadas para intentar conseguirle un nuevo hogar, pero incluso todos mis contactos de emergencia me dicen que están saturados. Solo...

Dejó caer la cabeza entre sus manos, emitiendo un gruñido que dejaba ver la frustración que había estado conteniendo.

—Te entiendo, Miranda —la consoló Jude—. A mí tampoco me gusta la idea de que vuelva con esa gente. Vaya, si no tuviera ya dos hijos, le ofrecería un techo en un santiamén.

—Gracias, de verdad lo aprecio. Y a ti también, Nathan. Gracias por asegurarte de que no se fuera. No sé qué habría hecho si volviera a desaparecer.

—¿Puede quedarse otra noche? —la cuestionó él.

Miranda negó con la cabeza.

—Ya lo intenté. Pero me dijeron que Violet ya se había quedado más de lo debido. Tengo que llevármela hoy, y lo mejor que puedo hacer por ahora es llevarla a un hogar de acogida en la ciudad; al menos hasta que encuentre un lugar dispuesto a acoger a una chica de dieciséis años. Si tan solo tuviera diez años menos...

Violet dejó caer la cabeza contra sus rodillas.

—En ese caso, tengo una habitación de invitados sin utilizar que podría servirle —comentó Nathan.

—¡Oh, Dios mío! ¿Lo harías? —exclamó Miranda.

—Mira, no sé si sea apropiado que un oficial la acoja, pero...

—No te preocupes —lo interrumpió—. Déjamelo a mí. Será algo temporal. Te lo prometo.

—Nathan, ¿estás seguro? —intervino Jude—. No es lo mismo que adoptar un perrito, ¿sabes?

—Sí, lo sé. Pero ella ya ha pasado por mucho. Lo menos que puedo hacer es darle una cama durante unos días. Además, podrías darme algunos consejos, ¿no, Jude?

—Todavía me falta para experimentar los cambios de humor adolescentes. En ese caso, sería como si un ciego guiara a otro —dijo con sorna.

—No sería la primera vez.

—Genial, entonces está decidido —decretó Miranda.

A continuación, comenzó a enumerar una lista de formularios que debía preparar antes de que pudiera llevar a Violet a casa de Nathan.

—Hola, Violet —la saludó Jude.

La aludida levantó la cabeza y vio como Jude la miraba; Nathan se encontraba a su lado. Miranda ya estaba haciendo una llamada detrás de ellos.

—Estamos arreglando algunas cosas para que puedas quedarte de forma temporal en la habitación de invitados de Nathan hasta que se pueda encontrar algo mejor. —Jude inclinó la cabeza hacia él—. ¿Crees que puedes soportar a este sujeto por unos cuántos días?

Violet mordió el interior de su mejilla. La idea de quedarse con un oficial era un concepto extraño. Pero, ¿qué otra opción tenía? Para ser uno, no era tan malo. Le había dado una oportunidad después de haberla atrapado entrando a la farmacia y no la había delatado. Todavía. De hecho, lo peor que había hecho hasta ahora era haber atentado contra sus papilas gustativas con ese disco con sabor a alquitrán.

—Sí —respondió, mirándolos y asintiendo lentamente con la cabeza—, creo que podré manejarlo.

CAPÍTULO 3

ESTÚPIDA ROSA

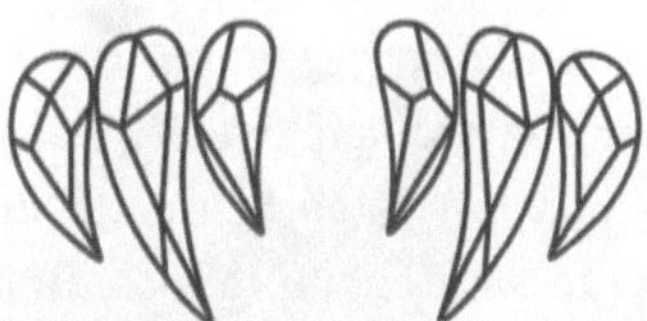

Tres Años Después.

Nathan soltó un suspiro de alivio cuando localizó un espacio libre para estacionarse cerca de la entrada de la universidad.

—Debe ser mi día de suerte —comentó en voz baja.

Cuando el jeep se detuvo, Violet, que aún dormía en el asiento del copiloto, se estremeció. Sus brazos se agitaron, golpeando el salpicadero, y luego soltó un grito, manteniendo los ojos cerrados.

Se inclinó hacia ella, sujetando uno de sus brazos.

—¡Despierta! Es solo un sueño.

Le respondió con un gruñido estrangulado, luchando contra su agarre.

—¡Violet!

Sus ojos se abrieron de golpe y sus gritos fueron sustituidos por jadeos. Miró a su alrededor, con el ceño fruncido a causa de la confusión. No fue sino hasta que vio a Nathan que se desplomó en su asiento y dejó escapar un quejido.

—Lo siento, me quedé dormida. ¿Otra vez grité?

Él asintió, dedicándole una sonrisa cargada de tensión.

—¿Mismo sueño?

La chica se frotó los ojos con las bases de las manos.

—Sí, el sueño del hombre sin rostro con el tatuaje en el cuello.

Una ola familiar de culpabilidad recorrió su pecho. «Ese maldito tatuaje en el cuello». Aquella imagen había resultado traumática para ella, un recuerdo imposible de borrar. Inspiró profundamente, conteniendo un suspiro.

—No tienes por qué preocuparte, Vi. Fue solo un sueño.

—Sí, lo sé. —Su tono estaba cargado de frustración. A continuación, dirigió su atención a los edificios del exterior —. Guau, llegamos.

Salieron del auto, dispuestos a desempacar las pertenencias de Violet de la cajuela.

De pronto, un chico con el pelo azul grasiento y una chaqueta negra de vinilo con pinchos metálicos chocó contra Nathan, provocando que soltara la caja de cartón que llevaba consigo. Ni siquiera se molestó en detenerse para ayudarlo o disculparse, sino que continuó su camino. Ante aquella reacción, el afectado comenzó a maldecir en voz baja mientras se agachaba para recoger el contenido disperso de la caja. Se detuvo a media frase cuando la chica se colocó a su lado.

—Maldita sea, los chicos de hoy en día —gruñó, rebuscando con una mano entre los objetos que había reempaquetado apresuradamente—. Si rompió tu cámara, te juro que...

—Tranquilo, aquí la tengo —lo calmó, alzando su cámara, la cual se encontraba suspendida por una correa que llevaba alrededor del cuello.

Aun así, Nathan aseguró su agarre a la caja, sin dejar de fruncir el ceño.

—Si se rompió algo, puedes culpar al punk de pelo azul de allá.

Señaló con la barbilla a un grupo de universitarios con el pelo teñido de colores extravagantes. Además de las brillantes chaquetas de vinilo, varios llevaban collares de perro con tachuelas, e incluso hizo una mueca cuando vio a un muchacho con los labios pintados de negro.

Violet miró en su dirección, acomodando su almohada y maleta entre sus brazos.

—Yo diría que son góticos, no punks.

—¿Cuál es la diferencia? —Su respuesta fue acompañada por un resoplido.

La joven se mordió el labio, acción que, él sabía, era su forma de contener una sonrisa.

—Bueno, si el señor se pusiera unas gafas, se daría cuenta de la falta de alfileres y crestas.

—Con o sin ellas, tienen suerte de que no vaya hacia allá —respondió, desafiante.

Esta vez, Violet no pudo evitar sonreír.

—¿Por qué? ¿Temes que descubran que hueles a anciano?

—Para que lo sepas, no huelo a anciano, sino a *Old Spice*.

La menor echó la cabeza hacia atrás y se rió.

—¿En serio? Estás usando algo que literalmente tiene la palabra «viejo» escrita en inglés.

Nathan sonrió. Violet tenía una estupenda risa, lo cual era un avance reciente para la joven que seguía madurando y desprendiéndose de las cáscaras de su antigua vida. La primera imagen que vio de ella la noche en que la encontró estaría siempre grabada en su cerebro, mas la chica que tenía delante lucía bastante diferente. Sus ojos grises-azulados, los cuales contrastaban con su cabello castaño oscuro hasta los hombros, lucían más brillantes y alegres. Cuando sonreía, sus pómulos definidos y angulosos, se volvían rollizos y redondeados, lo que demostraba que una dieta sana y ejercicio habían sido capaces de rellenar su cuerpo antes demacrado.

Había cumplido diecinueve hace unas semanas y, tal como lo pidió, los celebró con una sencilla barbacoa, teniendo a Jude y a los niños como únicos invitados. Aunque le preocupaba que saliera al mundo, sabía que estaba más que lista para hacerlo. Había hecho todo lo posible por prepararla para que pudiera cuidarse sola. Sus instintos eran mortales, o al menos, lo eran siempre y cuando no entrara en pánico.

—Sí, sí. Vamos, esto está comenzando a pesar —la apresuró, dándole un empujón con el codo.

Ya habían avanzado un tramo cuando Nathan se detuvo en seco.

—Casi lo olvido. —Balanceó la caja con una mano y sacó un juego de llaves del bolsillo de su chaqueta—. Lo último que quiero es que un delincuente robe mi auto nuevo.

Pulsó el botón que aseguraba su auto desde el mando a distancia.

Violet volvió a sonreír.

—¿Qué? —se defendió—. Apenas llevo una semana con él.

—Vamos, tu jeep estará bien —contestó entre risas, negando con la cabeza.

Una amplia escalera de piedra los conducía desde el aparcamiento hasta la entrada del lugar, que consistía en dos pilares de ladrillo rojo combinados con piedras angulares blancas, y que contaba con un par de pisos de altura. En la parte superior de este se hallaba un arco decorativo de color negro adornado con bordes dorados. El emblema de la escuela, un libro abierto respaldado por un escudo, estaba situado en la parte superior, mientras que en la inferior, tallado con letras color plateado, se leía: «Universidad *Monarch Grove*». Las verjas negras estaban abiertas de par en par, invitando a los recién llegados a ingresar en los terrenos del colegio.

Violet se detuvo en la entrada, frunciendo el ceño. Aquella expresión le recordó a Nathan el día en el que había llegado a su casa tres años atrás, poco después de haber sido dada de alta del hospital. Aún en aquel entonces, pudo notar su nerviosismo durante la visita a su nueva habitación.

Se inclinó hacia ella, dándole un suave empujón.

—¿Recuerdas la vida de infinitas posibilidades de la que hablabas? Podrás crearla una vez que hayas cruzado esas puertas.

—Lo sé —respondió con un suspiro.

Aun así, no se movió.

—No la encontrarás en las escaleras, Vi.

No recibió la respuesta sarcástica que esperaba. De hecho, su mirada lucía mucho más angustiada.

—No sé si pueda hacerlo, Nathan.

Cuando la escuchó, no pudo evitar parpadear varias veces y rascarse la cabeza.

—Eh... bueno... —En momentos como ese, deseaba ser una persona experta en dar ánimos—. Mira, tal y como lo veo, puedes rendirte ahora y pasar el resto de tu vida preguntándote el «que hubiera pasado», o puedes atravesar esas puertas con la cabeza bien alta, sabiendo muy bien que mereces estar aquí. Harás amigos, irás a fiestas, estudiarás mucho y te graduarás con tu merecido diploma. La opción que elijas, dependerá de ti.

Ella asintió un par de veces, mordiéndose el labio inferior.

—Pero nunca había hecho algo así de grande.

—Sí, pero tampoco sabrás de lo que eres capaz si no lo intentas —respondió, encogiéndose de hombros.

Respondió con un resoplido, el cual fue acompañado, para su alivio, por el alzamiento de las comisuras de su boca, formando una sonrisa.

—Entonces, Violet, ¿qué camino elegirás?

—De acuerdo. —Asintió con la cabeza—. Lo intentaré.

—¡Genial! Odiaría pensar que condujimos dos horas hasta aquí para nada.

Ella se rió, propinándole un puñetazo juguetón antes de atravesar las puertas.

La luz del sol brillaba a través del frondoso follaje que enmarcaba el camino, mismo que contaba con una muy bien cuidada y rebosante vegetación, adornada por cientos de llamativas flores. Había bancas repartidas por los jardines, la mayoría de ellas ya ocupadas. Los edificios del campus, que en su gran mayoría seguían el diseño de ladrillos rojos y piedras angulares blancas, podían verse más allá de los árboles. Los dormitorios eran fáciles de identificar gracias a los ventanales que se asomaban en las fachadas de los edificios, los cuales contrastaban con las aulas tipo anfiteatro de apariencia convencional y establecimientos comunitarios.

La habitación de Violet se encontraba en el segundo piso de uno de los dormitorios. Se abrieron paso entre los innumerables estudiantes, padres y encargados de dar la bienvenida a la universidad, asegurándose de no tropezar con ninguna de las cajas y ropa de cama que el resto cargaba y que aún no había llegado a su destino.

Finalmente, estuvieron frente a la habitación número 2052 del ala oeste. La puerta estaba entreabierta, lo cual parecía hacerla dudar.

Nathan le colocó una mano en el hombro.

—Infinitas posibilidades, ¿recuerdas?

Cuando se volvió hacia él, se sintió aliviado al ver que su expresión ya no era temerosa. En cambio, sus ojos poseían cierta chispa de entusiasmo. Con una sonrisa y un asentimiento, abrió la puerta de golpe.

—¡Auch! —se quejó una voz masculina desde el interior.

—¿Qué…?

Violet retrocedió, chocando contra Nathan, provocando que la caja que este llevaba se volcara y derramara por segunda vez en ese día.

La puerta se abrió lentamente, dejando ver a un chico que sujetaba su rostro. A pesar de haberse cubierto parte de la cara, unos cuantos gemidos de dolor alcanzaron a escucharse de entre sus dedos.

—¿Qué pasó? —preguntó una voz femenina desde el fondo de la habitación.

El muchacho se limitó a gemir.

Una chica menuda con rastas castañas, que llegaban hasta la mitad de su cintura, apareció. Llevaba una camiseta extragrande de un grupo de heavy metal y unos *shorts* cortos de mezclilla azul con bordes de encaje blanco. Su piel era dorada, quizás por el sol o por algun spray; parecía como si acabara de salir de la playa.

—Muéstrame —ordenó, apartando las manos de la cara del herido.

—¡Auch! Con cuidado, Autumn.

—Deja de ser un llorón y muéstrame. —Tras inspeccionarlo unos momentos, lo soltó y le propinó un golpecito en el hombro—. No hay sangre. Estarás bien.

Su respuesta fue un gruñido cargado de reproche. Luego, señaló a Violet.

—Creo que ya llegó tu compañera de cuarto.

Las rastas de la chica se desplegaron cual abanico mientras se giraba en dirección a la aludida.

Los ojos de Violet se abrieron de par en par. Sus manos cubrieron su boca y sus mejillas enrojecieron.

—Lo siento mucho. No tenía ni idea de que... Dios mío. ¿Te encuentras bien?

—Descuida, está bien —respondió ella, mostrando una sonrisa. A continuación, colocó sus manos sobre sus caderas. Su delgada nariz se arrugó mientras sus oscuros ojos marrones la inspeccionaban de arriba a abajo—. Así que... tu eres mi nueva *roomie*.

Aunque la chica medía unos centímetros menos que el metro y setenta y dos de Violet, irradiaba una fuerza que provocó que ésta se apretara contra él.

—Sip —confirmó su nueva compañera tras unos segundos—. Creo que servirás.

El chico detrás de ella refunfuñó, poniendo los ojos en blanco.

—No te preocupes por Autumn. Al final te acostumbrarás a sus actitudes autoritarias y arrogantes. —Se puso delante de ella y le tendió la mano—. Hola, soy August.

Era más alto que Violet, aunque aún le faltaban algunos centímetros para llegar a la altura de Nathan. Llevaba el pelo castaño oscuro peinado con un copete desordenado. Vestía unos pantalones de mezclilla descoloridos y rotos, un escote en V blanco y alrededor de media docena de collares compuestos por hilo negro, cuentas de piedras preciosas, cobre, y plata.

Tras dudar un poco, Violet le estrechó la mano, la cual lucía un brazalete de color turquesa descolorido adornado con unas pulseras que hacían juego con sus collares.

—Hola, soy Violet.

—Mucho gusto —contestó con una sonrisa.

—Siento de nuevo haberte golpeado con la puerta.

August le hizo un gesto con la mano para restarle importancia; su otra mano seguía sujetando la de Violet.

—Ni lo menciones. No hubo daños permanentes. Además, se necesitaría más que eso para arruinar este bello rostro.

El apretón de manos continuó hasta el punto en que Nathan lo consideró el más largo de la historia. Finalmente, se aclaró la garganta, provocando que el chico dejara de sonreír y soltara su mano.

—Él es Nathan —lo presentó Violet, ladeando la cabeza hacia su dirección.

—Genial. —August asintió con la cabeza, de forma que le recordaba a uno de esos muñecos cabezones que adornaban los autos. Luego, le tendió la mano—. Encantado de conocerlo.

—Igualmente —respondió, asegurándose de que su tono tuviera una nota de advertencia.

Aunque contuvo las ganas de aplastar su mano, sí que se la apretó más de lo normal. El chico ocultó muy bien su gesto de dolor, aunque su alivio resultó evidente cuando él lo soltó.

—Entonces —agregó Nathan tras una pausa— ¿Autumn y August?[1]

—Sí, puede culpar a nuestras madres hippies por eso —explicó él.

A continuación, metió las manos en sus bolsillos, se balanceó sobre sus talones y esbozó una tensa sonrisa.

—Somos primos, nacimos con una semana de diferencia. Nuestras madres son hermanas y pensaron que sería muy lindo que sus bebés tuvieran nombres parecidos —relató Autumn mientras se señalaba a sí misma y a August.

Su primo emitió una risa forzada e intentó mirarlos con indiferencia.

—Obviamente no se les ocurrió si llegaría a ser lindo una vez que fuéramos adultos. Y por si se lo preguntaban, nací en mayo, no en agosto. —Hizo una pausa—. Y sí, si soy sincero, me alegra que mi mamá no me haya llamado Mayo. Pero si me preguntan...

—Solo llámalo Gus —interrumpió Autumn.

—Claro. Sí. Gus está bien. —Su cabeza volvió a rebotar en el momento en que asintió. Después se cruzó de brazos—. Entonces, Violet, ¿qué opinas de tu nueva habitación?

—Todavía no la ha visto —señaló Nathan.

Autumn soltó una carcajada mientras que las mejillas de Gus enrojecieron.

Todos ayudaron a recoger las pertenencias desperdigadas de Violet y, una vez que terminaron, los primos le presentaron su nuevo hogar. Había dos camas, dos mesitas de noche, dos escritorios con sus respectivas sillas, y dos armarios a cada lado de la habitación, separados por un enorme ventanal que contaba con un sitio en el cual sentarse. A la derecha de la entrada, se encontraba una puerta que daba acceso a un pequeño cuarto de baño, y a la izquierda había una pequeña cocina con una mini nevera y un microondas.

Era evidente que Autumn ya había reclamado el lado derecho; su ropa, zapatos, cables de alimentación, multicontactos y otros objetos se hallaban esparcidos por esa mitad. Violet colocó su ropa de cama en el mueble restante y Nathan depositó la caja que cargaba sobre el escritorio.

La chica de las rastas se sentó en el asiento del ventanal, con las piernas dobladas debajo de ella, y palmeó el espacio que había a su lado.

—Ven y siéntete como en casa, *roomie*.

Violet lo miró, ante lo que él le murmuró un «inténtalo». Ella le respondió con una leve sonrisa antes de atrevasar el espacio entre ambas camas para sentarse junto a Autumn.

—Entonces, Violet, ¿qué te trae a la Universidad *Monarch Grove*? —preguntó su compañera.

—Eh, nada especial. —Tomó un cojín, el cual colocó en su regazo—. Estudiaré fotografía.

Aquello hizo que Nathan se cruzara de brazos. Odiaba que Violet menospreciara sus talentos. Desde el día en que había encontrado su vieja y polvorienta cámara, supo que tenía un buen ojo para la fotografía. Nunca olvidaría la sonrisa en su rostro cuando le compró una cámara nueva, con suficientes botones y funciones como para competir con una nave espacial. Las paredes de su casa estaban repletas de sus trabajos enmarcados.

—¿Y tú? —cuestionó Violet.

—Programación de software y seguridad informática —respondió al tiempo en que se tumbaba y acurrucaba más en los cojines. Tomó una de sus rastas, haciéndola girar entre sus dedos.

El sol se colaba por la ventana, realzando la piel dorada de la chica.

—Oh. —Violet acarició una de las borlas del cojín—. ¿Qué es eso?

—Es una forma elegante de decir «hackear». —Gus se había desplomado en la silla del escritorio de Autumn, girando de un lado a otro—. Quiere saber lo que la gente normal del Internet hace para protegerse de gente como ella.

Señaló con un dedo acusador a su prima, que puso los ojos en blanco.

—Cállate, Gus. Sabes muy bien que no estarías aquí si no fuera por mis habilidades al «hackear», así que deja tu actitud altiva y orgullosa, y muestra un poco de gratitud.

Este negó con la cabeza.

—Nop, sigo manteniendo que tuve que trabajar duro para obtener esas miserables notas. Y tú arruinaste mi reputación de chico malo. Lo digo en serio, no *todo* tiene que ser manipulado para lograr lo que quieres. —Señaló su laptop—. Tratas a esa cosa como si fuera un genio que concede deseos.

Ella puso los ojos en blanco.

—Como sea. Solo admite lo contento que estás de codearte con universitarias en lugar de estar preparando hamburguesas.

—Pff, no te regodees aún. Todavía no me he codeado, ni he tenido contacto con ninguna otra parte del cuerpo, con ninguna universitaria.

Autumn soltó una risilla.

—Esperen —intervino Violet—. ¿Hablas en serio? ¿De verdad hackeaste la red de tu escuela para cambiar sus calificaciones?

—«Hackear» es una palabra muy cruel —explicó Autumn —. Me gusta más pensar que le estaba haciendo al mundo un favor. No solo ayudé a mi primo, sino que también descubrí que nuestro maestro de biología utilizaba la computadora de la escuela para guardar su asquerosa colección de porno tabú. Y digamos que, tras una denuncia anónima a la policía de mi parte, ya no enseña biología. —Se estremeció del asco — ¡Iugh!

—Maldita sea, Autumn —comentó Violet—. ¿Dónde estabas cuando necesitaba ayuda con mis notas?

Nathan se aclaró la garganta, mirándola con reprobación.

—¿Qué? Era una broma —se defendió, reprimiendo una sonrisa—. ¿Y tú, Gus? ¿Qué vas a estudiar?

—Todavía no elijo alguna especialidad. Tomaré algunas clases al azar hasta que descubra lo que quiero hacer.

—Que desperdicio —se mofó Autumn—. Sigo diciendo que, si te aplicaras, podrías llegar a ser doctor como tu mamá. Ya arreglé tus calificaciones, así que nadie sabrá que intentabas fingir ser un flojo.

—Déjalo ya, Autumn. —Su tono sugería que aquello se trataba de una discusión recurrente.

—Vamos —se quejó ella—, no es demasiado tarde para que cambie tu estatus a «estudiante de medicina». En serio, pierdes el tiempo aprendiendo poesía griega y confección.

—Nunca se sabe. La clase de confección podría serme útil para ayudar a la tía Skye con su negocio de tejido de cáñamo.

—Deja de jugar —lo regañó—. No voy a dejar que renuncias a la medicina. En serio, no sé por qué...

—Ya *sabes* por qué —respondió Gus, con los dientes apretados—. Ahora déjalo —finalizó, mirándola con una frialdad que podría haber convertido el agua en hielo.

La boca de su prima se cerró con fuerza; aun así, su mirada igualó el nivel de severidad de la de Gus.

Nathan y Violet se miraron con incomodidad.

—¿Podemos hablar de esto en otro momento en el que no estemos tratando de causar una buena impresión en nuestra nueva amiga aquí presente? —refunfuñó Gus, echando la cabeza hacia atrás para mirar el techo.

—Bien —cedió Autumn—. Pero esto aún no ha terminado.

Él puso los ojos en blanco.

—Por supuesto. ¿Cómo se me ocurriría pensar que lo haría?

Autumn resopló, cruzándose de brazos. En cambio, Gus les dedicó a Violet y a Nathan una sonrisa en señal de disculpa.

—Perdón por el drama.

—No pasa nada —lo tranquilizó Violet.

Nathan se limitó a esbozar una sonrisa tensa y a hacer un gesto con la mano que denotaba indiferencia.

—Así que...

Gus se puso a charlar con Violet para disipar la tensión. Al final, Autumn dejó el rencor atrás, uniéndose a una larga conversación que incluyó sus expectativas sobre sus carreras universitarias, las ciudades de las que se habían mudado y otros temas más triviales, como el cine y la moda.

Nathan vio a Violet sonreír y responder a lo que Autumn y Gus decían. Hacía tiempo que no la veía tan contenta y confiada. De hecho, pensándolo bien, en todo el tiempo que la había conocido, nunca la había visto actuar como... bueno... como una adolescente.

—¡No puede ser! —exclamó Autumn—. No puedo creer que no conozcas *The Wanderers*.

—Eh, lo siento —se disculpó, apretando los labios, los cuales simulaban tanto una mueca como una sonrisa.

—Prepárate. Estás a punto de sumergirte en una de las obsesiones de Autumn, te guste o no —se quejó Gus.

—No es mi culpa que no te guste la buena música, primo —replicó ella.

—No es tu *gusto* musical al que me opongo, *prima*; es el

tiempo, lugar y consistencia. Violet, te sugiero que inviertas en un par de orejeras decentes si quieres dormir.

Autumn le lanzó un cojín, el cual le dio justo en la cara.

Su primo soltó un chillido.

—¡Autumn! ¡La puerta! ¡Aún duele! ¡Recuerda! —Se limpió la nariz con el cuello de la camisa—. ¡Joder! ¡Ni aunque me sangrara la nariz me tendrían compasión!

La susodicha se recostó en los cojines, con las manos detrás de la cabeza y una sonrisa victoriosa en su rostro.

Violet ocultó su risa detrás de su mano.

Nathan negó con la cabeza. No envidiaba que Violet tuviera que aguantar a esos dos. De pronto, su teléfono sonó. Lo sacó de su bolsillo para leer el mensaje, y luego se fijó en la hora.

—¡Vaya! ¡Alerta de dinosaurio! —Gus señaló su teléfono plegable, el fantasma de una sonrisa parecía formarse en sus labios—. No tenía idea de que la gente todavía usaba esas antigüedades.

Él le dirigió una mirada que reservaba para los delincuentes a los que interrogaba. Tras unos segundos, Gus se cruzó torpemente de brazos y dejó caer su mirada al suelo.

«Ja, eso fue demasiado fácil». Ojalá la gente a la que interrogaba cediera tan fácilmente como ese chico.

Cerró su teléfono, guardándolo en su bolsillo.

—Violet, siento interrumpir, pero tengo que irme.

—No hay problema. Te acompaño a la salida.

Después de haber caminado un poco por el pasillo, un joven con una pila de volantes se acercó a ellos, mostrándole a Violet una enorme sonrisa.

—Hola, ¿estoy en lo cierto al suponer que eres nueva?

Ella asintió.

—Eh, sí. Acabo de llegar.

—¡Genial! —El chico levantó el pulgar con mucho entusiasmo—. Bienvenida a la Universidad *Monarch Grove,* o la

UMG, si te gustan los acrónimos. Te garantizo que te va a encantar estar aquí. Además, en honor a tu primer día, vamos a hacer una fiesta.

Le entregó uno de los volantes.

—¿Una fiesta? —preguntó—. ¿Tan pronto?

—¡Por supuesto! ¿Qué mejor momento que el presente para exhibir nuestro increíble espíritu escolar?

—Porque todo lo que tenemos es el presente, ¿verdad? —secundó, dedicándole también una gran sonrisa.

—¡Cierto! Por fin una chica que piensa como yo.

El interior de Nathan se estremeció. Los tipos exageradamente animados como ese le molestaban; sin embargo, no podía negar el aprecio que le tenía por haberle dado a Violet una cálida bienvenida.

Ella escaneó el volante, señalando el nombre del lugar.

—Em, perdón, pero ¿dónde queda esto?

—Oh, es súper fácil llegar.

El joven se giró y comenzó a señalar a su alrededor, dándole indicaciones sobre la dirección. Al hacerlo, dejó al descubierto un tatuaje de una rosa en su cuello.

Sintió como Violet se ponía rígida a su lado; su respiración era cada vez más superficial e irregular. El volante se arrugó cuando cerró sus manos en puños, dejando ver sus blancos nudillos.

Cuando el chico se dio la vuelta, ni Nathan ni Violet respondieron, provocando que su sonrisa de anuncio de pasta de dientes flaquera.

—Ah, tal y como dijiste, es súper fácil llegar —soltó Nathan—. Gracias por tu ayuda.

Ella asintió con la cabeza y sonrió, aunque su sonrisa no era tan brillante como antes. Se trataba de la sonrisa forzada que Nathan conocía muy bien, la que no representaba alegría, sino que enmascaraba la tormenta creciente en su interior. Procedió a tomarla por los hombros y alejarla con suavidad.

—Respira, Violet —murmuró, usando una voz tranquilizadora que solo ella podía escuchar—. Era una rosa. No era él. Solo respira, ¿de acuerdo?

Su ansiedad, provocada por algo tan sencillo como un tatuaje mal colocado, era evidente para cualquiera que se preocupara de mirar con la suficiente atención. Se notaba por la tensión de sus hombros, la forma en la que sus ojos se movían de un lado a otro, por su respiración irregular, y por cómo jugueteaba con el papel que traía entre manos.

La guio hacia el exterior, esperando que el aire fresco pudiera ayudarla. Encontraron una banca vacía bajo uno de los árboles más viejos del jardín.

—Lo siento, Nathan. Sé que tienes que irte —dijo Violet, tomando asiento—. No te preocupes por mí. Estaré bien.

—Está bien, Vi. —Se sentó a su lado, dándole palmaditas en la espalda—. Puedo quedarme diez minutos más.

Recordó cómo Violet había comenzado a mostrar síntomas de estrés postraumático poco después de que la encontraron. Los numerosos episodios que había presentado en la escuela rondaban entre la catatonia y los gritos frenéticos. Tras enterarse, Nathan la había rápidamente a un psiquiatra y a que fuera atendida por el psicólogo de su escuela.

Hubo que recurrir al ensayo y error, pero, en cuanto consiguió trabajar con alguien especializado en traumas, su salud mental mejoró a pasos agigantados. Con el tiempo, aprendió a reconocer sus detonantes y consiguió desarrollar métodos para afrontarlos.

Se sentía orgulloso de ver lo bien que estaba manejando la situación. Algunos detonantes eran peores que otros, de tal forma que incluso hacía un año, la visión de un tatuaje en el cuello le habría provocado un fuerte ataque de pánico, que habría hecho que echara mano de la navaja guardada en su bolsillo trasero. Ahora, había logrado manejar la situación como la combatiente que era.

Repitió el proceso de respirar hondo unas cuantas veces más, regulando su respiración y reduciendo su ritmo cardíaco. Poco a poco, la tensión de sus hombros se liberó, de tal forma que pudo volver a sentarse contra el banco con un poco menos de rigidez.

Aunque sabía que lo tenía controlado, decidió añadir unas cuantas palabras de ánimo por si acaso.

—Violet, estás a salvo. Nadie está aquí para hacerte daño. No estás en peligro. Y estás manejando tu ansiedad muy bien.

Aquello la hizo reír. Dio un asentimiento, respirando con más calma, al tiempo en que Nathan soltaba un suspiro de agradecimiento. Lo peor ya había pasado.

Llevaba algunos meses sin tener un ataque de pánico en toda regla, y esperaba que fuera el último que tuviera que experimentar. Sin embargo, no podía dejar de preocuparse por cómo se las arreglaría sola, en un lugar nuevo y desconocido, sin ayuda.

Dejó de repasar su lista mental de preocupaciones una vez que Violet se levantó.

—Okey, ya estoy bien.

Ella forzó una sonrisa, una que no se reflejaba en su mirada. Si bien su expresión se encontraba más calmada, sus manos se estremecían ligeramente a causa de los restos de adrenalina, provocando que el volante que sujetaba temblara.

Nathan tenía ganas de agarrarla por la muñeca y llevarla de vuelta al auto. Y, si interpretaba sus gestos correctamente, ella parecía temer que fuera a hacerlo.

Se forzó a sonreír.

—Entonces, ¿tienes todo lo que necesitas?

—Creo que sí. —Su voz tembló un poco. A pesar de ello,

consiguió levantar la barbilla y, con un tono más firme, agregó—: Sí. Tengo todo lo que necesito. Estaré bien.

Debía darle crédito, estaba decidida a demostrar que no iba a dejar que un pequeño pseudo ataque la doblegara en su primer día de universidad. Le sonrió genuinamente, asintiendo en señal de aprobación.

—Bien. Ah, y antes de que me olvide... —Sacó el juego de llaves del jeep y se las entregó—. Ahora son tuyas.

Sus ojos se abrieron de par en par y su boca quedó boquiabierta.

—¿Qué? Claro que no. Es tu auto nuevo. No puedo tener tu auto —replicó, intentando devolverle las llaves.

Él negó con la cabeza, cerrando sus manos alrededor de las suyas.

—Ya gastaste todos tus ahorros pagando las cuotas de la escuela. Tómalo como mi regalo de cumpleaños atrasado.

Violet volvió a negar con la cabeza.

—Bien. Si no puedes aceptarlas por ti, al menos hazlo por mí. Este viejo quiere dormir por la noche sabiendo que cuentas con un medio seguro para volver a casa después de las fiestas fuera del campus y de las compras en la ciudad, o de cualquier otra cosa que hagan los universitarios hoy en día. Seré sincero, no me gusta la idea de que tomes trenes o autobuses y, sobre todo, que vuelvas a casa caminando a oscuras.

La chica lo miró con una cara que parecía decir: «¿bromeas?».

—¿En serio? ¿Y qué hay del estacionamiento a mi dormitorio? Son unos diez minutos a pie, además de que existen muchos lugares oscuros donde podrían atacarme, sabes.

—Lo sé, pero para eso tienes esto. —Señaló el lugar en el que llevaba escondida su navaja—. No me digas que ya olvidaste el entrenamiento de defensa personal que aprendiste durante los últimos años. En caso de que sí, una rápida patada en las bolas debería ser suficiente.

—¿Y qué tal si es una chica la que me ataca? —replicó, colocando las manos sobre sus caderas.

—Yo... Mmm... —Frunció el ceño al tiempo en que se frotaba la nuca—. No sé, patéale los dientes y luego jálale el cabello, o algo así.

Su respuesta la hizo reír.

—¿O algo así?

Nathan esbozó una sonrisa.

—En fin, te dejo volver con tus nuevos amigos. —Le dio una palmadita en el hombro—. No olvides que puedes llamarme cuando quieras. Ya sea de día o de noche, no importa la hora.

Ella asintió.

—Lo digo en serio, Vi.

—Lo sé. —Su sonrisa burlona se transformó en una expresión seria—. Gracias, Nathan.

—Ni lo menciones.

—No, de verdad. Gracias. Por todo. No habría llegado hasta aquí sin ti.

Hizo un gesto con la mano para restarle importancia.

—Ah, alguien tenía que llevarte. Era mejor que tomar el tren y cargar con todas las cosas que tenías que llevar.

Violet le propinó un golpe en el brazo.

—Sabes lo que quiero decir.

Nathan asintió y, antes de que pudiera reaccionar, ella lo abrazó. Dudó un segundo, pero finalmente le devolvió el abrazo.

—Sabes, creo que te irá muy bien aquí —reconoció. No tuvo que ver su cara para saber que sonreía—. Te veo luego, Vi.

Tras esa despedida, se dio la vuelta y comenzó a andar por el sendero.

—Espera —lo llamó—. ¿Cómo llegarás a casa sin tu auto?

No se detuvo, en su lugar le contestó por encima del hombro:

—Compré un boleto de tren. La estación está a solo unos minutos a pie de aquí.

—Pero la estación de tren de la ciudad queda a veinte minutos en auto de tu casa.

—Jude me va a recoger.

—¿Qué? ¿Por fin ustedes...?

—Adiós, Vi. Disfruta de tu primer día.

CAPÍTULO 4

HADAS FURIOSAS

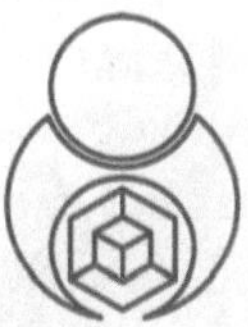

Aún después de que Nathan se perdiera de vista, Violet permaneció sentada en solitario en el banco durante algunos minutos más. Después de su casi ataque, lo único que quería era acurrucarse en su cama y dormir.

Haber vivido en la habitación de invitados de Nathan durante los últimos tres años había sido una bendición. Se suponía que ese sería un arreglo temporal, pero incluso tres meses después, su trabajadora social seguía sin encontrarle un lugar adecuado en el cual quedarse. Tras unas cuantas discusiones, él le había ofrecido quedarse de forma permanente, cosa que ella aceptó sin pensarlo demasiado. Al fin y al cabo, Nathan era de los tutores más agradables que había conocido, y el hecho de contar con su propio espacio —un sitio en el cual podía esconderse cuando lo necesitara, sin ser cuestionada por ello—, le había otorgado un refugio seguro, un lugar en el que podía sanar y reponerse tras la pérdida de Lyla.

Llegar a vivir con otra persona en el mismo espacio no sería algo sencillo. No era una persona que confiaba fácilmente en los demás, por no decir nada. Sin embargo, Autumn y Gus *eran* el tipo de personas que le gustaría conocer. Quién sabe, quizás con un poco de tiempo, podría llegar a considerarlos amigos.

Se removió al sentir como algo se le clavaba en el bolsillo del pantalón. Sacó su navaja de doble filo, otro regalo de Nathan. Se la había regalado poco después de que comenzara su entrenamiento en defensa personal. Al principio se limitó a enseñarle lo básico, cosas como el aprender a liberarse de las llaves de cabeza y de las llaves de estrangulamiento, pero al cabo de unas semanas, había pasado a enseñarle a defenderse de una persona armada, empezando con los cuchillos. Y no solo la había entrenado para que supiera defenderse de una cuchilla, sino que también le había enseñado a utilizarlas con eficacia.

Cuando le obsequió la navaja, alegando que había pertenecido a su familia durante varias generaciones, por supuesto que se negó a aceptarla. Nunca había poseído nada tan valioso. Aun así, él le insistió en que la tuviera.

La hizo girar en su palma. Su belleza era innegable. Pulsó un botón, provocando que una hoja de doble filo se deslizara desde el centro del mango con un *shink*.

Sostuvo el arma; su mango se ajustaba perfectamente al contorno de su mano. El sol reflejaba sutiles cambios de color a lo largo de la brillante empuñadora de color perla y, en la parte superior de su acabado de igual color, había una especie de motivo tallado ornamentado. En el reverso se encontraban incrustadas diez piedras preciosas de color negro.

En cada extremo del mango, ambas partes de la virola eran en su mayor parte de color azul cerceta; sin embargo, esto cambió cuando giró el arma de un lado al otro, dejando ver fragmentos de color verde esmeralda y magenta metálicos —pertenecientes a pequeñas líneas que decoraban el mango— que brillaban a la luz del sol. Estos hicieron juego con la propia hoja, en la que tanto el esmeralda como el magenta resplandecían a través del cerceta en un patrón orgánico arremolinado, mismo que continuaba hasta llegar a su punta mortal.

Volvió a pulsar el botón. Con un nuevo *shink,* la hoja desapareció de nuevo en el mango.

Violet desvió su atención a las llaves que sostenía con su otra mano, negando con la cabeza. La generosidad de Nathan era asombrosa. Una parte de ella había deseado una y otra vez que él hubiera aparecido mucho antes en su vida, pero otra parte sabía que había llegado en el momento perfecto.

Había pasado la mayor parte de su vida contemplando cómo su mundo se destruía pieza por pieza, siendo la muerte de Lyla la gota que había derramado el vaso y significado el inicio del apocalipsis. A pesar de ello, Nathan le había enseñado a reconstruirse, la había ayudado a salir del miserable abismo en el que se encontraba y a aprender a luchar contra sus demonios. Se había convertido en un faro, en una razón para confiar no sólo en él, sino también en ella misma. Había estado ahí cuando más lo había necesitado.

Aspiró una profunda bocanada de aire, la cual exhaló con lentitud. Ahora estaba en la universidad, sola. Él ya no estaría al final del pasillo para socorrerla. La idea de emprender el siguiente capítulo de su vida sin él casi le provocaba un nuevo ataque de pánico.

Apretó los ojos con fuerza.

«¡Para!». No podía seguir haciéndolo. No podía seguir derrumbándose en pedazos, y esperar a que Nathan la ayudara a reconstruirse. «Vamos, Violet, contrólate. Solo necesitarás adaptarte un poco, eso es todo».

Tenía que madurar, aceptar su nueva realidad, recordar que aquella vida universitaria era lo que deseaba. Solo necesitaba sobrellevarlo con calma; un día a la vez.

Por ahora podría servirse de la cafeína para ayudarla. En el camino había visto una pequeña y pintoresca cafetería cerca del estacionamiento de los terrenos de la universidad. El paseo de ida y vuelta le daría el tiempo suficiente para despejar su mente y prepararse para afrontar la dinámica de su nueva vida.

Unos veinte minutos más tarde, atravesó las puertas de cristal de la cafetería y pidió un chai latte con espuma extra. A continuación, se apoyó en la pared, fuera del camino de los demás clientes, y dio vueltas a la borla de su bufanda mientras esperaba.

Las paredes del lugar estaban decoradas con brillantes tapices y varias obras de arte. Un televisor situado en una esquina reproducía una película de Marilyn Monroe en blanco y negro con el volumen bajo. La gente entraba y salía con sus vasos de poliestireno, cruasanes humeantes y otros aperitivos para llevar. Una barista avisó que ya estaba listo un pedido, el cual fue recogido por una mujer de cabellos rubios y ondulados que vestía una chaqueta color canela. Esta pasó junto a Violet para recoger su *latte*.

Su corazón dio un vuelco.

«Esa mujer… ¿sería…?».

Ella se giró, topándose por casualidad con la mirada de Violet durante unos segundos mientras salía. Los hombros de la chica se hundieron. ¿Qué le pasaba? Por supuesto que esa mujer no podía ser Lyla.

Sintió un nudo en la garganta.

Había perdido la cuenta de las veces en que había deseado poder recordar lo ocurrido la noche de la muerte de Lyla. Solo sabía lo que Nathan y Jude le habían contado, pero nada de eso explicaba el *porqué*. ¿Por qué la habían secuestrado a ella y a Lyla? ¿Por qué su amiga tuvo que morir? ¿Por qué ella seguía viva? Lyla merecía estarlo mucho más que ella. Ella tenía una familia: una madre, un padre y un hermano que la extrañaban.

Aquella sensación de autodesprecio se aferraba a Violet como una sustancia gelatinosa. Por mucho que intentara desprenderse de esta, siempre quedaba un residuo pegajoso de la misma, al igual que sucedía con el hombre del tatuaje de sus sueños. El hombre sin rostro con ese estúpido tatuaje que veía cada vez que cerraba los ojos.

Su interior se estremeció al recordar su reacción ante el chico que repartía volantes.

«Era un estúpido tatuaje de una rosa, ¡maldita sea!».

Se frotó los ojos, dejando escapar un suspiro.

—¿Señorita? Señorita, disculpe.

Parpadeó unas cuantas veces. La joven barista que se encontraba detrás del mostrador agitaba la mano para llamar su atención.

—Su chai latte está listo.

—Oh, lo siento. —Violet caminó hacia ella, sacó su cartera y le entregó unos cuantos billetes—. Aquí tienes.

—No te preocupes, cariño —le respondió, tomando el dinero.

«¿Cariño?». Odiaba que chicas más jóvenes que ella la llamaran de esa manera. Por ello, le ofreció a la camarera una sonrisa de labios apretados antes de tomar su *latte* y girarse.

Solo para terminar estrellándose contra alguien.

Durante unos segundos, el líquido marrón y la espuma blanca bloquearon su visión. El aroma a canela y otras especias se apoderaron de sus sentidos.

Se congeló en el acto, horrorizada por la situación.

Un joven de alrededor de su edad contemplaba cómo su bufanda, chaqueta, pantalones y zapatos, ahora se encontraban cubiertos de un tinte mortecino. Violet se arrepintió de haber pedido espuma de más. Ambos observaron como aquel globo blanco se extendía por la bufanda del chico, para luego desparramarse sobre el charco lechoso que se había formado a sus pies, provocando que este salpicara.

El afectado alzó la cabeza para mirarla.

Su corazón latía con fuerza, sus mejillas ardían y sus ojos no podían abrirse más. Todo su cuerpo se tensó, preparándose para lo que estaba a punto de llegar; la ira, los gritos y reclamos por las quemaduras de tercer grado y la ropa estropeada. Algunos recuerdos comenzaron a arremolinarse en su mente, cada uno más violento que el anterior. Se preparó para lo peor.

Menos para que le sonriera.

Violet parpadeó.

Él le de verdad le sonreía.

Aquello hizo que su pánico se agraviara.

A pesar de que su sonrisa era ladeada, parecía genuina. Incluso le pareció ver como una pizca de diversión centelleaba en sus ojos, los cuales eran una mezcla entre café y dorado.

—Sabes —dijo mientras limpiaba algunos restos de espuma blanca de su recortada barba rubia—, pensaba que beber un poco de café me calentaría, pero esto no era exactamente lo que tenía en mente.

—¿Lo siento?

¿Se le había escapado algo? ¿Era así como solía reaccionar la gente después de ser bautizada por un baño de chai ardiente?

El joven se encogió de hombros, sin dejar de sonreírle.

—Disculpa aceptada.

«¿Disculpa?», se preguntó. De inmediato, ahogó un grito. «¡Ah, sí!».

Se tapó la boca con la mano.

—De verdad, *de verdad* lo siento.

Procedió a darse la vuelta y a tomar una pila de servilletas que se hallaba cerca. Quizás debería ayudarlo a limpiarse la ropa; sin embargo, la idea de tocar a un desconocido la incomodaba un poco. En su lugar, se agachó e intentó limpiar el charco que había a sus pies.

Él se rió y la imitó, poniéndose a su altura.

—Toma. —Extendió su mano hacia ella, rozando su muñeca con sus dedos—. Déjame ayudar...

Violet se apartó instintivamente, luego se levantó. La sonrisa del chico fue sustituida de inmediato por una mirada horrorizada. A continuación, se levantó con deliberada lentitud, con las dos palmas de las manos extendidas.

—Lo siento... No quise... Yo solo...

Los ojos del joven recorrieron frenéticamente el lugar. Retrocedió medio paso, como si se preparara para huir.

—¡Oh! —exclamó. «Solo intentaba tomar algunas servilletas de mi mano»—. No, lo siento.

«Rayos, pronto pensará que "lo siento" es la única frase que conozco».

Le ofreció una sonrisa de disculpa justo en el momento en el que se dio cuenta de que su otra mano se encontraba apoyada en la navaja oculta que llevaba en la parte trasera de su pantalón. Se obligó a relajarse y a dejar caer la mano a su costado.

«Está bien, Vi. Él no iba a...». Parpadeó. ¿A hacer qué? ¿Atacarla en medio de la cafetería? ¿Agarrarla por la muñeca para arrastrarla y meterla en su furgoneta blanca?

Apretó los dientes y sacudió ligeramente la cabeza.

«De verdad, contrólate. No todo el mundo es un secuestrador».

—Eh, solo... me asustaste. Eso es todo. —Levantó las servilletas—. Ten.

Sus ojos se entrecerraron ante la visión de las servilletas. Todavía tenía las manos levantadas, con las palmas hacia fuera.

«Dios, está actuando como si le estuviera apuntando con una pistola en lugar de sostener un montón de servilletas».

Su mirada era intensa, lo cual provocó que sus mejillas enrojecieran. Sin embargo, ¿podía culparlo? El que ella hubiese retrocedido había sido un poco exagerado para haberse tratado de un roce accidental en su muñeca. Por su reacción, bien podría haberle gritado: «¡Arriba las manos, y dame todo lo que tengas!».

El joven dio un paso atrás, dispuesto a marcharse.

Violet se maldijo. Era la segunda vez que exageraba ese día. ¿Tenía que actuar como una idiota psicótica cada vez que un chico guapo intentaba ser amable con ella?

—Deja que pague tu café... —soltó antes de que pudiera irse. Aquello lo detuvo, pero no hizo que le respondiera, por lo que añadió—: Durante toda la semana.

Aunque siguió sin responder, la intensidad de su expresión se relajó un poco.

Violet observó su bufanda.

—También puedo reemplazar tu bufanda, si quieres. Te conseguiré una con... —Hizo una mueca—. Menos leche en ella.

—Mmm...

Inclinó la cabeza hacia un lado y luego hacia el otro, haciendo ademán de considerar su oferta. Para su alivio, bajó las manos; aquel acto provocó que disminuyera la sensación de sentirse como una criminal.

Finalmente, asintió con la cabeza y le mostró una media sonrisa.

—Creo que voy a aceptar ese café gratis. Pero no te preocupes por la bufanda. Igual nunca me gustó. —Levantó una borla de esta con la ayuda de dos de sus dedos—. De hecho, creo que la mejoraste.

Dos nuevos *lattes* y una pila extra de servilletas más tarde, ambos se encontraban frente a la puerta del lugar. Violet colocó la mano en el pomo de la puerta, dudando sobre si debía abrirla. El viento había incrementado, tirando con avidez de los abrigos, chaquetas y bufandas de la gente que transitaba fuera. Las nubes cubrían el sol, obstaculizando sus esfuerzos por arrojar algo de calor.

Lanzó un suspiro y sostuvo su bebida más cerca de su pecho.

—Si no tienes prisa por irte —dijo el desconocido—, ¿por qué no nos sentamos unos minutos y vemos si el sol está dispuesto a volver a mostrar su cara el día de hoy? —Señaló una mesa vacía con dos sillas junto a los escaparates. Antes de que ella pudiera responder, él levantó una mano en señal de advertencia—. Solo prométeme que no me tirarás otro *latte* encima. —Una de las comisuras de su boca se curvó, mientras que sus ojos denotaban un deje de diversión.

A pesar de las mariposas restantes de su estómago a causa de la vergüenza, Violet no pudo evitar sonreír. Echó un último vistazo a la lúgubre vista del exterior. Iban a ser unos buenos veinte minutos de camino hasta su dormitorio, y lo único que pensaba hacer al volver era echarse una siesta.

—Te prometo que no muerdo —agregó.

Las mariposas de su estómago revolotearon con más fuerza. Aunque en lugar de mariposas, más bien parecía tratarse de un grupo de hadas enfadadas que revoloteaban y golpeaban los bordes del órgano, intentando salir.

El chico volvió a sonreírle.

Decidió que su siesta podía esperar y dio un asentimiento, siguiéndolo hasta la mesa.

Una vez que su compañero se sentó, se despojó de su chaqueta aún húmeda. Aquello hizo que Violet volviera a sentir vergüenza ante las manchas de café que habían salpicado su camisa de manga larga. Sin embargo, él no pareció inmutarse, sino que continuó ajustándose la bufanda y, cuando terminó, le dio un sorbo a su bebida.

Agachó la cabeza, esperando que sus mejillas rojas no fueran evidentes. Tomó un sorbo de su propia bebida, saboreando su calor y los exquisitos sabores que bailaban sobre su lengua.

—Por cierto, no me dijiste tu nombre —señaló mientras giraba su taza lentamente sobre la mesa.

—¿Mi nombre?

De nuevo pudo apreciar como una de las comisuras de su boca se curvaba.

—Sí, ya sabes. La forma que la gente usa para referirse a otra. Imaginé que, si una dama tan encantadora como tú se ofreció a invitarme un café durante el resto de la semana, al menos debería saber su nombre.

Ella alzó una ceja.

—«¿Dama encantadora?». Eso me hace pensar en una anciana con poodles.

Su comentario lo hizo reír.

—De acuerdo, ¿qué tal si lo cambio por «bella dama»?

Tanto sus mejillas como su cuello enrojecieron. Dejó caer su mirada en la tapa de su bebida; en las cuatro cúpulas elevadas de esta se podía ver el nombre de cada tipo de café: «*Flat white*», «capuchino», «*latte*» y «chocolate». Aquella que decía «*latte*» se encontraba presionada, por lo que trazó círculos con su pulgar en el hueco que esta formaba.

—Me llamo Violet.

—Violet —repitió con voz aterciopelada.

Su reacción fue morderse el labio.

—Y, ¿eres estudiante? —cuestionó ella.

Él negó con la cabeza en señal de respuesta.

—No, por suerte ya terminé la carrera. Ahora trabajo desde casa.

—¿Ah, sí? ¿A qué te dedicas?

—Soy consultor de marketing.

—Suena impresionante.

Su compañero dejó escapar un suspiro que denotaba diversión.

—La verdad es que no. Básicamente, evalúo la estrategia de marketing de una empresa y elaboro un plan con propuestas para mejorarla.

—Genial.

—Sí, no es un mal trabajo. Soy mi propio jefe y puedo elegir mis horarios. Al principio no podía permitirme el lujo de elegir a mis clientes, pero con el tiempo creé una pequeña reputación y ahora puedo aceptar los proyectos que me interesan.

—Vaya, eso suena increíble.

Antes había supuesto que tenía más o menos su edad, pero si ya había terminado una carrera y contaba con su propio negocio, debía tener al menos veintitrés años. Tenía sentido; sus rasgos masculinos superaban con creces a los de los adolescentes de su preparatoria, quienes aún continuaban despojándose de sus facciones infantiles.

—Así que, Violet, si no te importa que te lo pregunte, ¿por qué chai?

Frunció el ceño al tiempo en que ladeaba la cabeza.

—¿Qué quieres decir?

—Me refiero a, perdóname si me equivoco, pero no me pareces alguien a quien le podría gustar... el chai.

—Oh. —Se encogió de hombros—. No sé, ¿qué no te puede gustar? Es como beber una taza de Navidad. Todos esos sabores festivos: jengibre, clavo, vainilla, anís estrella y canela. Dime, ¿a quién no le gusta la canela?

El chico arrugó la nariz.

Violet se quedó boquiabierta.

—¿No me digas que no te gusta la canela?

Apretó los labios, negando con la cabeza.

—Lo siento, pero no.

—Oh, por favor, ¿qué hay de las donas de canela? Las recién hechas.

Nuevamente arrugó la nariz.

—Las prefiero glaseadas.

—¿Qué? ¿Bromeas? Es imposible que las donas glaseadas superen a las de canela.

El muchacho se rió y alzó las manos en señal de rendición.

—Bien, de acuerdo. ¿Qué tal si olvidamos nuestras diferencias? Yo respeto que te guste el chai y tú respetas que me gusten las donas glaseadas.

Ella se rió, respondiendo con un asentimiento.

—Está bien, trato hecho.

De nuevo, le volvió a sonreír.

—Genial.

La distancia entre ellos era mucho más corta por encima de la pequeña superficie de la mesa. Desde ahí, podía ver que sus ojos eran en realidad de color chocolate intenso con deslumbrantes motas de oro, que en conjunto los hacían parecer la mezcla de café y dorado que creyó haber visto antes. Su recortada barba, ahora libre de espuma, hacía juego con el rubio oscuro de su cabello, el cual parecía estar salpicado por mechones dorados y blancos a causa del sol. Su bufanda ocultaba su cuello y la mayor parte de su pecho, mas sus mangas grises eran lo suficientemente ajustadas como para hacer notar los músculos de sus hombros y brazos.

Pronto se dio cuenta de que él también la estudiaba, lo cual ocasionó que, una vez más, sus mejillas se sonrojaran y bajara la vista para volver a contemplar la tapa de su café.

—Entonces, ¿supongo que no me dirás tu nombre? —cuestionó—. Porque, ya sabes, supuse que mis amigos querrían saber quién era la pobre alma desafortunada que fue atacada por mi chai.

Su comentario lo hizo reír.

—Ah, en ese caso, no podemos defraudar a tus amigos.

—No, no podemos —respondió, mordiéndose el labio.

—Bueno, será mejor que les digas que me llamo Thane.

* * *

Violet entró en su habitación con el resto de su chai latte en la mano.

—Así que tienes un papá cool.

Autumn estaba sentada en la silla de su escritorio, haciendo girar una rasta alrededor de uno de sus dedos. Hilos y cuentas de colores decoraban algunos de sus mechones, y unos pendientes de plata en forma de campana proyectaban destellos de luz en su rostro, los cuales tintineaban cuando movía la cabeza.

Gus se sentó en la silla de Violet, balanceándose de un lado a otro con despreocupación.

—Sí, y también es un poco… —Entrecerró un ojo, como si buscara la palabra adecuada—. Intenso.

Violet se dejó caer en el asiento de la ventana con una sonrisa. Negó con la cabeza mientras rodeaba un cojín con sus brazos.

—Nathan no es mi papá.

—Oh —se sorprendió Gus—. Entonces, ¿qué es? ¿es tu tío? ¿Un hermano demasiado mayor? —Le dedicó una sonrisa cómplice al tiempo en que enarcaba las cejas—. ¿Es tu *sugar daddy*?

Ella soltó una carcajada, arrojándole el cojín que sostenía.

—Es solo un amigo.

Gus emitió un «ay» cuando el objeto golpeó su rostro.

—Por el amor a las donas, chicas, ¿podrían ya dejar de atacar mi hermoso rostro? Estoy comenzando a pensar que están celosas de mi belleza.

—Si fuera cierto, te hubiera arrojado mi chai latte en lugar del cojín.

Gus se rió.

—En ese caso, a partir de ahora estaré atento a las bebidas calientes voladoras.

Violet se rió y bebió el resto de su chai, depositando su vaso vacío en el alféizar de la ventana. El chai siempre desencadenaba en ella su pequeño cúmulo de recuerdos felices, cuya gran mayoría tenía a Lyla como protagonista.

—Así que… —agregó Autumn—, además de cargar cajas, ¿a qué se dedica tu amigo?

—Es un oficial.

«Oh», respondió ella al tiempo que Gus exclamaba:

—¡Un oficial!

El chico se dio un golpe en la frente, profiriendo un gruñido.

—¿Por qué? Oh, ¿por qué tuve que mencionar el negocio de cáñamo de la tía Skye delante de un oficial?

Su prima puso los ojos en blanco.

—No es ilegal, tonto.

—Pero tal vez *él* no piense lo mismo. ¿Y qué hay de ti? Fue un gran momento para sacar a relucir tus actividades ilícitas en la web. Probablemente ya esté usando su walkie-talkie para pedir refuerzos.

—Deja de hacerlo sonar tan turbio —lo reprendió Autumn.

—¡Sabía que un día te atraparían!

—Nathan es genial —lo defendió Violet—. Créeme, a él no le importan esas cosas.

—¡Eso dices tú! —Gus la apuntó con un dedo acusador —. ¿Cómo sabemos que no eres un topo que fue enviado aquí para obtener información sobre los hackeos de Autumn?

—¿Un qué?

—Ya sabes, un *topo*. En el lenguaje policial significa «espía».

Autumn profirió un gruñido.

—Ella no es una espía, Gus.

—¿Cómo lo sabes?

—Simplemente lo sé.

—¿Cómo? ¿Crees que con hacer un simple *clac-clac*... —hizo el gesto de escribir en un teclado— puedes saberlo todo?

Autumn pateó su silla.

—Cállate, Gus.

—Lo digo en serio. Un día vas a cruzar una línea que va a terminar jodiéndote la vida.

—Te estás preocupando por nada.

—¡Tú no te estás preocupando lo suficiente!

Ella apretó los dientes, soltando un gruñido exasperado. Su primo se limitó a mirarla. Durante unos instantes, los dos permanecieron mirándose fijamente.

Violet comenzaba a pensar que había vuelto demasiado pronto.

De pronto, como si hubiera salido de un trance, Autumn anunció:

—*En fin*, pasando a asuntos más importantes... —En sus manos sostenía un volante como el que a ella le habían dado —. Un chico vino a darnos uno de estos. Sí vamos a ir, ¿cierto? —Como no contestó enseguida, se volvió hacia Gus —. ¿Cierto?

Él suspiró y alzó las manos en señal de rendición.

—Claro, vamos a la fiesta.

Autumn chilló de emoción.

—¿Qué opinas, Vi?

—Pues... —dijo con duda.

Cuando le dieron el volante, estaba dispuesta a intentarlo. No obstante, las fiestas significaban gente, mucha gente, y después de su casi ataque, la idea de mantenerse alegre durante el resto de la noche era demasiado abrumadora para siquiera pensarlo.

Además, ya había tenido suficiente de conocer gente nueva por ese día. Seguro que después habría más fiestas. Después de todo, estaban en la universidad.

—Ustedes deberían ir. Creo que hoy necesitaré acostarme temprano. Quiero estar fresca y lista para mañana.

Autumn hizo un puchero.

—Estas bromeando, ¿cierto? —dijo Gus—. ¡Esto es la universidad! Ahora es el momento en el que nos soltamos el pelo y nos vamos de fiesta hasta vomitar. Además, hablando en serio, no tenemos que preocuparnos por las clases hasta por lo menos la semana antes de los exámenes.

—Sí, lo sé —respondió, intentando no estremecerse ante la idea de vomitar—, pero tuve un largo día. Dejaré la vomitada para más tarde.

Ambos primos desistieron de intentar convencerla tras unos cuantos intentos más. Se quedaron con ella otro rato y luego, para su alivio, se fueron a preparar a la habitación de Gus, la cual se encontraba en el ala sur del edificio.

Violet se acurrucó en el asiento de la ventana y abrazó un cojín con fuerza, vencida por el cansancio.

Fuera, los últimos rayos del sol del ocaso teñían el mundo de un cálido amarillo. Al bajar la vista, se percató de una red de caminos que atravesaban el jardín desde cada dormitorio. Todos estos se encontraban llenos de estudiantes, cuya gran mayoría se encaminaba en la misma dirección.

De acuerdo con las indicaciones del chico de los volantes, se dirigían al lugar de la tal mencionada fiesta. Probablemente él pensara que ella era una idiota. Y de seguro que ahora le estaba contando a sus amigos lo rara que era.

Lanzó un quejido, enterrando su rostro en el cojín.

«Era el tatuaje de una rosa. ¡Una estúpida, estúpida rosa!».

Con un resoplido, se reclinó en el alféizar de la ventana y

apoyó la cabeza en una mano. Si tenía suerte, mañana sería un mejor día. Aunque también era cierto que el día que había vivido no había sido del *todo* malo.

La canela y las especias aún permanecían en su paladar, lo cual hizo que sus pensamientos se dirigieran a Lyla. Un dolor feroz y familiar le atravesó el pecho y le atenazó la garganta, y, antes de que pudiera evitarlo, una lágrima rodó por su mejilla.

—Lo hice, Ly. Logré llegar a la universidad.

CAPÍTULO 5

TE ENCONTRÉ

La música, las risas y las conversaciones casuales se extendieron hasta donde él se encontraba, escondido bajo la negrura de la noche. La oscuridad que reflejaban las sombras de varios árboles y la frondosidad de los arbustos le permitían camuflarse perfectamente.

La primera fiesta que marcaba el inicio del nuevo curso se celebraba en uno de los salones de la residencia, ubicado en la planta baja. Inclinó la cabeza para mirar a través de las aberturas en el follaje, buscando en cada una de las ventanas; desde aquellas que se encontraban en lo bajo hasta las más altas y cercanas al techo. Los asistentes de la fiesta se habían dividido en sus roles típicos: los bailarines se encontraban cerca del escenario del DJ, aquellos fiesteros experimentados observaban una partida de *beer pong*, quienes necesitaban alcohol para aumentar su confianza estaban alrededor de las poncheras y los barriles, y los más tímidos se hallaban repartidos en los rincones del lugar.

Su nariz se arrugó ante el desenfrenado comportamiento. Nunca había entendido el atractivo de hacer el ridículo bajo la influencia de bebidas alcohólicas y narcóticos.

Dirigió su atención a los edificios de la residencia, escudriñando las ventanas hasta que encontró la que buscaba. Una luz en el interior dejaba ver la silueta de una estudiante sentada en el ventanal, observando como los fiesteros se desparramaban en el césped o se reunían debajo de ella.

Sonrío.

—Ah, te encontré, Violet.

Un mosquito zumbó junto a su oído, posándose a un lado de su cuello. Lo golpeó con la mano y se frotó la piel irritada, arrugando por un instante el pronunciado contorno de un tatuaje de un escorpión de cristal. A continuación, se cruzó de brazos y se apoyó en la pared de ladrillo, sin dejar de mirar a la chica de la ventana.

CAPÍTULO 6

AQUEL CANDELABRO

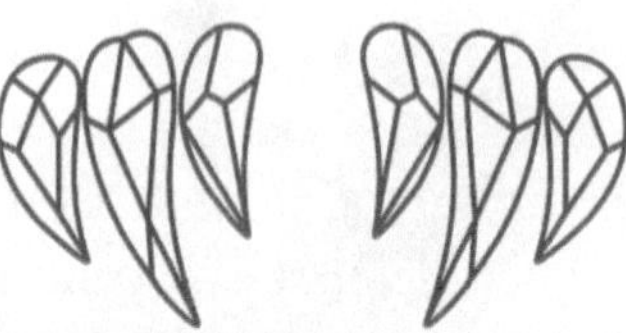

Nathan bajó la ventanilla del auto, dejando que el viento le acariciara el rostro mientras observaba las casas y las tiendas que atravesaban fugazmente su campo de visión.

—¿Y cómo le fue a Violet en su primera semana de universidad? —preguntó Jude desde el asiento del conductor de la patrulla sin distintivo.

Prefería que fuera ella quien condujera; nunca le había agarrado el truco a manejar uno de esos vehículos Erathi.

—Bueno, ella...

Fue interrumpido por un llamado de la comisaría, informando sobre un allanamiento de morada. Nathan tomó la radio portátil y respondió que Jude y él irían a investigar.

—Bien —contestó la voz al otro lado—. Les indicaré la dirección.

Esta le resultaba familiar, aunque no podía precisar por qué. Por otra parte, ¿qué dirección de la ciudad no le resultaba familiar a esas alturas?

—Parece que el mal nunca duerme —comentó Nathan al tiempo en que Jude giraba el auto hacia su nuevo destino.

—De hacerlo, nos quedaríamos sin trabajo.

—¿Y eso sería malo?

—Para mí sí. Puede que Violet ya esté en la universidad, pero yo aún tengo que asegurarme de que mis dos hijos lleguen allí. Dios sabe que mi exesposo no da suficiente manutención como para cubrir las clases de piano. Pero volviendo a mi pregunta original: ¿cómo le va a Violet?

—No tan mal —respondió tras una ligera pausa.

—Oh-oh, ¿qué pasó?

Él la miró, negando con la cabeza.

—¿Cómo lo haces, Jude?

La detective agitó una mano de forma despreocupada.

—Años en el trabajo. Siempre soy capaz de distinguir cuando alguien está tratando de restarle importancia a algo.

Nathan volvió a mirar por la ventanilla. Desde que había empezado a trabajar con Jude, tres años y medio atrás, había hecho todo lo posible por ocultar su verdadera identidad, no solo a ella, sino también al resto de la ciudad. Suprimir su naturaleza había supuesto aprender a confiar en sus habilidades humanas para leer y predecir las emociones y motivaciones de los que lo rodeaban, algo que había resultado ser infinitamente más complicado cuando se trataba de criar a una adolescente.

Cuando Violet se mudó con él, había acudido a Jude para que lo aconsejara respecto a cómo tratar no solo a una chica, sino a también a una inquilina adolescente. La experiencia de su compañera al haber criado a dos preadolescentes había sido invaluable. Sin ella, nunca habría sabido del poder que poseía una barra de chocolate a la hora de consolar a una chica temperamental.

Sus pensamientos fueron interrumpidos cuando un puño golpeó su brazo.

—¿Hola? Escúpelo. ¿Qué le pasa a Violet?

—Ah, ya sabes. Violet es fuerte. Ha pasado por más de lo que podemos imaginar.

Jude soltó un suspiro.

—Eso es decir poco. Todavía me duele que no hayamos podido encontrar a los secuestradores de Violet y Lyla. No puedo creer que todas las pistas que teníamos nos guiaran hacia un callejón sin salida. —Le dio un golpe al volante—. *Odio* los casos sin resolver.

Nathan se removió en su asiento. Era seguro que no tendría ninguna posibilidad de enfrentarse a la ira de Jude si esta se enteraba de que muchos de esos casos se debían a su intervención.

—En fin —añadió, mirando en su dirección—, sigues sin haber respondido a mi pregunta. ¿Qué le pasa a Violet?

Sin más opción, abrió la boca para responder.

—No importa —lo interrumpió—. Ya llegamos.

Había estado demasiado absorto en su conversación con Jude como para fijarse en la zona acomodada de la ciudad a la que habían llegado: el césped cuidado, los setos y jardines esculpidos, las entradas adosadas y los pilares de piedra arenisca eran algunas de las cosas que caracterizaban al lugar. Cada casa competía con la siguiente en grandeza y complejidad de diseño. Los lugareños habían bautizado la zona como «la calle de los millonarios» debido a que políticos y algunas celebridades menores vivían en aquella zona. Nathan se sintió apesadumbrado al reconocer que la casa contigua a la que se habían estacionado pertenecía al alcalde Clearwater.

Una sensación de pavor removió su interior al darse cuenta de dónde se habían detenido.

Era el hogar de los Branstone. El hogar de Lyla-Rose.

Los Branstone no poseían un estatus político ni eran celebridades. En cambio, procedían de un acaudalado negocio familiar que abarcaba varias generaciones. En la ciudad se hablaba de que la familia era propietaria de unas cuantas franquicias bastante reconocidas en todo el país, las cuales rondaban desde joyerías hasta artículos para decoración del hogar.

Nathan hizo todo lo posible por reprimir su aprensión cuando ambos se encontraron frente a la puerta doble de la entrada. Nunca había entrado en aquella casa. Durante la investigación de la muerte de Lyla, Jude y él habían optado por utilizar el enfoque de «divide y vencerás». Fue así como él se había centrado en el estudio de la escena del crimen y en el aspecto forense, participando en los interrogatorios solo cuando estos se llevaban a cabo en la comisaría. Sin embargo, había sido Jude quien había realizado las visitas domiciliarias pertinentes a la familia de Lyla.

Su compañera tocó el timbre. Unos segundos más tarde, una mujer que llevaba un top deportivo de un color rosa intenso y unos leggins con estampado de leopardo abrió la puerta. Llevaba una toalla sobre los hombros y su teñido cabello rubio caía en cascada, formando suaves ondas.

—¿Sí?

—Hola señora Branstone —la saludó Jude—, no sé si se acuerde de mí. Soy...

—Por supuesto que me acuerdo de usted, detective —la interrumpió la mujer—. Y también me acuerdo de usted —añadió, señalando a Nathan.

Intentó recordar la última vez que había visto a la madre de Lyla; antes era morena, y sus labios y nariz se veían un tanto diferentes a como recordaba. ¿Quizás se había sometido a alguna cirugía?

—Bien —continuó Jude—. Estamos aquí porque recibimos una llamada reportando un allanamiento de morada.

El rostro de la mujer pasó de mostrarse desconfiado a lucir aliviado.

—¡Ah, sí! —Les dedicó una amplia sonrisa—. Que oportunos. Justo acabo de terminar mi rutina de ejercicios.

Nathan dudaba de que fuera así, a juzgar por su impecable y maquillado rostro.

—Pasen.

Esperó a que su compañera entrara primero.

—¡Esperen!

La señora Branstone alzó la mano para evitar que Jude continuara avanzando.

—Cielo santo —murmuró ella en voz baja antes de retroceder.

—Acaban de encerar el piso —continuó la mujer—, por lo que deberán quitarse los zapatos y los calcetines antes de entrar.

Nathan bajó la vista, fijándose en las tablas de madera del suelo bajo las uñas rojas de la madre de Lyla. Jude profirió un «de acuerdo» y luego retrocedió para quitarse los zapatos y los calcetines, mientras que él reprimió un suspiro y evitó poner los ojos en blanco cual adolescente antes de quitarse los suyos. La señora Branstone golpeteaba la puerta con sus uñas rojas en lo que los esperaba.

Una vez que ambos estuvieron descalzos, la mujer les dedicó una sonrisa triunfante y les indicó que entraran.

La entrada daba hacia un gran vestíbulo de techos altos, iluminado por un enorme candelabro de cristal que colgaba en el centro de la habitación. Una escalera decorada con barandillas de madera tallada se ubicada en el extremo derecho de esta y subía en picada hacia la izquierda. Retratos familiares adornaban las blancas paredes de la misma, y, al llegar a la cima, podían verse unas cuantas puertas cerradas saliendo del rellano, lo cual hizo que Nathan no pudiera evitar preguntarse cuál de ellas habría sido la habitación de Lyla.

—Denme un segundo para cambiarme y traerles algo de beber —dijo la señora Branstone al tiempo que los guiaba a través de una puerta ubicada al pie de la escalera y que conducía a un amplio salón—. Tomen asiento, por favor —les indicó, señalando uno de los sofás antes de salir por otra puerta.

Ambos se sentaron frente a una chimenea de piedra. Cuando supuso que la señora Branstone se había alejado lo suficiente como para oírlos, Nathan se inclinó más hacia Jude y comentó:

—No recuerdo que la madre de Lyla fuera así de rubia.

—Sí —concordó Jude, igualando el tono bajo de su voz—. O que sus labios fueran tan carnosos.

Soltó una pequeña carcajada e inspeccionó la habitación, examinando su extravagante mobiliario. Intentaba recordar el nombre de la franquicia de artículos de decoración del que era dueña la familia cuando vio algo que le revolvió las tripas. Los jarrones de cristal y los candelabros apoyados en la chimenea brillaban a causa de la luz solar que se filtraba por las ventanas. Al comprobar el resto del lugar, descubrió más adornos de apariencia cristalina.

No se había percatado del regreso de la señora Branstone, por lo que la aparición de un vaso con agua frente a su rostro hizo que se sobresaltara.

—Aquí tiene —anunció con voz cantarina.

La luz se reflejaba en el collar que llevaba en el cuello; tres grandes gemas incoloras ocupaban el centro del mismo, con piedras más pequeñas enmarcando las de mayor tamaño. Para un ojo inexperto, estas podrían pasar por diamantes o incluso circonita, pero Nathan fue capaz de diferenciarlas al notar cómo los rayos del sol eran proyectados en la superficie de las joyas, exhibiendo un patrón definido y arremolinado. Además, su olor...

Fijó su mirada en el vaso con agua que aún sostenía la señora Branstone. Aquel revoltijo que sentía se transformó en náuseas, por lo que se obligó a enfocar su atención en el vaso, evitando desviar la mirada hacia ningún otro lugar.

También se concentró en su respiración en un intento por evitar ceder ante el efecto nauseabundo que se avecinaba.

Jude le dio un codazo, sosteniendo su propia bebida en la mano. A continuación, frunció el ceño, cuestionándolo con su expresión. En respuesta, forzó lo que esperaba que fuera una sonrisa y tomó el vaso.

Cuando la señora Branstone se sentó en un sofá adyacente, Jude comentó:

—Perdónelo, pareciera que nunca hubiera visto un vaso.

—¿Les gustan? Mi esposo me los regaló la semana pasada. Es cristalería antigua traída desde Japón.

Nathan cerró los ojos, intentando ahogar el parloteo de la mujer sobre toda la variedad de «cristalería» que había adquirido su marido. Incluso Jude había opinado sobre su collar.

Intentó obligar a su mente a pensar en otras cosas, cualquier cosa que lo ayudara a controlarse. No obstante, sus pensamientos regresaban al candelabro del vestíbulo.

Sintió como un sudor frío le recorría todo el cuerpo y cómo su boca se inundaba de saliva mientras que sus náuseas se duplicaban.

«Diamantium. Pero, ¿cuánto?».

El collar por sí solo sería uno.

«Mas aquel candelabro…», consideró.

Estaba a punto de vomitar.

Se levantó de golpe. Ambas mujeres lo miraron, claramente sorprendidas.

—Lo lamento —soltó—. Debió ser la comida china de anoche. ¿Me permite su baño?

CAPÍTULO 7

¿QUÉ QUIERES, RUBITA?

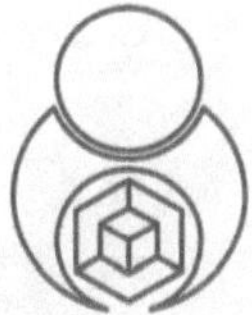

VIOLET INHALÓ AQUELLOS OLORES QUE AHORA LE RESULTABAN tan familiares; el tueste oscuro otorgado al café era, por supuesto, el más penetrante, pero eso no era todo, había otra cosa que le añadía un toque de dulzura acaramelada a la combinación. Una ráfaga que traía consigo el olor a mantequilla derretida y queso se mezclaba con los demás aromas: un sándwich de croissant a la parrilla, pedido para llevar.

Había pasado solo una semana desde su primer día, y hasta ahora su proceso de adaptación a la vida universitaria no había resultado ser *tan* malo. Una vez que hubo recibido su horario, la rutina que acompañaba a las clases y al estudio —a los que se le sumaban comidas y descansos ocasionales— la había absorbido por completo. Jamás se había sentido tan agotada en su vida.

El ajetreo había resultado ser un cambio agradable respecto a la mundanidad que había dejado en *Brookhaven*. Sin embargo, con cada nueva clase llegaba una nueva lista de tareas, cada una más abrumadora que la anterior. En un momento especialmente complicado, pensó en abandonar la universidad. Fue entonces cuando tuvo que recordarse a sí misma que eso era lo que quería, que aquello era para lo que había trabajado.

También era lo que Lyla hubiese querido.

Violet se aferró a cada uno de los recuerdos que conservaba de ella. El día en que se conocieron, seis años atrás, seguía recordándolo tan claro como el agua.

* * *

La puerta se cerró, dejándola sola en el dormitorio mientras las voces del otro lado de la puerta se apagaban gradualmente al bajar las escaleras. Seguro que Miranda estaba informándoles a sus nuevos padres adoptivos acerca de su historial.

Hizo una mueca. Ya conocía la fachada dulce y melosa que ese tipo de padres ponían cada vez que los visitaba alguien del centro. Se estremeció interiormente y sintió el sabor de la bilis recorrer su boca cuando su nuevo padre adoptivo le dedicó una sonrisa obscena y le guiñó un ojo cuando Miranda no estaba mirando. Violet había analizado a la mujer del tipo y se había dado cuenta de que era de las que hacían la vista gorda.

Había escuchado historias de otros niños en su misma situación, quienes se habían encontrado con familias de acogida cariñosas y atentas, e incluso habían sido adoptados. Pero en los trece años que llevaba en el sistema, seguía sin tener la suerte de encontrar aquel mítico hogar.

Arrojó al suelo la bolsa de basura que contenía sus pocas pertenencias y se desplomó en la cama, sin molestarse en familiarizarse con su nueva habitación. En su lugar, miró al techo y se dispuso a idear un plan de escape. Quizá podría salir de ahí en unas semanas; dos en el mejor de los casos y tres meses en el peor.

Un ruido proveniente del otro lado de la ventana la hizo perder el hilo de sus pensamientos.

Violet ya se había levantado de la cama cuando la ventana se abrió de golpe. Un pie con un calcetín y luego una pierna se asomaron al interior, seguidos rápidamente por el cuerpo de una chica que parecía tener su edad. La intrusa se quitó el polvo de su gabardina color crema y sus leggins negros y apartó algunas hojas de sus largos y ondulados mechones rubios. Después, se volvió hacia ella y le sonrió. Llevaba una bufanda de tartán colgada del cuello, que era una combinación de crema pálido, negro y rojo, y... ¿en serio llevaba una boina? ¿Y dónde estaban sus zapatos? ¿Era otra huérfana? Si lo era, estaba claro que había salido a asaltar una tienda de marca antes de venir.

—Hola. —La chica le extendió la mano—. Me llamo Lyla-Rose. Es un placer conocerte.

Violet no se movió. En cambio, se dedicó a observar la postura y expresiones de la intrusa, tratando de adivinar sus intenciones.

«Mmm, probablemente no esté en el sistema». Era demasiado sonriente y... educada. Violet nunca había conocido a ningún otro adolescente que utilizara la frase: «es un placer conocerte».

Cómo la chica no obtuvo respuesta, bajó la mano y se encogió de hombros.

—Muy bien, ¿qué tal si empezamos por lo básico? —Metió la mano en el bolsillo de su abrigo y sacó un bloc de notas y una pluma antes de tomar asiento en el borde de la cama. Después, abrió la libreta, pasó la pluma por encima de la página y la miró—. ¿Cuál es tu nombre completo y tu fecha de nacimiento?

Violet la miró con fijeza. ¿Qué demonios estaba pasando? Había visto muchas cosas a lo largo de los años; desde locuras hasta pesadillas, pero nunca había visto nada parecido a lo que ahora le sucedía. Apretó el puño, negándose a bajar la guardia, solo por si acaso.

Lyla-Rose frunció el ceño.

—Eh, ¿entiendes mi idioma?

Ella imitó su gesto.

—¿Qué? Sí, por supuesto que sí.

Lyla sonrió, aliviada.

—Oh, que bueno. Por un momento pensé que eras extranjera o que podrías ser muda.

Violet enarcó las cejas. Se preguntó si esa chica se habría escapado de un manicomio cercano y había asaltado a una modelo antes de trepar por el árbol hasta su ventana, la cual estaba ubicada en la planta alta de la casa.

—Entonces, ¿sí me dirás tu nombre y fecha de nacimiento? —repitió.

Violet se cruzó de brazos, sin estar del todo segura de cómo abordar aquel extraño encuentro.

—Eh, ¿y por qué estás aquí? ¿Eres otra huérfana?

Los ojos de su acompañante se abrieron de par en par.

—¿Qué? —Se colocó una mano en el pecho—. ¿Yo? ¡De ninguna manera! No, no, no.

A continuación, agitó los brazos como si Violet le hubiera pedido que volara.

—Entonces, ¿qué quieres, rubita?

Lyla inclinó la cabeza hacia un lado antes de añadir:

—¿Acaso no es obvio?

Violet volvió a fruncir el ceño.

La chica suspiró, dejando caer el bloc de notas y su pluma a su lado.

—Okey, mira. —Tomó aire—. El caso es que la señorita Graham me dijo que necesitaba escribir un reportaje de interés humano lo suficientemente atractivo como para poder competir por el puesto de editora de la revista de la escuela. Pues bien, Cynthia Clearwater *—pronunció, arrugando la nariz—, ya había terminado su entrevista, en dónde eligió al alcalde. Y eso es muy cliché e injusto porque su padre es el alcalde. —Se levantó y empezó a pasearse por la habitación, recorriéndola desde la ventana hasta la cama—. Así que, por supuesto, ella iba a conseguir un enfoque más «emocional» y «sin filtros» a diferencia del resto de personas que lo han entrevistado. —Levantó los brazos y simuló unas comillas con las manos—. Pero cuando le expliqué a la señorita Graham que en Brookhaven nunca pasaba nada y que cualquier cosa que mereciera la pena para hacer el reportaje ya se había hecho millones de*

veces, lo único que dijo fue... —Se colocó las manos en las caderas e imitó un agudo acento británico—: «Eres una chica lista, Lyla. Si el puesto de editora es realmente importante para ti, seguro que tú más que nadie podrá encontrar un tema interesante sobre el cual escribir.

Se detuvo a mitad de camino y sonrió.

—Así que aquí estoy.

Violet la miró con los ojos entrecerrados.

—Eh, lo siento, sigo sin entender lo que está pasando.

Lyla puso los ojos en blanco. Corrió hacia la cama para recuperar su bloc de notas y su pluma, alzándolos para dar énfasis a sus siguientes palabras:

—Estoy aquí para entrevistarte, es obvio.

—¿Qué? Tienes que estar bromeando.

Sip, ahora Violet se encontraba totalmente convencida de que Lyla se había escapado de un manicomio.

Ella soltó una risita. Sus ojos verdes brillaron y su rostro resplandeció, triunfante.

—Por supuesto que no. ¿Qué no lo ves? Esto es perfecto. —Abrió los brazos de par en par—. No solo eres la persona más nueva de la ciudad, sino que además estás en el sistema. Tengo frente a mí la oportunidad de escribir el más fascinante reportaje de interés humano que la revista de la escuela jamás haya visto. Podrás darme todos los detalles escabrosos desde una perspectiva más íntima sobre lo que realmente significa ser uno de los «huérfanos olvidados» de nuestro país que son «pasados por alto por el hombre». Enlistaré los pros y los contras, y podré desmentir los mitos que hay al respecto.

Violet se quedó boquiabierta. La chica también debía estar drogada. Jamás en su vida habían resumido su historial en el sistema como algo «fascinante». ¿Y exactamente que «pros» esperaba escuchar esa barbie?

Empezó a menear la cabeza.

—No creo que...

—Por favor, déjame entrevistarte. Sé que será mi mejor artículo hasta ahora. Además, es justo lo que necesito para ganar el puesto de editora de la revista escolar. Por favor, di que sí.

Lyla se apresuró hacia ella, mirándola con desesperación, y luego la sujetó de los brazos.

Violet chilló al instante debido al dolor, zafándose de su agarre.

Aquello hizo que ésta retrocediera a trompicones, con los ojos desorbitados a causa de la impresión y la mirada clavada en sus brazos.

En algún momento —se dio cuenta Violet— se le debieron haber subido las mangas, dejando al descubierto los feos moretones azules y morados de sus antebrazos. Sus mejillas comenzaron a arder. Bajó apresuradamente sus mangas hasta las muñecas y volvió a cruzarse de brazos antes de atreverse a mirar a Lyla. La curiosidad brillaba en los ojos de la chica, y tras esta se hallaba otra emoción, una que no fue capaz de descifrar. Aun así, sin importar de lo que se tratara, era demasiado como para que pudiera manejarlo.

—Fuera —pidió en voz baja.

Lyla se quedó boquiabierta.

—¿Qué? Pero...

Violet señaló la puerta antes de volver a hablar:

—Dije fuera —gruñó.

Transcurrieron algunos momentos, en los cuales Violet pensó en sujetarla de su costosa bufanda y lanzarla por la ventana cual practicante de lanzamiento de martillo.

Lyla apretó los labios y alzó la barbilla.

—Bien.

Tras aquella respuesta, salió por la ventana y volvió a bajar del árbol. Cuando llegó al suelo, se puso un par de patines que había dejado junto al tronco de este. Después, volvió a mirar a Violet y resopló en señal de desafío antes de marcharse dando fuertes zancadas por la hierba hasta llegar a la acera de cemento, en dónde se perdió de vista.

Unos días después, cuando Violet entró a su nueva escuela, no le sorprendió saber que Lyla estaba en su clase. Esta era pequeña comparada con algunas otras a las que había asistido en la ciudad y, debido a que había menos alumnos, sería casi imposible evitarla por completo. No obstante, se sintió aliviada cuando se dio cuenta de que ella también parecía ignorarla.

Tampoco tardó en descubrir quién era esa tal Cynthia de la que Lyla había hablado con tanta vehemencia. Sin embargo, tardó un poco más en descubrir sus motivos. Por lo que pudo descifrar, ambas eran vecinas y habían sido mejores amigas desde el kínder. Pero, al parecer, unos meses antes de que ella llegara, habían tenido una discusión. Dependiendo de quién contara la historia, la razón de esta iba desde el robo de un novio hasta la rivalidad entre sus familias. Sin importar el motivo, aquello resultó en que Cynthia se convirtiera en la abeja reina de la escuela y Lyla en el blanco de todos los chismes.

Aun así, Lyla tenía dos cosas a su favor: la reputación de su familia y su hermano, Sagan. Este era dos años mayor que ella, y se contaba que estaba siendo preparado para hacerse cargo del negocio familiar, lo que hacía que faltara a la escuela con frecuencia para unirse a los viajes de negocios de su padre. Fuera de eso, Violet no sabía mucho sobre él, excepto que era muy respetado y que la mayoría del alumnado femenino estaba enamorado de él. En especial Cynthia.

A pesar de ello, su hermano no podía protegerla de todos los mensajes de texto despiadados, de las humillaciones en las redes sociales o de las risitas y burlas en los pasillos de la escuela o en los baños. Sobre todo cuando aquellos tratos empeoraban durante su ausencia.

Un día, unas arpías se sentaron detrás de Lyla durante la puesta de un documental en la clase de historia, turnándose para cortarle mechones de pelo hasta que ella acabó por darse cuenta. Más tarde, Violet se la encontró en el baño, sollozando mientras se miraba en el espejo y sujetaba con fuerza las puntas de su cabello recién cortado, como si quisiera forzarlo a crecer.

Aquel nivel vívido de emoción y desesperación le resultaban dolorosamente familiares, junto con el incesante deseo de que alguien, cualquiera, se detuviera y prestara atención a la situación.

Y en esa ocasión había alguien haciéndolo.

Era Violet quien se había dado cuenta de la situación, y era ella quien se encontraba allí cuando Lyla más necesitaba a alguien.

Debía... ¿qué? ¿Consolarla? Pero... ¿qué se hacía para consolar a alguien? Eso parecía estar fuera de su alcance y era mucho mejor que alguien más se encargara de ello, como un profesor, el psicólogo de la escuela o algún... algún amigo.

Su mente se disparó y su corazón comenzó a latir con fuerza. Avanzó hasta que Lyla fue capaz de verla a través del reflejo del espejo.

—De acuerdo, lo haré —declaró Violet.

Los sollozos de la chica se detuvieron. En su rostro parecieron reflejarse mil emociones antes de que su expresión se decantara por la confusión.

—¿Qué?

Violet se metió en un cubículo y salió con un puñado de papel higiénico, el cual le tendió.

—Voy a dejar que me entrevistes.

Lyla se volvió hacia ella, sin hacer ningún movimiento para tomar el papel. En su lugar, la miró con intensidad.

Violet luchó contra el impulso de encogerse, reconociendo la misma mirada que ella misma le había lanzado a Lyla cuando esta había irrumpido en su habitación. Aunque ella no había participado en ninguno de los tratos crueles hacia la chica, tampoco había hecho ningún intento por intervenir, lo cual era tan malo como lo que habían hecho esas asquerosas al cortarle el pelo. Sabía que en ese momento se encontraba buscando algún indicio de falsedad en ella, cuestionando sus verdaderas intenciones.

Tras un breve periodo de vacilación, dio otro paso al frente; encontrándose cara a cara con Lyla.

—Mira, tú dime el lugar y la hora, y responderé a cualquier pregunta que tengas. —Colocó el papel en su mano—. Te juro que no tengo malas intenciones ni condiciones ocultas.

Aquello no hizo que su mirada cambiara; al contrario, esta pareció intensificarse. Pasaron unos minutos más, en los cuales Violet comenzó a pensar que nunca obtendría respuesta.

—En mi casa, después de clases —contestó finalmente. En su voz ya había desaparecido todo rastro de sollozos.

—Genial. Hasta entonces.

Lyla comenzó a limpiarse las mejillas con el pañuelo mientras que Violet se giraba para marcharse.

—Antes de que te vayas... —agregó.

Cuando se giró para mirarla, vio que ella sostenía unas tijeras.

—No tendrás por casualidad experiencia como peluquera, ¿cierto?

Violet esbozó una pequeña sonrisa. Tomó las tijeras y empezó a recortar los trozos irregulares del cabello dorado de Lyla.

Si Lyla siguiera ahí, habrían ido juntas a la universidad, incluso puede que hubieran compartido habitación. Podría estarla acompañando justo ahora, esperando junto a ella su propio café mientras le contaba sobre su última tarea y algunas discusiones que había tenido con el tutor de su grupo.

Inspiró con fuerza. La sensación punzante que sentía en el pecho se había transformado en una acompañante habitual a los muchos «¿qué hubiera pasado si?» que la rondaban. No podía afirmar con seguridad que la vida era mucho peor sin Lyla. Pero sí que esta sería mucho mejor si su amiga continuara en ella.

Desde que la había perdido, Autumn y Gus se habían convertido en lo más cercano a amigos que había tenido. Claro, sin contar a Nathan y a Jude.

Vivir y dormir tan cerca de Autumn a veces se tornaba un poco claustrofóbico, aunque no era tan diferente a dormir con otra media docena de niños huérfanos. Además, en lo que respectaba a compañeros de cuarto, ella no era tan mala; pasaba la mayor parte del tiempo perdida en su computadora, laptop o celular. El constante *clac-clac* que hacía al teclear se había transformado paulatinamente en ruido blanco.

Violet también había conocido a algunos otros de sus compañeros, quienes visitaban con frecuencia su dormitorio entre clases. Quien más lo hacía era una irlandesa llamada Bessie, una chica burbujeante que sabía lo que quería y como conseguirlo, y quien estaba locamente obsesionado con Hello Kitty, los dulces japoneses y las películas de Quentin Tarantino. Autumn y Gus la habían conocido durante la fiesta del primer día; le contaron que se habían acercado a ella pensando que era Violet, pero que una vez que empezó a hablar, su acento irlandés hizo que se dieran cuentan de su error. Además del hecho de que ambas compartieran el mismo color de cabello, Violet no veía que tuvieran otras similitudes. Sin embargo, varios de sus compañeros habían hecho comentarios haciendo alusión a la teoría de los doppelgängers.

Al cabo de una semana, tanto Gus como Bessie formaban prácticamente parte del mobiliario de la habitación de Violet y Autumn. Los cuatro se llevaban muy bien; aun así, Violet seguía asegurándose de reservar pequeñas cantidades de tiempo libre para sí misma fuera del dormitorio, por lo general durante las mañanas.

Se había despertado temprano y escabullido de la habitación, a pesar de que pasarían una o dos horas más antes de que Autumn se encontrara despierta y de pie. Era la hora en la que ella y Thane habían acordado reunirse, como lo habían hecho todos los días desde aquel baño de chai.

La cafetería se encontraba abarrotada con su habitual ajetreo matutino. Uno de los camareros silbaba una suave melodía, la cual era apenas audible bajo el ruido de las máquinas de café. Los clientes se apiñaban para tomar su dosis matutina de cafeína, lo que provocaba ráfagas de viento cada vez que uno de ellos abría la puerta.

Violet buscó una mesa libre y se acomodó en uno de sus asientos. Todavía tenía unos minutos que matar antes de que llegara Thane, por lo que se envolvió bien en su bufanda de lana color jade y sacó su cámara. Durante el camino se había inspirado para tomarles fotos a algunos estudiantes, aprovechando la inusual aparición del sol. Observó cada fotografía hasta llegar a una que mostraba a una pareja sentada en uno de los bancos de los jardines de la universidad; un chico envolvía su brazo alrededor de los hombros de una chica que reía con la cabeza echada hacia atrás y que mostraba una brillante y blanca sonrisa. Su pareja le sonreía de vuelta, como si fuera víctima de un trance.

Violet jamás había tenido novio.

«¿Cómo sería ser esa chica?», se preguntó. Su compañía parecía ser tan cercana y cómoda. De quitar a alguno de ellos, la foto estaría incompleta.

Sonrió, pensando en sus recientes conversaciones con Thane. Hablar y reír con él era sorprendentemente fácil. Era difícil creer que ya habían llegado al último día de su promesa de invitarle un café por toda una semana.

—¿Amigos tuyos?

Alzó la mirada cuando Thane tomó asiento frente a ella. A continuación, se despojó de su chaqueta y la colgó en el respaldo de la silla, para luego desenrollarse la bufanda del cuello y colocarla sobre la mesa.

—¿Disculpa? —dijo ella al tiempo en que parpadeaba.

Thane sonrió y señaló la cámara que tenía en sus manos.

—La pareja de la foto. ¿Son amigos tuyos?

—Oh. —Miró la pantalla digital—. No, solo tomaba fotos de gente al azar de camino hacia acá.

Los ojos del chico se abrieron de par en par.

—Oh, así que eres una acosadora.

En cambio, los ojos de Violet parecieron a punto de salirse de sus orbitas.

—¿Qué? ¡No! No lo soy... Lo que quiero decir es...

Él sonrió y alzó las manos en un gesto para tranquilizarla.

—Relájate. Solo estaba bromeando —dijo entre risas—. Deberías ver tu cara.

Violet presionó las palmas contra sus ardientes mejillas. ¿Cómo lograba ocasionar ese efecto en ella?

Se rió una vez más antes de añadir:

—Lo siento, no debí burlarme. Lo que debí decir fue: «Es una gran foto. Tienes un verdadero don».

Algo se agitó en su pecho, provocando que no pudiera evitar sonreír.

—Gracias. Y tú eres un verdadero idiota.

Los ojos de su acompañante se arrugaron mientras reía.

—Tienes razón. Me lo merezco.

Pronto sus risas se apagaron. Transcurridos unos segundos, Violet se dio cuenta de que ambos se estaban mirando.

La chica se aclaró la garganta.

—Voy a, eh... pedir.

Torció su silla para ponerse de pie, mas antes de conseguirlo, una joven que vestía el uniforme del local colocó dos tazas de café para llevar en su mesa.

—Un capuchino y un chai latte, ¿verdad? —confirmó ella.

Ambos intercambiaron miradas.

—Sí —corroboró Thane.

—¡Genial! Puedes pagar cuando estés listo, cariño —le indicó con una sonrisa al tiempo en que le guiñaba el ojo.

Cuando esta se retiró, Thane le dedicó a Violet una sonrisa cómplice.

—Tan solo siete días y ya nos convertimos en clientes habituales.

Violet se rió.

—De hecho, creo que solo a *ti* te tomó tan solo siete días. Si me preguntas, creo que le gustas. Cuando termine mi semana de pagarte el café, estoy segura de que podrías sacarle algunos más gratis. Sobre todo, si se da cuenta de que ya no formo parte de la ecuación.

Su compañero frunció el ceño.

—¿No formar parte de la ecuación? —Bajó la mirada hacia su capuchino, dándole unas cuantas vueltas a la taza con los dedos—. ¿Eso quieres?

Ella ladeó la cabeza hacia un lado.

—No, estaba... Solo intentaba bromear.

Esta vez, cuando levantó la vista hacia ella, sus ojos resplandecían.

—Genial, porque yo, eh... Me gustaría seguir viéndote. Es decir... si te parece bien.

Su pulso se aceleró.

—Ah, sí. Digo sí —aseguró, asintiendo con la cabeza con demasiado vigor—. A mí también me gustaría.

La sonrisa de Thane se extendió de oreja a oreja.

—¡Genial! Entonces, ¿qué te parece la semana que viene? Y esta vez, yo invito el café.

—Perfecto —respondió.

CAPÍTULO 8

SONRISA DE TIBURÓN

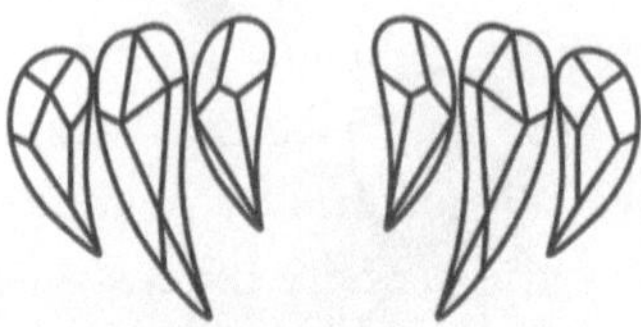

Nathan se echó agua en la cara y luego tomó un trago de esta para enjuagar el ardor ácido de la bilis que acababa de vomitar en el inodoro que se encontraba a su lado. La vida humana que llevaba debía estar ablandándolo. Había visto muchas cosas horribles —incluso había hecho algunas—, pero ninguna de ellas había tenido el mismo efecto en él que la que le causaba la decoración de aquella casa.

Una vez que cerró la llave, se sumió en el silencio. Su mente se disparó al mirarse en el espejo del tocador, tratando de procesar los sucesos anteriores.

«¿Cuántos habría?». Ese collar por sí solo sería al menos uno, ¡pero ese *candelabro*!

Las emociones que bullían en su pecho se desbordaron, manifestando una punzante agonía que se clavó en sus codos. Se apresuró a quitarse la chaqueta antes de que las mangas quedaran destrozadas.

La sensación punzante se intensificó. A lo largo de los años, había aprendido a reprimirla, pero esta vez dejaría que se manifestara. Levantó un brazo y observó en el espejo cómo un borde brillante atravesaba la piel de su codo. Este creció en paralelo a su antebrazo, desplegándose hasta casi alcanzar su muñeca. Alzó el otro brazo, desde donde también sobresalía una cuchilla cristalina y multifacética, una versión gemela de la primera.

Procedió a inspeccionarlas, observando el distintivo patrón arremolinado dentro de las superficies, un patrón similar al del collar de la señora Branstone, así como, muy probablemente, al de cada fragmento de cristal del candelabro. A excepción del hecho de que ambas de sus hojas de Diamantium poseían un patrón irrepetible, único, como una huella dactilar.

La imagen del supuesto collar de diamantes volvió a aparecer en su mente, provocando que se cubriera el rostro con las manos, recordando su aroma. Se le formó un nudo en la garganta. Intentó despejar su mente de las imágenes violentas, del horror de su raza siendo masacrada; el imaginar sus huesos de cristal siendo destrozados en pequeños fragmentos y luego reensamblados en un despliegue gráfico de riqueza humana.

Sacudió la cabeza con incredulidad. ¿Por qué aquello le producía tantas náuseas? Había visto y tratado a los muertos de su propia especie antes y nunca había reaccionado así. Además, a excepción de un Veniri en particular, no había estado cerca de ningún otro desde que se había fugado de su colmena hacía quince años, mucho menos de ningún difunto. Tal vez estaba desarrollando algún tipo de sensibilidad sensorial.

¿Cómo no se había enterado antes de la existencia de esos cazadores? Y lo que era más importante, ¿ellos sabían sobre él? Durante los últimos diez años había estado tan concentrado en mantener su identidad Veniri en secreto que ni siquiera Jude y Violet lo sabían. Sin embargo, no estaba al tanto de cómo operaban los cazadores ni de cómo descubrían y rastreaban a sus presas. Dudaba que hubiera durado tanto tiempo en su casa de haber estado enterados de su condición. Quizás en ese aspecto Jude había sido su salvación, una testigo no deseada.

... ¿O tal vez se encontraba involucrada con ellos, ayudándolos a atraerlo hacia una elaborada trampa?

Negó con la cabeza. Era una locura, no había manera. Había estado con ella casi todos los días; se daría cuenta si ella fuera una impostora.

Se congeló en el acto.

«Jude», recordó.

Ella todavía se encontraba ahí fuera, aunque dudaba que estuviera en peligro. Si había algo que sabía sobre los cazadores Erathi, era que no cazaban humanos. No obstante, no le gustaba la idea de que estuviera ahí fuera sin él. Por ello, volvió a prestar atención a su reflejo y levantó los brazos. El dolor punzante fue menos intenso cuando hizo que las cuchillas de Diamantium volvieran a fundirse con su piel.

Con la chaqueta bien puesta, salió del cuarto de baño y se dirigió al pasillo. El salón estaba vacío. El corazón le dio un vuelco y la sangre se le subió instantáneamente a la cabeza. Su pulso entrecortado retumbó en sus oídos mientras la presión aumentaba detrás de sus sienes.

Antes de que el pánico se apoderara por completo de él, oyó voces en la habitación contigua. Siguió los sonidos hasta dar con una puerta en el otro lado del salón, desprendiendo la correa de seguridad de la funda de su pistola mientras avanzaba. Estaba a punto de sacar su arma cuando Jude apareció. Reconoció de inmediato su postura de trabajo; la espalda recta, los hombros cuadrados, la cabeza gacha y sus constantes asentimientos al ir tomando notas en su teléfono. La oyó murmurar un «ujum» al tiempo que escuchaba a su desconocido interlocutor.

Dejó escapar un suspiro y volvió a enfundarse el arma, pero justo cuando estaba a punto de entrar en la habitación, una voz grave lo hizo detenerse en la puerta. Su alivio se evaporó.

Dos figuras masculinas se habían unido a Jude y a la señora Branstone.

Uno de ellos parecía tener unos veinte años, y su pelo era de un rubio blanquecino. Nathan lo reconoció: era el hermano mayor de Lyla, Sagan. Estaba apoyado en una pared, con los brazos cruzados y una expresión amarga. Cuando lo vio, sus ojos se abrieron de par en par antes de dirigirle una mirada cargada de veneno. A continuación, se apartó de la pared y se enderezó, mostrándose mucho más atento.

El hombre que había hablado era mayor y parecía medir alrededor de 1,87, la altura de Nathan, puesto que sus ojos se encontraban al mismo nivel que los suyos. Su pelo era castaño oscuro con patillas canosas y llevaba un bigote bien cuidado que hacía juego con una barba circular recortada en la punta de la barbilla. La ajustada sudadera negra que vestía perfilaba sus anchos hombros y su musculoso físico. Además, irradiaba una intensa severidad en cada una de sus expresiones, movimientos e incluso al quedarse quieto.

Era Matthias, el padre de Lyla-Rose.

Los codos de Nathan ardieron cuando este lo miró a los ojos. Evitó fruncir el ceño. Necesitaba recomponerse y mantener su fachada de «detective humano». A pesar de ello, no pudo evitar prepararse mentalmente por si el peor de los escenarios llegase a ocurrir.

Ensayó algunos planes de hipotéticos escapes para sacarlos a Jude y a él de la casa, analizando las armas que llevaba consigo y las que sabía que ella llevaba. Con su arsenal colectivo, existía la posibilidad de que pudieran luchar contra esos dos, tres si contaba a la señora Branstone. Y si al final resultaba que necesitaría recurrir a sus cuchillas de Diamantium, practicaría el discurso en el que le contaba la verdad a Jude más tarde. O al menos una versión diluida de esta. Suponiendo que ambos salieran de ahí con vida.

Matthias interrumpió su respuesta cuando lo vio entrar en la habitación.

Jude alzó la vista, siguiendo la mirada de Matthias hasta llegar a él.

—Señor Branstone, ¿recuerda al detective Delano?

La boca del aludido se curvó en una sonrisa, una expresión que le recordaba a la que ponía un tiburón justo antes de atacar a su presa.

—Por supuesto, detective Delano. —Le tendió la mano—. Ha pasado un tiempo desde la última vez que nos vimos.

Nathan dudó sobre si tomarla, reprendiéndose al notar que aquello hizo que la sonrisa de tiburón del hombre se intensificara. Forzó una sonrisa antes de estrechar su mano.

—Sí, señor Branstone. Hace ya un buen tiempo.

—Por favor, llámeme Matthias.

El detective asintió de forma complaciente.

Matthias intensificó su agarre. Su contacto visual no vaciló, así como tampoco lo hizo su sonrisa.

Los codos de Nathan ardieron de dolor, una sensación feroz que aumentaba a cada segundo. Su chaqueta corría el riesgo de ser perforada. Luchó contra el impulso de ponerse delante de Jude y protegerla de ese hombre. Sin embargo, seguramente él se daría cuenta, por no mencionar que ella podría pedirle que hablaran a solas para cuestionar su extraño comportamiento.

Abrió la boca para hablar, para decirle a su compañera que había recibido una llamada de la estación y que los esperaban de vuelta, pero Matthias se le adelantó:

—Mi mujer me dice que ha estado enfermo, detective.

—Ah, sí —intervino ella—. ¿Cómo se siente? —Arrugó la nariz—. No habrá contraído algún virus estomacal, ¿o sí?

—Por supuesto que no, señora.

Nathan sonrió, mostrándose aliviado al ver que Matthias retrocedía para rodear a su mujer con un brazo.

—Oh, que bueno —contestó—. No me gustaría pensar que contrajo alguna enfermedad contagiosa.

—No hay de que preocuparse, querida —la tranquilizó su esposo, dándole una palmadita en el hombro—. Estoy seguro de que lo que sea que tiene al detective retorciéndose por dentro podría deberse a un hecho muy reciente.

Ella apretó los labios.

—De todas formas, podría ser una buena idea desinfectar el baño de invitados, por si se trata de algo contagioso.

Matthias soltó una risa ahogada. La intensidad en sus ojos hizo que Nathan sospechara que él sabía exactamente lo que era; reconoció aquella innegable mirada codiciosa que ponían los cazadores al evaluar a sus objetivos. Seguro que sabría con exactitud cuánto valía muerto y quién estaría dispuesto a comprar su esqueleto de Diamantium.

Se dispuso a examinarlo de forma casual, o, al menos, eso esperaba. Cargaba una funda de pistola en la cintura, asegurando dos armas, una en cada cadera. Dudaba que fueran las únicas que llevara consigo, de ahí la sudadera. Las mangas largas eran convenientes para ocultar muchas otras, las cuales estaban diseñadas para acabar con seres como él.

Apretó los dientes, sin perder de vista las manos del hombre. Descifrar sus intenciones sería mucho más fácil si pudiera transformarse parcialmente y utilizar su lengua bífida en él.

Su sonrisa se amplió aún más, como si supiera lo que estaba pensando. El Veniri contuvo su deseo de borrarle aquella sonrisa de satisfacción a golpes.

Jude se aclaró la garganta.

—Bueno, Nathan, justo antes de que entraras, estaba revisando los detalles de la laptop robada de su hijo.

—Efectivamente —concedió Matthias—, el asunto que nos ha reunido a todos aquí. —Señaló al joven rubio—. Acércate, muchacho. Detective, ¿recuerda a mi hijo, Sagan?

A Nathan casi se le había olvidado que él seguía en la habitación.

—Sí, por supuesto —afirmó, extendiéndole la mano.

El aludido no hizo ningún movimiento para estrecharla.

Ahora que Sagan se encontraba de pie junto a su padre, las similitudes entre ambos eran evidentes; sus ojos, nariz y pómulos eran un calco de los suyos, además de que también llevaba una sudadera negra sobre un físico ancho y musculoso. La principal diferencia era el color de sus ojos. Mientras que los de Matthias eran marrones, los de Sagan eran de un llamativo azul gélido, y donde los del padre mostraban un brillo de salvaje diversión, los del hijo denotaban veneno.

El hombre colocó la mano alrededor de la nuca de Sagan. Las yemas de sus dedos se volvieron blancas, y la dureza en su tono acompañó sus siguientes palabras:

—Vamos, hijo. Estrecha la mano del buen detective.

Su mandíbula se tensó cuando estrechó obedientemente la mano de Nathan solo una vez, para luego dejarla caer de inmediato.

Su padre esbozó una sonrisa torcida y le dio dos palmaditas en la cabeza. Nathan casi esperaba que la frase «buen chico» también fuera pronunciada.

Una vez concluidas las desagradables presentaciones, Jude prosiguió con su investigación.

Nathan se cruzó de brazos y trató de recordar sus entrevistas con la familia Branstone, escudriñando sus recuerdos en busca de algo que pudiera aludir a su verdadera identidad. Sin embargo, estos se habían vuelto borrosos en los años. Por mucho que lo intentara, solo podía recordarlos como una familia afligida y rota, desesperada por descubrir quién había matado a su ser querido y por qué.

Captó la mirada inquisitiva de Sagan. Al cabo de un instante, lo evaluó de forma discreta, como había hecho con su padre; una cadena negra asomaba por encima del escote de su sudadera y el sutil contorno de un amuleto era visible bajo la tela de su pecho. Nathan centró su atención en Matthias. Él también tenía la misma cadena negra y parecía llevar un amuleto bajo la camisa.

Los amuletos eran emblemas de clanes que los cazadores recibían durante su iniciación. Cada uno de ellos contenía diez pequeños viales incrustados en este, uno por cada especie conocida de cambiaformas. Los cazadores iniciados utilizaban los viales para almacenar una muestra de sangre luminiscente de su primera presa de cada especie. Cuantos más colores tuviera un amuleto, más venerado sería el cazador.

Nunca se había encontrado con un cazador que poseyera los diez colores. Lo máximo que había visto eran cinco. Aunque un amigo suyo afirmaba haber visto un amuleto con seis.

Se preguntó cuántos colores tendría el de Sagan. Y de paso, ¿cuántos tendría Matthias? ¿Cuántos colores necesitaría un cazador para ser tan arrogante como él?

—Ah, por cierto... —Matthias volvió a centrar su atención en Nathan—. Me he estado preguntando por esa chica. ¿Cómo se llamaba? —Entrecerró los ojos, chasqueando los dedos varias veces—. Ya sabe, la chica que estuvo allí durante la muerte de Lyla.

Nathan apretó los puños al tiempo en que Sagan desviaba toda su atención hacia su padre.

—Oh, se refiere a Violet —intervino Jude.

—Sí, Violet. —Su sonrisa se ensanchó, mostrándose triunfante—. ¿Cómo le ha ido?

—La verdad es que le ha ido muy bien, tomando en cuenta las circunstancias.

—Maravilloso. —Sus ojos brillaron. En cambio, la mirada de Sagan flaqueó—. Gracias, detective, por toda la ayuda que nos brindó hoy —agradeció Matthias a Jude.

Su compañera guardó su teléfono en el bolsillo.

—Lo llamaremos en cuanto sepamos algo.

—En ese caso, llamen a mi esposa. Voy a salir de la ciudad por unos días.

Jude asintió.

—Lo haremos.

Una vez de vuelta en el auto, comenzó a despotricar:

—¿Qué demonios fue todo eso? ¿Viste cómo te miraba ese chico? Qué grosero.

Tras ese comentario, siguió hablando de niños ricos desagradecidos y de cómo «al fin y al cabo era su laptop la que se habían robado».

Nathan apenas lograba registrar lo que decía, pues su mente zumbaba. No fue sino hasta que ella detuvo el auto, que se dio cuenta de que le había hecho una pregunta.

—Perdón, ¿qué dijiste?

—Dije que tengo hambre y que iré a comer. ¿Quieres algo?

Se estremeció. Su estómago estaba vacío; no obstante, seguía sintiendo algo de náuseas tras haber tenido que pasar por delante del candelabro de Diamantium por segunda vez al salir de la casa de los Branstone.

—No, gracias. Estoy bien.

—De acuerdo, vuelvo en un segundo.

Una vez que se fue, sacó su teléfono y marcó un número. Después de unos cuantos timbres, una voz masculina contestó.

—¿Sí?

—¿Dónde estás? —cuestionó—. ¿Estás en la ciudad?

—No, de momento no. ¿Por?

—Bien. No vengas a mi casa. Parece que atraje la atención de algunos cazadores Erathi.

Hubo una pausa.

—¿Seguro que no quieres que...?

—No —repuso—. Es mejor que te mantengas alejado. Te llamaré cuando... cuando sea seguro volver.

CAPÍTULO 9

ENCUENTRO CASI MORTAL CON UN PSICÓPATA

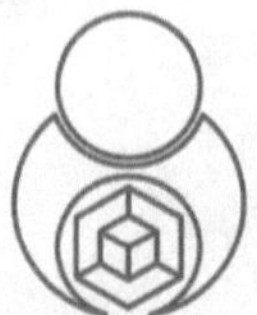

VIOLET SALIÓ DE LA DUCHA Y SE SECÓ, ECHÁNDOLE UN VISTAZO a su cuerpo en el espejo de la puerta del baño. Unas líneas pálidas recorrían uno de los costados de sus costillas, cicatrices moteadas cubrían sus codos y rodillas, y fantasmas de pequeños cortes y heridas eran todavía evidentes en su cara, sus palmas y la mayoría de sus dedos. Sin embargo, no recordaba cómo se había hecho ninguna de estas.

Las cicatrices más desconcertantes eran las de la espalda. Se dio la vuelta y estiró el cuello para inspeccionar la parte baja de su espalda en el espejo. A ambos lados de la columna vertebral se hallaban sus hoyuelos de Venus, pero en lugar de haber dos pequeñas hendiduras, ahora estos se encontraban rellenados por montículos elevados de tejido moteado, como si se hubiera quemado con ácido o con fuego. Estas cicatrices se diferenciaban de los demás signos de agresión, pues eran demasiado simétricas, demasiado *planificadas*. Ningún médico o enfermera pudo explicárselas cuando preguntó por ellas en el hospital.

Sacudió la cabeza, dejando de lado una vez más el inexplicable misterio, y se envolvió en su vestido. ¿Debía maquillarse o no? Se inclinó hacia el espejo e inspeccionó su rostro, frunciendo el ceño. Nunca le había gustado el color de sus ojos. Eran más grises que azules, como si el pigmento azul se hubiera agotado cuando estos habían sido creados. Y, ¡iugh! ¿Le habían salido ojeras? Las sombras oscuras bajo sus ojos destacaban sobre su piel pálida. Al parecer, la rápida sucesión de tareas y las desveladas nocturnas estudiando ya habían comenzado a afectarla. ¿Cómo los demás lograban mantener tanto sus estudios como una vida social activa?

Sintió como una ola de cansancio la envolvía, lo cual la hizo considerar ponerse su pijama y quedarse dormida viendo una película en su laptop. Lamentablemente, era imposible que Autumn, Gus y Bessie la dejaran quedarse en casa, sobre todo después de que hubiera faltado a la última fiesta. Además, esa podría ser una buena oportunidad para que ella también pudiera aprovechar al máximo su experiencia universitaria.

Rebuscó en el bolso en el que Autumn guardaba su maquillaje.

—Oye, Autumn, ¿tienes algún corrector que me prestes? —la llamó.

El maquillaje era una de las prácticas femeninas que Violet nunca había adoptado, aunque una vez, cuando tenía catorce años, había robado un labial con sabor a sandía de una tienda. Por desgracia, le había perdido la pista después de unos tres hogares de acogida; era probable que otra niña se lo hubiera robado.

Autumn asomó la cabeza y se apoyó en el marco de la puerta del baño.

—Tengo algunos, pero no creo que te ayuden. Ninguno tiene la tonalidad «cadáver».

Violet hizo un mohín, admirando los tonos dorados de la piel de Autumn. Definitivamente podía pasar por una belleza playera. Todo lo que necesitaba era un bikini y una tabla de surf.

Su compañera se cruzó de brazos.

—¿Por qué ese interés por el maquillaje de repente? Nunca has usado desde que te conocí. No es que lo necesites, claro. —Arrugó la nariz—. Eres una de esas chicas molestas que siempre se ve como si fuera la definición del «hashtag-desperté-así».

Violet se rió.

—Más bien sería «hashtag-qué-es-el-sol».

Ella también se rió.

—Un poco de sol no te haría daño, ¿verdad?

—Sí, bueno, no todos fuimos criados para llevar un estilo de vida alternativo *hippie*.

—Oye, no dejes que las rastas te engañen. Amo la vida en la ciudad, por mucho que me queje de la leche comprada en las tiendas.

Volvió a reírse.

—Será mejor que vayas a cambiarte, Vi. —Autumn comprobó su reloj—. Solo nos quedan algunos minutos antes de que lleguen los demás.

—Estoy lista para irme —contestó al tiempo en que trataba de dar sentido a los numerosos productos de maquillaje de la chica.

—¿Qué quieres decir? —Frunció el ceño ante su atuendo—. No puedes usar eso.

—¿Por qué? ¿Qué tiene de malo?

Colocó una mano en su cadera.

—Es negro.

Violet inclinó la cabeza y enarcó las cejas. El vestido de Autumn tenía un estampado galáctico sobre un fondo azul marino. Además, se había teñido algunas de sus rastas de varios colores fluorescentes para hacerle juego.

—No puedes ir de negro a una fiesta de neón —replicó.

—¿Qué? —Acarició la suave tela de su vestido—. ¿Por qué no?

—Porque estar vestida completamente de negro te hará invisible, eso sin mencionar que cada pelusa y partícula de polvo será mucho más notoria.

—Oh.

Violet tiró del dobladillo de su vestido, inspeccionándolo un poco más de cerca.

—Hola, chicas, ya llegamos —llamó Gus.

—Estamos en el baño —respondió su prima.

—Si la puerta del baño está abierta, entonces espero que ya estén vestidas. Es demasiado temprano para lo contrario —agregó él.

Bessie apareció en la puerta del baño.

—Hola, chicas, ¿qué les parece?

Los ojos de Violet se abrieron de par en par cuando Bessie se giró para mostrarles su atuendo. Llevaba una peluca de corte bob de color verde neón y un pintalabios a juego. Barras de luz y brazaletes de neón complementaban su top fiusha y su falda tipo tutú fluorescente.

Extendió sus manos en su dirección.

—Miren esto. Me las acabo de hacer. —Sus uñas eran una mezcla de neón; fiusha en las bases y verde en las puntas—. ¿Les gustan?

Autumn sonrió antes de asentir.

—¡Increíble! Se ven geniales.

—¿Es seguro mirar? —cuestionó Gus, que aún permanecía fuera.

Violet sonrió y Autumn puso los ojos en blanco.

—Sí, Gus. Sé que te mueres por enseñarnos tu traje. El escenario es todo tuyo.

Este saltó hacia la habitación, colocándose a lado de Bessie, y soltó un «Ta-rán».

—Guau —exclamó Violet.

Gus se giró para que las chicas pudieran apreciar su atuendo de neón. Llevaba unos pantalones de vestir amarillo limón con una camisa rosa abotonada bajo una chaqueta naranja.

—No pude encontrar zapatos neón, pero sí un spray para el cabello de color azul neón.

Levantó un pie, mostrando el nuevo color de sus tenis antes blancos.

—¡Guau! —admiró Autumn—. ¡Increíble!

Gus enganchó los pulgares bajo el cuello de su chaqueta, con una sonrisa de vendedor en la cara. No obstante, esta no tardó en transformarse en un ceño fruncido cuando miró a Violet.

—No llevarás eso a una fiesta de neón, ¿verdad?

Ella puso los ojos en blanco.

—No tiene nada de malo lo que llevo puesto. Ya vámonos.

—Ni hablar. Nop. —Autumn la agarró por los hombros y la empujó fuera del baño hasta que se hallaron frente a su armario—. Bessie, tú te encargarás del peinado y yo de la ropa.

* * *

Sus zapatos repiqueteaban rítmicamente sobre el pavimento de las calles de la ciudad, sincronizándose con el estruendo de la música rave que se escuchaba unas cuadras más adelante. Una mezcla de fragancias de comida recién hecha de varios restaurantes y camiones de comida que transitaban cerca impregnaban sus alrededores. El estómago de Violet gruñó al percibir el olor del pollo a la mantequilla, el arroz con especias y otras delicias del restaurante indio que se encontraba cruzando la calle. Dudaba que en esa fiesta sirvieran comida tan aromática o apetitosa. Debió haber comido antes de irse.

Ajustó más el cuello de su chaqueta. Había perdido la cuenta del número de cosas de las que ya se arrepentía en esa noche helada, pero sin duda la elección de vestuario que eligió Autumn para ella encabezaba la lista. Tiró del dobladillo de su vestido, el cual era completamente blanco; su tejido elástico se ceñía a cada curva, dejando muy poco a la imaginación, y se deslizaba de forma constante hacia arriba cuando caminaba. Un par de leggins de color fiusha —sugerencia de Bessie— eran lo único que la salvaba de pasar una completa vergüenza. No podía cargar su navaja con ese atuendo, así que la había escondido en un bolso de mano con la figura de un flamenco, otro artículo que su compañera de cuarto le había prestado para la noche.

Violet tiró un poco más del dobladillo —el cual llegaba hasta su muslo—, provocando que Autumn le diera un manotazo.

—Para. Vas a arruinar mi vestido.

—Esta cosa no tiene tela suficiente para ser considerada un vestido —señaló, con los dientes apretados—. No puedo creer que dejara que me convencieras de usar esto en público.

Ella puso los ojos en blanco.

—Te ves bien, Vi. *Increíble,* de hecho. Ahora, deja de quejarte.

Cuando llegaron al final de la calle, Autumn extendió sus brazos, deteniendo al grupo antes de que doblaran la esquina e ingresaran hacia al callejón de la fiesta.

—¡Esperen! Antes de que se me olvide, van a necesitar una de estas. —Abrió su brillante bolso dorado, entregándoles una tarjeta a cada uno—. Pueden agradecerle a *Prophecy03* por las identificaciones falsas.

—¿A quién? —preguntó Violet.

—Es uno de los amigos hackers de Autumn —refunfuñó Gus.

Bessie chilló encantada mientras tomaba su tarjeta.

—Tienes que estar bromeando. —Violet miró su foto, la cual aparecía junto al nombre de Vanessa Smith—. Hablo en serio, Autumn, si Nathan se entera, me va a matar.

Ella sonrió.

—Entonces no dejes que lo haga.

Enlazó sus brazos con los de ambas chicas y las arrastró con ella hacia el callejón.

Dos gorilas se encontraban frente a la puerta de un sórdido establecimiento lleno de grafitis. Los atuendos fluorescentes de los clientes que entraban y salían contrastaban enormemente con el callejón oscuro y abandonado.

—Espera —habló Violet—, esto es un club. Creí que habías dicho que íbamos a ir a una fiesta de la universidad.

Autumn ladeó la cabeza y se encogió de hombros.

—Bueno, técnicamente, dije que mucha gente de la universidad podría venir a la fiesta.

Violet escudriñó los rostros pintados de neón a su alrededor; no reconoció ninguno.

—Vamos, Vi. —Su compañera le dio un codazo—. Anímate. Una noche fuera del campus no nos hará daño. Hablo en serio, un cambio de aires nos vendría bien.

Autumn se enganchó a su brazo, arrastrándola hacia delante.

El resto se abrió paso a través de la inspección del portero con facilidad. Su corazón palpitó con fuerza cuando uno de ellos miró un par de veces entre ella y su identificación falsa, hasta que finalmente le hizo un gesto para que pasara, momento en el que apenas pudo contener un visible suspiro de alivio.

Una vez dentro, contuvo el aliento; sintió cómo sus latidos, sincronizados con la música electrónica del lugar, vibraban en su pecho.

—Guau.

El club se encontraba bañado por un índigo intenso, cortado por estallidos de amarillos, verdes, azules, rosas y magentas fluorescentes. La ropa de los clientes iba desde neones brillantes hasta luces LED estroboscópicas. Un chico llevaba una camiseta que se iluminaba al ritmo de la música mientras que otro llevaba lentes de contacto de color naranja. El corsé de vinilo negro de otra chica poseía luces LED rosas que formaban un patrón geométrico, acentuando su cuerpo curvilíneo. Una apretada multitud se contoneaba en la pista de baile, la cual era observada por curiosos ubicados en un balcón con forma de U desde el segundo piso.

Se volvió hacia sus amigos, quedándose boquiabierta al ver la transformación lumínica de los atuendos de Bessie y Gus, y el estampado galáctico de Autumn. Miró su propio vestido blanco, que ahora brillaba y lucía tonalidades de un azul gélido.

Autumn soltó una risita y gritó por encima de la música:

—Ves, te lo dije. Estás muy guapa. ¡Aunque deberías ver tu cabello!

Cuando tomó y observó un mechón de su cabello suelto, no pudo evitar sonreír. La tiza fluorescente que le había puesto Bessie se había iluminado, formando un vibrante arcoíris.

Bessie sujetó el brazo de Autumn y exclamó:

—Ven, vamos por unos tragos.

Unos minutos después, las dos regresaron con una bandeja con alrededor de veinte vasos de cócteles, también fluorescentes, y con una Bessie sonriendo como si acabara de ganarse la lotería.

Violet se quedó boquiabierta.

—¡Guau! ¿Cuánto piensan emborracharse?

La sonriente chica se encogió de hombros.

—No sabía qué pedir, así que el bartender me sugirió que probara un surtido.

—Diles la verdad. —Autumn sonrió—. Diles que el bartender sexy te engañó para convencerte de comprarlos.

Violet se rió, volviendo a observar la bandeja repleta de bebidas.

—¿Qué tan guapo era?

—No lo sé, no podría decirlo bajo la luz negra. Pero llevaba una cresta increíble.

Violet y Gus compartieron una mirada de incredulidad antes de unirse a las chicas en unos *shots* grupales. Aunque le costó unas cuantas rondas, finalmente logró acostumbrarse al ardor ácido que el alcohol provocaba en su garganta y, al poco tiempo, empezó a disfrutar de su cálido efecto. Para su sorpresa, los cuatro consiguieron vaciar la bandeja en cuestión de minutos.

Bessie chilló, señalando un rincón del club.

—¡Sí! ¡Aquí hacen *body painting*!

Antes de que pudieran responder, ella ya los había arrastrado y hecho recorrer medio camino hasta allí.

Más tarde, en una mesa que Autumn había conseguido milagrosamente —la chica sin duda tenía un gran talento—, Violet admiraba el diseño floral fluorescente que le habían pintado a lo largo del brazo.

—¿Qué te parece?

Bessie se colocó frente a ella y señaló la mariposa de neón pintada en su mejilla. Violet sonrió, levantando ambos pulgares en señal de aprobación.

—Ya no puedo contenerme. ¡Necesito bailar! —Gus sujetó el brazo de Bessie y la arrastró hasta la pista de baile, gritándole una advertencia a Violet por el camino—: Vigila a Autumn, ¿quieres? Puede ser escurridiza.

De esa manera, ambos se unieron al borde de la multitud. La chaqueta naranja de Gus y la peluca verde neón de Bessie destacaban como faros, incluso entre la horda fluorescente.

Violet no pudo evitar reírse de sus extravagantes movimientos de baile. Si tan solo pudiera ser así de extrovertida. Sin duda, Lyla habría estado ahí con ellos. No solo habría igualado sus locos movimientos, sino que se habría robado el show.

Cuando comprobó la hora en su reloj, sus ojos se abrieron de par en par.

—¡Guau! ¿Tienes idea de la hora que es, Autumn? Quizá deberíamos pensar en regresar.

Ella negó con la cabeza al tiempo en que tomaba otro sorbo de su bebida.

—Nop. No puedo irme. Aún no lo he visto.

Violet frunció el ceño.

—¿No lo has visto? ¿A quién?

—De hecho, hablando de chicos... —dijo con la voz un tanto arrastrada mientras hacía un gesto con la mano para restarle importancia a lo anterior—. ¿Cuándo me vas a contar del chico del tanto hablas? Escuché que le gustan los escorpiones.

Un frío glacial aplastó al cálido subidón de alcohol que había sentido anteriormente.

—¿Qué?

Se deslizó por el asiento de la mesa para acercarse a Violet y apoyó una mano bajo su barbilla, expectante.

—Dije: «Escuché que le gustan…».

—Escuché lo que dijiste. Pero yo nunca mencioné a ningún chico en particular. De hecho... nunca he mencionado a ninguno.

Ni siquiera le había contado a nadie sobre Thane.

Autumn asintió con más vigor del necesario.

—Sí, sí que lo hiciste. Lo escuché. Te escuché decirlo mientras dormías. —Apoyó la cabeza en el hombro de su acompañante, mirándola con ojos vidriosos—. ¿Sabías que hablas mientras duermes?

Los músculos de su rostro se tensaron al tiempo en que el alcohol en su estómago se tornaba amargo.

—Necesito tomar agua.

Se levantó, provocando que la chica se desplomara en su lugar vacante.

—¡Violet, espera! No me has dicho cómo es. No has...

No alcanzó a escuchar el resto, puesto que este fue ahogado por la música estruendosa que azotó sus oídos mientras se abría paso entre los bailarines y se dirigía a la salida.

Cuerpos y extremidades la empujaban en todas direcciones, evitando que escapara con rapidez. Una sensación de pesadez invadió su pecho; su mundo daba vueltas en una maraña frenética de iridiscentes colores. Necesitaba huir. Necesitaba alejarse de aquel demonio que dominaba su pasado y pesadillas.

Sus rodillas se doblegaron.

Los rasgos de los bailarines que la rodeaban se desenfocaron, tornándose borrosos. No podía ver sus rostros, así como tampoco podía ver el del hombre que aparecía en sus sueños.

A pesar de que cerró los ojos con fuerza, no consiguió borrar la imagen que encarnaba a uno de sus más profundos temores. La visión del escorpión de cristal tatuado en su cuello ardía con fuerza en sus ojos, más brillante que nunca. Incluso había comenzado a imaginarse al hombre sin rostro acercándose cada vez más hacia ella.

—¡Violet!

Sintió como la pesadez de una mano palmeaba su hombro.

Gritó y se giró, llena de pánico.

Solo era Gus.

—Casi haces que me dé un paro cardíaco —jadeó mientras apretaba y amontonaba la tela de su vestido sobre su corazón, el cual latía rápidamente. Soltó un gemido y se llevó una mano a la frente—. Creo que bebí demasiado.

—¿Dónde está Autumn? —gritó.

—¿Qué?

Sus ojos lucían enormes e intensos.

—¿Gus? ¿Estás bien?

—¿Dónde está Autumn? —repitió.

—Ella está... eh... —comenzó a responder, echándole un vistazo a su alrededor, intentando orientarse.

Gus le sacudió los hombros.

—Violet, ¿dónde está?

Señaló en dirección a la mesa que había abandonado momentos atrás, mas ésta ahora se encontraba ocupada por un nuevo grupo de personas, entre las cuales no se encontraba Autumn.

—Eh... Ella estaba...

Gus profirió unas cuantas palabrotas. El volumen de su voz competía con el de la música.

—¡Sabía que esto pasaría! Ustedes no la conocen tanto como yo. Tenemos que encontrarla.

Enlazó su brazo con el suyo y la guio a través de la multitud.

—Espera, ¿dónde está Bessie? —preguntó a gritos.

—Está en el bar.

Violet divisó una peluca verde en la larga fila que se había formado para comprar bebidas.

—Con suerte encontraremos a Autumn antes de que la atiendan —continuó Gus—. Vamos, probemos por aquí.

Avanzar fue complicado; la gente los chocaba y empujaba, además de que Violet se encontraba bastante sudorosa por el calor acumulado de tantos cuerpos. No podía imaginar el calor que debía sentir Gus con su chaqueta. Procedió a examinar a la multitud, esperando ver unas rastas fluorescentes y un vestido galáctico.

—¡Allí! —gritó Gus, señalando el balcón de la planta alta.

Suspiró aliviada. Autumn estaba apoyada en la barandilla, haciendo girar una rasta con una mano y sosteniendo una bebida con la otra. Soltó una risita cuando una figura masculina le rodeó la cintura con el brazo. Un dragón fluorescente serpenteaba por su piel de ébano, recorriendo desde su cara hasta su cuello.

Gus rodeó con más fuerza su brazo, arrastrándola hacia las escaleras.

Subieron a duras penas, esquivando al rebaño de gente que se dirigía a la pista de baile y al bar. Tuvo que apresurarse para igualar la velocidad de Gus. Una vez arriba, se dirigieron a la barandilla; sin embargo, el lugar donde habían visto a la chica se encontraba vacío.

Gus soltó un gruñido, visiblemente molesto.

—¡Tienes que estar bromeando!

Se inclinó sobre la barandilla y señaló otra escalera ubicada al otro lado del club. Autumn se encontraba al final de la misma, siendo conducida entre la multitud por el joven del dragón fluorescente.

—Mira.

Violet señaló a otras dos figuras de piel oscura. Les seguían de cerca, empujando y apartando a la gente mientras se abrían paso entre la multitud. Segundos después, Autumn fue conducida a través de una puerta con un cartel que señalaba «Solo Personal Autorizado», dónde también entraron sus perseguidores.

Un escalofrió de adrenalina recorrió su cuerpo.

Aquello no le gustaba. Sus manos le temblaron cuando se aferró con fuerza a su bolso, confirmando la presencia de su navaja. Observó la salida ubicada en el nivel inferior, la cual se encontraba frente a la puerta por la que había ingresado Autumn, tomando una bocanada de aire. El potente olor a cerveza rancia y la combinación de diversas bebidas alcohólicas estuvieron a punto de provocarle arcadas.

Gus bajó corriendo las escaleras.

En cambio, Violet volvió a mirar la salida. Sus instintos le pedían a gritos que corriera hacia ella, que escapara, que se alejara lo más posible de allí. Pero no podía irse. Aún no. No sin los otros.

Teniendo eso en mente, decidió tragarse sus miedos, obligando a su cuerpo a seguir a su amigo.

Corrieron como pudieron a través de la multitud, siguiendo la pista de Autumn hasta que llegaron a la puerta cerrada que enunciaba «Solo Personal Autorizado». El chico tiró de la manilla, pero esta no se movió.

Maldijo en voz baja.

—Por supuesto, tenía que estar cerrada.

—A ver, déjame intentarlo. —Violet se colocó delante suyo—. Vigila que nadie esté mirando.

A continuación, se quitó los dos pasadores que evitaban que su cabello le estorbara en la cara y se colocó uno en los dientes, doblando el metal y retorciendo la otra horquilla para darle la forma que necesitaba. Luego, introdujo ambos en el ojo de la cerradura. Manipuló las horquillas hasta que sintió el sutil chasquido de los seguros al encajar.

Gus se quedó boquiabierto cuando la vio abrir la puerta.

—Vamos —indicó.

Lo agarró del brazo y, tras haber echado una mirada rápida por encima de su hombro, tiró de él.

—¿Dónde aprendiste a hacer eso? —preguntó en voz baja.

La estruendosa música del club perdió intensidad una vez que cerraron la puerta tras ellos.

Ella se encogió de hombros.

—Se aprenden algunas cuantas cosas cuando formas parte del sistema de acogida.

—Eso es genial. Lo mejor que yo logré aprender es a hacer macramé.

Enarcó una ceja.

—¿En serio?

No obtuvo respuesta. En su lugar, se dedicó a observar el pasillo de hormigón poco iluminado en el que se encontraban; un extintor y un mapa de evacuación colgaban en la pared frente a ellos.

Violet miró a ambos lados del pasillo.

—¿Por dónde crees que se fueron?

Ninguna de las dos direcciones les daba alguna pista.

—Probemos por aquí —sugirió Gus, avanzando con decisión.

—Espera. —Lo detuvo, colocándole una mano en el pecho—. ¿Escuchaste eso?

Una amortiguada risa femenina resonaba desde la dirección contraria a la que Gus estaba a punto de encaminarse.

—Espero que sea Autumn —respondió al tiempo en que se daba la vuelta.

Se apresuraron hasta llegar al final del pasillo, en donde se encontraron con una intersección. Ahí se detuvieron a escuchar; un intercambio de voces, apenas perceptible, provenía de la izquierda.

—Por aquí —señaló ella.

Enlazó su brazo con el de Gus. Su corazón latía como si un martillo resonara contra su caja torácica. Siguieron el pasillo hasta llegar a una puerta abierta, de la que emanaba música jazz, la cual se encontraba puesta a bajo volumen. Los sonidos de las voces y risas se hicieron más fuertes a medida que se acercaban.

—¿Tal vez sea una fiesta privada? —susurró Gus.

—Tal vez —respondió, igualando su volumen.

Se asomaron con cuidado a través de la puerta.

Se sintió aliviada una vez que divisó a Autumn. Esta tenía

la espalda apoyada en la pared de enfrente, y se encontraba casi pegada al joven del club. Cómo él le llevaba casi una cabeza, debía encorvarse para poder mirarla a los ojos. Su camisa entallada —hecha de una gasa negra transparente— estaba bordada con un atrevido diseño floral de color cerúleo, azul marino y negro; su piel de ébano se tensaba y flexionaba bajo la tela con cada movimiento. Además, el dragón que llevaba en el cuerpo ahora brillaba de forma chillona gracias al efecto de la luz incandescente.

—El bíceps de ese tipo es tan grande como mi cintura —susurró Gus.

Sus ganas de escapar se intensificaron. El hombre era un gigante, una potencia muscular. Decidió concentrarse en mantener su acelerada respiración en silencio.

Gus se asomó un poco más.

—No veo a los otros dos, ¿y tú?

«¿Los otros dos?». Casi se había olvidado de ellos. Recorrió la habitación con la mirada. «Quizá no estén ahí. Tal vez...», comenzó a formular una posibilidad.

Giró la cabeza para mirar detrás de ella, comprobando ambas direcciones del pasillo.

—¿Cuánto apuestas a que fueron a buscar su próxima dosis de esteroides? —susurró Gus.

La risa de Autumn atrajo nuevamente su atención hacia el interior de la habitación. Esta sonreía al tiempo en que colocaba una mano en el brazo de su acompañante y le murmuraba algo. Violet no fue capaz de escuchar lo que fue debido a la música.

Este le devolvió la sonrisa.

—Y como una polilla que se ve atraída hacia las llamas, ahí va otro imbécil que terminó cayendo en su trampa —comentó su amigo en voz baja.

—¿Qué quieres decir? —preguntó—. ¿Qué está tramando?

Fue entonces que, sin previo aviso, el sujeto estampó su mano contra la garganta de Autumn.

Violet ahogó un grito, mordiéndose con fuerza el labio para no gritar.

Los ojos de Autumn se abrieron de par en par. Su boca se entreabrió al tiempo en que arañaba la mano que le apretaba la tráquea.

«¡No, no, no! Esto no puede estar pasando, no otra vez».

Un sollozo escapó de entre sus labios. Sus piernas se debilitaron, provocando que se desplomara contra la pared. Una oleada de culpa y de ineludible impotencia adormeció todos sus nervios.

Gus se precipitó hacia ellos.

—¡Oye! ¡Suéltala!

Saltó y se aferró al brazo del inmenso hombre, con los pies colgando del suelo. Sin embargo, cuando este volteó a verlo, lo miró como si estuviera siendo molestado por un mosquito.

Gus tiró de su brazo, pero bien podría haber estado tirando de la viga de un puente. El atacante de Autumn liberó su cuello para quitárselo de encima, provocando que la chica cayera al suelo y tosiera a causa de la falta de aire a la que había sido sometida.

Violet se había lanzado a ayudar cuando alguien enredó su mano con fuerza entre su cabello, haciéndola gritar y deteniéndola en el acto. Sostuvo la mano de su captor en un intento por liberarse, de tal modo que su bolso cayó a sus pies.

—¡Levántate, Autumn! —gritó su primo, todavía aferrado al brazo del hombre.

No obstante, este hizo uso de una fuerza increíble y lo lanzó con dureza contra la pared. Gus soltó un «ay», con el rostro contraído de dolor, antes de caer al suelo.

El tipo del dragón verde se colocó junto a Autumn, con el

rostro retorcido por la furia y las manos empuñadas a los lados. Le gritó algunas cosas al hombre que sujetaba su cabello, conversando en un idioma gutural y entrecortado que no pudo reconocer.

El tosido de Autumn llamó la atención del primero, por lo que se acercó a ella.

—¡No! —gritó Violet— ¡Déjala en paz!

Emitió un chillido cuando quien la sujetaba jaló su cabello a modo de advertencia.

Dragón Verde la ignoró. Se agachó junto a Autumn, hablando una vez más en esa lengua áspera y desconocida.

Cerró los ojos, tratando sin éxito de contener el flujo de lágrimas que ya rodaban por sus mejillas. No había podido salvar a Lyla ni tampoco había podido salvar a sus amigos. ¿Por qué era tan inútil? ¿Por qué se le permitió vivir?

No había nada que pudiera hacer. Nada. *Ella* no era nada.

Contuvo la respiración.

—Vamos, solo respira. —Nathan le dio una palmadita en la espalda—. Casi lo tienes. Lo único que tienes que hacer es volver a intentarlo.

Violet le apartó la mano, desgarrando el velcro de sus guantes de boxeo. Enloquecida, se los quitó y los lanzó contra el saco de boxeo que se balanceaba sobre el techo.

—¡Aaagh! Nunca voy a conseguirlo. No puedo. —Se desplomó en el suelo, dejando caer la cabeza entre las manos—. En cualquier caso, ya es demasiado tarde.

Al cabo de un momento, escuchó el zumbido y luego el impacto de una de las toallas del gimnasio, el cual fue seguido por un fuerte pinchazo en su muslo.

—¡Ay!

Se frotó la pierna y miró a Nathan, que sostenía a la infractora toalla con ambas manos.

—Deja de culparte por la muerte de Lyla. —Sus labios formaron una línea severa y sus fosas nasales se ensancharon.

Suponía que era a causa de la ira, mas su mirada decía lo contrario, puesto que esta era suave—. No podemos volver atrás y cambiar o borrar lo que ya está hecho. Solo podemos seguir adelante. Tenemos que aprender de nuestros errores y prometernos que lo haremos mejor la próxima vez. Ya no permitas que el pasado te controle.

Dejó caer la mirada al suelo. A continuación, parpadeó varias veces, esperando que confundiera sus lágrimas con sudor.

La toalla volvió a golpearla, provocando que otro pinchazo le recorriera el muslo.

—¡Auch!

—Deja de lamentarte. Levántate. Ya sabes que hacer.

Abrió los ojos.

Tomó con fuerza el puño en su cabello y giró las caderas, retrocediendo un poco para luego pasar por debajo del brazo de su atacante. El movimiento retorció el hombro y la muñeca de este en un ángulo antinatural y doloroso, provocando que gruñera y se doblara hacia delante, en un intento por aliviar el dolor.

Aquel era el momento en el que solía trabarse durante sus entrenamientos, y en el que esperaba a que Nathan le explicara los siguientes pasos.

No esta vez.

Los roncos gemidos de Autumn y el cuerpo desplomado de Gus la empujaron a actuar. En dos rápidos movimientos, dislocó el hombro del hombre y le rompió la muñeca con un chasquido audible. Lo soltó cuando lo escuchó emitir un chillido. Su captor se desplomó en el suelo, sujetando su brazo sin dejar de mirarla, y gritando lo que solo pudo adivinar que se trataba de una serie de insultos.

Su vista se enfocó en el sujeto que seguía encorvado sobre Autumn. La mano del monstruo se encontraba frente a su cuello mientras que sus ojos miraban a Violet de arriba abajo. Tras hacer una mueca, volvió a centrar su atención en su víctima. O bien no creía que ella fuera una amenaza, o no le importaba lo que hiciera a continuación.

Una vez más, se aferró a la garganta de Autumn, cortando su desesperado jadeo. Las lágrimas brillaron en sus mejillas, y su mirada se fijó en la suya, observándola con ojos muy abiertos y suplicantes.

Violet contempló el bolso con el flamenco en el suelo. Tomó su navaja rápidamente y cruzó la habitación en tres rápidas zancadas. Su pulgar encontró y pulsó el botón. *Shink*.

Con su mano libre, agarró la barbilla del hombre y le levantó la cabeza, presionando la hoja justo donde la cola del dragón pintado se enroscaba en su mandíbula. Este se congeló al tiempo en que Autumn dejaba de gritar.

—Suéltala o te rebanaré el cuello —gruñó con los dientes apretados.

Sujetó con fuerza la navaja; las piedras preciosas negras del mango nacarado se le clavaron en la palma.

Tanto si la entendía como si no, supuso que al menos conocía el peligro de tener una cuchilla presionándole la yugular. Añadió algo de presión, clavando la punta del arma en su carne. El hombre siseó y soltó a Autumn.

—Autumn, ve por Gus. Nos vamos —ordenó, sin retirar el arma.

Ella asintió, con los ojos muy abiertos y un poco enrojecidos. En su cuello ya se estaban formando moretones con forma de dedos.

El joven del dragón verde se estremeció cuando la vio alejarse.

—*Zhivotza* —enunció, intentando volver a acercarse a ella.

Violet le clavó más la hoja.

—No te muevas.

Sin embargo, su advertencia cayó en oídos sordos, ya que el sujeto trató de torcer la cabeza para librarse de su agarre.

Después, volvió a repetir aquella palabra desconocida, esta vez con más vehemencia.

—No sé qué significa eso —agregó—, pero si no te quedas quito, esparciré tu sangre por el suelo.

Le respondió con un rugido.

Antes de que pudiera reaccionar, el hombre se giró con una velocidad impresionante. Su pesado brazo la golpeó, tirándola al suelo mientras soltaba un grito de dolor. Cerró los ojos a causa del impacto y sintió cómo el aire salía disparado de sus pulmones. Incluso el simple hecho de respirar le producía un enorme dolor en todo el cuerpo.

Cuando volvió a abrir los ojos, el pánico se apoderó de su pecho, hombros y garganta. El hombre se alzaba sobre ella, con su enorme estructura acaparando su visión. Le clavó los hombros en el suelo, enseñándole los dientes y mirándola con los ojos inyectados en sangre, lleno de furia.

Consiguió mantener el agarre de su navaja, la cual, en ese momento, le pareció insignificante e inútil. Todo lo que Nathan le había enseñado sobre la lucha con cuchillos desapareció de su mente. Gritó, pateó y se agitó en vano, blandiendo la navaja con una mano y dando puñetazos con la otra.

Su oponente le sujetó ambas muñecas con un firme apretón y volvió a rugirle, salpicándole la cara con saliva y volviendo a aullar aquellas guturales y extrañas palabras.

Sus ojos se llenaron de lágrimas. Ya no era capaz de seguir luchando. Ni contra él ni contra las sensaciones de miedo y pánico que amenazaban con desbordarla.

Justo cuando sus fuerzas estaban a punto de agotarse, escuchó un golpe metálico por encima de ella. El rostro del hombre se relajó y sus ojos giraron en ángulos extraños antes de desplomarse sobre Violet.

Una peluca de neón y un rostro con una mariposa aparecieron ante ella. Era Bessie, quien sostenía un extintor a la altura de la cabeza.

—¿Se desmayó? —preguntó.

Violet asintió, luchando por hablar dado el enorme peso del hombre inconsciente que descansaba sobre su pecho.

Bessie dejó caer el extintor, con la cara blanca como una sábana. Se arrodilló para ayudarla a apartar al pesado sujeto de ella.

—¿Qué... demonios? Estaba... ¿Debería llamar a la policía?

—¡No! —intervino Autumn con voz ronca—. Nada de policías.

Los cuatro avanzaron con dificultad hacia la salida. Bessie sostenía a Gus, que casi había recuperado la conciencia, y Violet se apoyaba en Autumn, descansando el brazo en el que sostenía la navaja sobre sus hombros.

Justo habían acabado de entrar en el pasillo de hormigón cuando esta última se detuvo.

—Oh, esperen. Dejé mi bolso dorado allá atrás.

—Olvídalo —espetó Violet.

—Es importante. Iré rápido.

Violet se estremeció cuando Autumn consiguió liberarse de su brazo. Intentó sujetarla del hombro antes de que volviera a ingresar a la habitación, pero su amiga se zafó de su agarre.

—¿Qué parte de nuestro encuentro casi mortal con un psicópata que intentó asfixiarte no entiendes? —siseó mientras se iba.

El tipo del dragón verde seguía inconsciente; sin embargo, su corazón latió con fuerza cuando vio como Autumn se ponía de puntillas a su alrededor para recuperar el dorado embrague metálico que se encontraba cerca de su brazo. El hombre que había sujetado el cabello de Violet no se encontraba por ninguna parte, y nadie sabía sobre el paradero del tercero.

El alivio la invadió como un torrente una vez que logró tomar su bolso y se apresuró a regresar a su lado.

—Vámonos —silbó.

Ella puso los ojos en blanco.

—Gran idea. Si tan solo se nos hubiera ocurrido antes.

Autumn ignoró su mordaz comentario y volvió a colgar su brazo alrededor de su cuello. Hicieron todo lo posible por recorrer rápidamente el pasillo, mirando hacia atrás con frecuencia. Por suerte, nadie los seguía. Todavía.

Se abrazó el cuerpo con el brazo libre, respirando entrecortadamente. Quién sabe cuántas costillas se habría roto. La parte posterior de su cabeza palpitaba; incluso parpadear se sumaba a la oleada de dolores que llenaban su cráneo.

Alcanzaron a Gus y Bessie en la puerta que daba al club. Con una última mirada hacia atrás, los cuatro atravesaron la puerta, donde la música atronadora volvió a envolverlos. Dejó que Autumn la arrastrara entre la multitud, pegada a los otros dos chicos, hacia la salida y de vuelta al callejón.

—Uf, eso estuvo cerca —comentó Autumn tras doblar la esquina que daba a la calle principal.

Bessie estalló al instante, desahogándose de los alucinantes sucesos. Gus se encontraba lo suficientemente consciente como para hacer algunos comentarios sarcásticos, pero su tono era un tanto arrastrado, aunque Violet no sabía si aquello era debido al alcohol o por haberse golpeado la cabeza.

No se molestó en intervenir en los arrebatos histéricos de Bessie ni en las tranquilizadoras palabras de Autumn. Solo quería llegar a casa e irse directo a la cama.

Un dolor agudo afloró en su mano, el cual la hizo darse cuenta de que seguía empuñando su navaja. Un líquido naranja brillante se extendía a lo largo de la punta, resplandeciendo bajo el alumbrado callejero. La pintura del hombre con el dragón verde debió haberse desprendido cuando le presionó la navaja en la garganta.

«Excepto que...», intentó recordar. Frunció el ceño. La pintura que llevaba estaba seca y, si mal no recordaba, no había tonos naranjas en el diseño de su dragón.

Sintió un pinchazo en la nuca que la hizo volver la vista hacia el club.

Un hombre de piel tan oscura como la medianoche se encontraba de pie a unas cuadras de distancia, cerca de la entrada del callejón. Acariciaba uno de sus brazos mientras recorría la calle de arriba abajo. Fue entonces que sus ojos se encontraron con los suyos.

El pánico rugió en sus oídos.

El tercer hombre del club gritó y la señaló, y unos segundos después, se hallaba doblando la esquina a toda velocidad en su dirección.

—¡Corran! —le gritó Violet a sus amigos.

Gus y Bessie dudaron por un momento, volviéndose para ver qué había detrás de ellos antes de gritar alarmados y lanzarse hacia delante. Violet ya se encontraba arrastrando a Autumn calle arriba.

Sus zapatos golpeteaban el pavimento. Los pulmones de la chica ardían y sus costillas se agitaban con cada desesperado jadeo. Autumn se le adelantó cuando se vio obligada a disminuir la velocidad a causa del dolor.

El golpeteo de los pasos de su perseguidor se hizo más fuerte. Ya no se encontraba muy lejos.

—Por aquí —exclamó una de las otras, quienquiera que haya sido, no le importaba.

Los demás se adentraron en la carretera a través de un hueco entre los autos que circulaban a toda velocidad, los cuales no dejaban de sonar sus bocinas para mostrar su molestia ante su peligroso actuar. Violet echó otra mirada hacia atrás antes de hacer lo mismo.

Él se encontraba pisándole los talones, con el brazo extendido y la cara contorsionada a causa de su desenfrenada furia.

Contuvo un grito en su garganta y se obligó a correr más rápido.

Mientras se precipitaba entre el tráfico, casi podía sentir los dedos del hombre rozando su espalda, su fuerte respiración haciéndole cosquillas en el cuello. Y entonces…

Escuchó un ruido sordo, seguido de un «crac».

El sonido del metal chocando contra la carne se grabó en su mente. Los neumáticos chirriaron cuando un coche se desvió y se detuvo, mas eso no evitó que dejara de correr ni mirara hacia atrás hasta que consiguió llegar al otro lado de la calle. El cuerpo del hombre yacía inmóvil a unos metros, rodeado por un pequeño grupo de transeúntes.

Violet no se quedó a ver qué pasaba después. Ignorando a los pocos curiosos que la llamaban, aprovechó aquella oleada extra de adrenalina para alcanzar a sus amigos. Ninguno de ellos se detuvo hasta llegar al dormitorio de Violet y Autumn, donde cerraron la puerta con llave.

CAPÍTULO 10

CANELA Y SAL

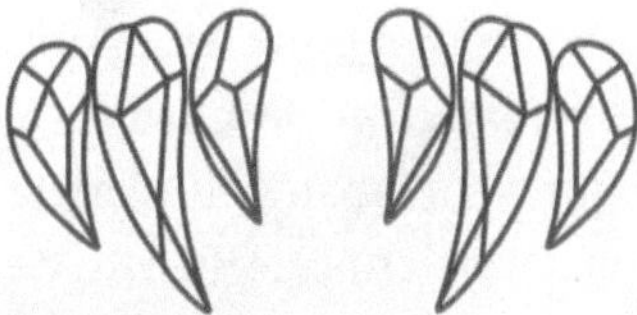

NATHAN DIO LAS GRACIAS Y LAS BUENAS NOCHES AL DUEÑO DE su restaurante de comida china favorito antes de salir. El vapor caliente de la bolsa de plástico que llevaba en la mano le hizo sentir el delicioso aroma del pollo con frijoles negros, los camarones al jengibre y el arroz frito. Se le hizo agua la boca. Si había algo que a los Erathi se les daba bien era la cocina. Rotaba entre los cafés y restaurantes de la ciudad varias veces a la semana, probando siempre algo diferente del menú. Aunque, desde que se había mudado a *Brookhaven*, había probado toda la oferta de aquel restaurante en particular al menos tres veces. Ya ni siquiera tenía que llamar por teléfono para ordenar; el dueño se había dado cuenta del patrón que seguía al seleccionar del menú y siempre tenía la comida lista para llevar durante las noches en las que elegía comer comida china.

A veces, Jude lo llevaba a casa después de que hubiese ido por su cena, pero la mayoría de las veces se conformaba con caminar las pocas manzanas que lo separaban de su hogar. Era una buena excusa para disfrutar de los rayos venusinos, para renovar las reservas de su energía Veniri, las cuales lograban revitalizar hasta lo más profundo de su ser.

Buscó el melódico tarareo que le indicaba la dirección de la posición celestial de Venus, reconociendo el suave tirón que incitaba —pero nunca obligaba— a su lado Veniri a salir a la superficie. A diferencia de lo que se representaba tan a menudo en los cuentos de hadas y en las novelas adolescentes, los hombres lobo y otras especies cambiaformas (como la suya), casi siempre tenían la posibilidad de elegir si adoptar o no la forma en la que nebulaban[1]. El planeta o luna a los que se encontraban asociados era una fuente de energía necesaria, no una maldición.

Mientras atravesaba un parque en dirección a su calle, sus instintos se agudizaron bruscamente, al igual que el dolor punzante proveniente de sus codos.

Algo andaba mal.

No habría sobrevivido tanto tiempo, ni en ese mundo ni en el suyo, si no fuera por su intuición. Debía sacar su arma —era lo que haría un Erathi, en especial un detective—, pero un fuerte impulso lo llevó a levantar el rostro hacia el cielo de tinta y a contemplar los rayos de Venus.

El cosquilleo bajo su lengua se intensificó.

Sacó su lengua bífida una vez, luego dos, probando los aromas del aire nocturno. El viento se levantó; las hojas de los árboles crujieron y un columpio del área de juegos del parque chirrió al tiempo en que comenzaba a balancearse de un lado a otro.

Ahogó una maldición cuando percibió un fuerte olor a canela.

«Una mala señal».

Para la mayoría de los Erathi, la canela era un aroma y sabor agradable, pero para los Veniri representaba algo detestable y significaba una sola cosa: alguien tenía intenciones de matar.

Sacó su teléfono y presionó un número para acceder a la marcación rápida; el mismo al que había llamado tras haber salido de la casa de los Branstone. El timbre sonó dos veces.

Una rama se rompió. Se giró a la derecha, recibiendo el impacto de una fuerza eléctrica desconocida directamente en su rostro, la cual hizo que echara la cabeza hacia atrás. Su cuerpo cayó en picada. La bolsa de plástico que contenía la comida china se desparramó por todas partes, provocando que sus jugos pegajosos se esparcieran por el suelo.

Su rostro y cuello estaban entumecidos. Su teléfono se encontraba fuera de su alcance; aun así, alcanzaba a escuchar el murmullo de una voz proveniente de este.

Varias figuras aparecieron en escena. Iban vestidas de negro de la cabeza a los pies, camuflándose perfectamente en la oscuridad que emanaba el cielo. Lo rodearon de tal forma que sus siluetas ocultaron las estrellas.

Volvió a asomar su lengua, probando las emociones e intenciones de sus agresores. El sabor a canela seguía siendo intenso, mas había dejado de ser el único que detectaba; ahora este se hallaba impregnado de sal. Interesante. La sal significaba represión. Es decir, aunque sus atacantes querían matarlo, por alguna razón se estaban conteniendo, al menos de momento. Quizás podría usarlo a su favor.

Liberó las cuchillas de cristal de sus codos y blandió el brazo hacia el par de piernas más cercano. La hoja alcanzó tela, carne y, finalmente, hueso. Un grito ahogado rompió la quietud.

Cuando extendió sus armas, preparándose para otro ataque, algo afilado se le clavó en el pecho. Sujetó lo que lo había pinchado; sus dedos recorrieron el contorno de un pequeño dardo de cristal cuya punta estaba hecha de Diamantium.

Una de las figuras negras se quitó la máscara, revelando el rostro de un joven con el pelo rubio blanquecino y unos ojos de un intenso azul pálido. La visión de Nathan se nubló, pero no antes de que el rostro del muchacho se transformara en un ceño fruncido que desprendía veneno.

CAPÍTULO 11

NO MÁS PSICÓPATAS DEMENTES

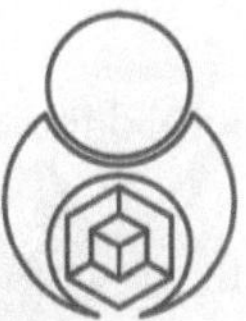

«¡Maldición! ¡Maldición! ¡Maldición!», gritó en su mente.

Violet deslizó una vez más su credencial de estudiante por la puerta principal del ala de fotografía de la biblioteca. El resultado fue el mismo; el teclado emitió un pitido que resultó en una iracunda luz roja, que le mostraba un código de error.

—¿Qué te pasa? —gruñó. Acababa de recoger su tarjeta nueva del mostrador de soporte estudiantil después de haber extraviado la última hacía algunos días. Repitió el proceso, provocando que el tablero arrojara un nuevo pitido, *¡otra vez!* —. ¿Por qué no me dejas pasar?

Se percató de la presencia de una persona apoyada en la pared junto a la puerta. No necesitó levantar la vista para saber de quién se trataba.

Cerró los ojos y dejó escapar un largo suspiro, haciendo una mueca a causa del dolor que aquello le provocó en sus costillas aún magulladas.

—Vete, Autumn. No estoy de humor.

—Vamos, Vi. Ya pasaron tres días. No puedes ignorarme para siempre.

—No subestimes mi terquedad.

—¿Podemos por favor resolver esto?

Ella la ignoró y volvió a pasar su tarjeta por el lector. Seguro que esta vez funcionaría. Sin embargo, este pitó nuevamente; en esa ocasión le pedía un código de autorización.

—¡Maldita sea! —se quejó, dándole una patada a la puerta.

—Dame eso.

Autumn tomó la tarjeta, se arrodilló en el suelo y sacó su laptop y otro aparato de su bolsa estilo bohemio.

—Dios mío, Autumn. ¿De verdad vas por ahí cargando con un lector de tarjetas?

Ella enarcó una ceja.

—Te sorprendería saber lo útil que es esta cosa.

Violet se apoyó en la pared mientras su compañera deslizaba la tarjeta por el aparato y tecleaba algunas cosas en su laptop.

—Ah, ahí está el problema —dijo finalmente—. Al idiota que te dio la tarjeta se le olvidó activarla.

La chica soltó un gruñido.

—Esto no puede estar pasando. No tengo tiempo para hacer otra fila de media hora. Además, soporte estudiantil está al otro lado del campus.

—Tranquila, esto no llevará mucho tiempo —la calmó, sin dejar de escribir en su laptop—. Yyyyyy listo. —Guardó sus cosas y se levantó para devolverle la tarjeta—. Aquí tienes. Ya está todo activado y con el máximo nivel de autorización. Si quisieras, incluso podrías comer en la sala de profesores. Tienen una gran variedad de pastelillos y panecillos los jueves. Ah, y en el futuro, si te llegan a pedir un código de activación, solo escribe tu cumpleaños.

—¿Qué? —Tomó la tarjeta, frunciéndole el ceño—. ¿Cómo sabes mi cumpleaños?

—Está en tu expediente.

—¿Cómo sabes que dice en mi expediente?

Autumn le respondió con una sonrisa.

Violet miró la bolsa que contenía su laptop, negando con la cabeza.

—Increíble. ¿Hackeaste mi expediente?

—Por favor, no te enojes. Solo lo hice para encontrar tu horario.

—¡Genial! —Lanzó uno de sus brazos al aire—. ¿Ahora me acosas?

—Solo porque me has estado evitando como la peste.

—Y por una buena razón, idiota. ¡Estoy enojada contigo!

—Lo sé, y lo siento. Por favor, Violet, ¿podrías por favor, *por favor*, perdonarme? Gus y Bessie ya lo hicieron.

—Eso es porque son unos tontos.

Ella se encogió de hombros.

—Sí, tal vez. O porque puede que les haya regalado entradas para el concierto de Katy Perry y un nuevo juego para PlayStation.

Violet puso los ojos en blanco.

—¿Por eso estás aquí? —Alzó su credencial—. ¿Para comprar mi perdón?

—Bueno... no... —Dejó caer la mirada al suelo, raspando su zapato contra el pavimento. Algunos amuletos que llevaba en el cabello tintinearon cuando las rastas cubrieron su rostro—. Tienes razón. Lo arruiné. Nunca debí ponerlos en esa situación en el club. Hablo en serio cuando digo que lo siento. No tienes ni idea de cuánto. Odio que estés enojada conmigo. —La miró a través de su cabello—. Por favor, Vi, dime qué puedo hacer para que ya no estés enojada.

Estuvo a punto de soltar un suspiro hasta que recordó el

dolor que aquello le provocaba en las costillas, por lo que mejor se abrazó el torso.

—¿Qué tal si empiezas por darme una explicación? ¿Qué demonios? ¿Quién demonios? ¿Y por qué demonios?

Autumn dio un respingo, haciendo una mueca.

—Eh... ¿Segura que no prefieres una caja de donas de canela?

—Explícate.

—Me gustaría... pero no puedo.

—¡Maldita sea, Autumn! Si no empiezas a hablar, voy a marchar a servicios estudiantiles y exigir que me cambien de habitación.

—La cambiaría de regreso.

Violet le dirigió su mirada más afilada, misma que utilizaba con los peores de sus padres adoptivos.

—Violet, hablo en serio. No *puedo* decírtelo. Más bien, es mejor que no lo sepas...

—No me vengas con esa mierda. —Se cruzó de brazos y entrecerró los ojos—. Me debes mucho más que un «es mejor que no lo sepas». Y dime, ¿qué hay de Gus? Tiene suerte de haber salido de ahí con solo una leve conmoción cerebral.

—Sí, lo sé. Pero ahora se encuentra bien. Esa doctora del campus hizo un excelente trabajo tratándolo. Quiero decir, afrontémoslo, seguramente ha tenido mucha práctica tratando las conmociones de todos los borrachos de las fraternidades.

—No estoy bromeando. Alguien pudo resultar gravemente herido.

—Lo sé, lo sé.

Autumn jugueteó con el extremo de uno de sus mechones.

—Sigo pensando que deberíamos ir a la policía, o al menos...

—¡No! —la interrumpió—. Nada de policías. Por favor,

Violet. Lo digo en serio. Yo solo... —Sus hombros se desplomaron—. Nunca debí haberlos involucrado en esto. Lo lamento. Por favor, Violet, *por favor* no vayas a la policía. Deja que yo me encargue, ¿sí?

Fue capaz de reconocerlo en su expresión; su presencia era tan clara como el agua. *Miedo.* Aquel sentimiento contrastaba enormemente con la despreocupada y confiada rebelde que Violet había llegado a conocer en las últimas semanas.

—Créeme —continuó cuando no obtuvo respuesta—, si pudiera decírtelo, lo haría.

Suspiró.

—¿Puedes al menos decirme quién era el sujeto con el dragón verde?

Ella negó con la cabeza.

—Cuanto menos sepas, mejor.

Violet soltó un «tss», cediendo a su impulso de poner los ojos en blanco.

—Pero hablando en serio —comentó Autumn—, no tenía ni idea de que ese tipo se iba a comportar como un psicópata.

La mirada de Violet se dirigió a los moretones que parecían estarse desvaneciendo del cuello de la chica. Una sensación de culpa comenzó a apoderarse de su pecho. Había estado tan enojada con ella durante los últimos días que se le había olvidado que aún podría estar lidiando con el dolor de las heridas recibidas durante el ataque.

—¿Cómo está tu cuello? —preguntó con suavidad.

—Ahora se encuentra mucho mejor —respondió, restándole importancia—. ¿Y tú? ¿Cómo está tu cabeza?

—Está bien. Solo me hice un chichón, son las costillas las que aún me duelen.

Ella hizo un gesto de dolor.

—Siento escuchar eso.

Violet le ofreció una pequeña sonrisa, la cual su amiga le devolvió.

—Entonces... ¿estamos bien? —preguntó Autumn, con los ojos llenos de esperanza.

—Sí —respondió tras unos momentos—. Estamos bien.

—¿Me prometes que no habrá policías?

Resopló.

—Por ahora. Pero te juro que, si ocurre cualquier otra cosa relacionada con psicópatas dementes, no dudaré en llamar a Nathan.

Aunque para poder contarle algo, primero tendría que esperar a que él le devolviera las llamadas. En los últimos días, ni siquiera había respondido a sus mensajes. Aquello era un tanto inusual. Probablemente solo estuviera muy ocupado con el trabajo, pero, aun así, estaba empezando a preocuparse.

—Lo prometo, no más psicópatas dementes. —La sonrisa de Autumn iluminó toda su cara, y en un revuelo de rastas, se lanzó sobre Violet para abrazarla—. Gracias, Vi. Eres la mejor.

—Sí, y no lo olvides.

—Así que —agregó una vez la hubo soltado—, ¿asumo que ya no querrás esto?

Sacó una caja de donas de canela de su bolso.

—¡Qué rastrera! —Violet se rió al tiempo en que levantaba un dedo—. Nunca asumas que me negaré a aceptar una dona de canela. Dame una.

Autumn abrió la caja para que ambas pudieran tomar una. Violet mordió la suave masa, sus dientes crujieron al masticar los cristales azucarados de esta.

—Y, ¿cuándo irá Bessie al concierto de Katy Perry? —preguntó antes de dar otro bocado.

—Las entradas eran para Gus. Bessie es la *gamer* —aclaró en medio de una mordida.

—¿En serio? ¿Gus?

—Sip. Seguramente se encuentra haciendo un cártel de: «¿Te casarías conmigo?» mientras hablamos.

Violet se rió, tomando otra dona.

—Eh, ¿Violet? —intervino una voz masculina.

Esta se giró para averiguar quién era la persona que había dejado a su amiga tan perpleja.

—Thane, ¿qué estás haciendo aquí? —Regresó la dona de vuelta a la caja y luego procedió a quitarse el azúcar restante de los dedos—. Es decir… Hola, ¿cómo has estado?

Él sonrió, metiendo ambas manos en los bolsillos de sus jeans.

—Estoy bien. Siento haberte molestado en la universidad. Sé que debes estar ocupada.

—No, no lo estoy. No estoy ocupada, en lo absoluto —respondió, preguntándose cómo su voz había pasado a volverse tan chillona de repente.

—Okey, genial. —Le mostró su espléndida sonrisa—. Yo solo... eh…

Le dirigió una mirada a Autumn.

Cuando Violet lo imitó, se estremeció. Los ojos de su compañera lucían desorbitados y, de abrir más la boca, esta se convertiría en el sitio ideal para que anidara una familia de pájaros.

—Ah, sí. —La señaló—. Thane, ella es Autumn.

—Hola —saludó—. Así que tú eres la compañera de cuarto de la que me habló Violet.

—¿Qué? ¿Yo? ¿Ella te habló de mí? ¿A ti?

Violet se contuvo de propinarse una *facepalm* cuando observó a Autumn examinar a Thane con descaro, sin esforzarse en lo más mínimo por intentar ocultar su satisfacción por lo que veía.

—¿Qué demonios, Autumn? —le reclamó en un susurro no tan disimulado.

—Creo que debería ser yo quien te lo preguntara —

respondió ella, copiando su gesto—. ¿Cómo es que nunca me hablaste de *él*?

Thane se aclaró la garganta, de tal modo que ambas chicas se volvieron hacia él.

—Lo siento —se disculpó Violet, un tanto ruborizada.

Él se rió.

—Descuida. —Sacó algo de su bolsillo y se lo tendió—. Toma, esto es tuyo. Se te cayó la última vez en el café.

Reconoció su antigua credencial de estudiante.

—Oh, vaya. Gracias —contestó, escondiendo su nueva tarjeta detrás de la espalda y tomando la antigua de su mano —. No tenías que desviarte para dármela.

Se encogió de hombros.

—No hay problema. Me imaginé que era algo que podrías necesitar. Solo lamento no haber podido dártela antes.

—No pasa nada.

Su mente se apresuró en buscar algo más que decir; algún comentario casual y relajado, como los que intercambiaban en la cafetería. Sin embargo, el que Autumn los observara la ponía nerviosa.

Thane se pasó una mano por el pelo.

—Así que, eh... Veo que estás ocupada. —Señaló el cartel en cuya puerta se leía «Laboratorio de Fotografía Estudiantil», mismo que había pateado antes—. Entonces... supongo que nos veremos después, Violet.

—Oh, okey —respondió, odiando aún más esa puerta.

Dejó caer los hombros. La palabra «adiós» se había formado en sus labios, mas no se sentía bien diciéndola.

Por suerte, no tuvo que decir nada. Él le hizo un gesto de despedida con la mano, mismo que ella le devolvió. Su mirada se posó en el suelo una vez que él se giró para marcharse.

—En realidad, hay algo más —soltó Thane mientras volvía a girarse hacia ella.

Se le revolvió el estómago; otra vez volvió aquella sensación familiar en la que enfurecidas hadas golpeaban sus entrañas, como la que había experimentado la primera vez que lo conoció.

—Sí, claro. ¿Qué sucede?

—Sé que tenemos una especie de acuerdo de «me invitas un café y luego yo te invitó otro», pero me encontré con esto. —Metió la mano en su chaqueta, de la cual sacó un volante arrugado—. Y me preguntaba si, tal vez, querrías acompañarme.

Ella tomó el papel. En este se anunciaba el carnaval anual de la ciudad, que prometía diversas atracciones, actos circenses, música en vivo, puestos, *showbags*[1], comida de carnaval y «¡mucho, mucho más!».

—Suena divertido —afirmó.

—¿Sí?

—Sí.

El chico entrecerró un ojo.

—¿No es demasiado cliché para una primera cita?

Violet se quedó boquiabierta.

—¿Una qué?

A Thane le sucedió lo mismo durante unos instantes, reacción que fue acompañada por el enrojecimiento de su cuello.

—Quiero decir, ¿dije…? No tiene por qué ser considerada una cita. Podría ser simplemente, ya sabes, dos personas que salen al mismo tiempo, al mismo lugar, y tal vez terminen haciendo las mismas cosas. Ya sabes, algo como… —Su cara se torció en una mueca. Después, se frotó la nuca—. Cosas que no tienen nada que ver con citas.

Volvió a mirar el volante.

«¿Una cita?», reflexionó. ¿Qué diría Lyla si pudiera verla ahora? De existir los fantasmas, probablemente ella estuviera pinchándole las costillas y gritándole: «Apúrate y di que sí,

Vi. ¿Qué esperas?». Aunque si el fantasma de Lyla no estaba ahí para incitarla a aceptar, Autumn seguro que estaba a punto de hacerlo.

—Me encantaría acompañarte —dijo apresurada.

Este alzó las cejas, dejando caer la mano de su cuello.

—¿De verdad?

Violet asintió.

Él le respondió con una sonrisa.

—¡Genial! ¿Qué te parece si te paso a recoger?

Sus mejillas enrojecieron al ver el brillo en sus ojos y, por primera vez en su vida, le dio su teléfono y dirección a un chico.

Una vez que se fue, se topó con la sonrisa de Autumn, la cual estaba llena de ávida curiosidad.

—Cuéntamelo *todo*.

CAPÍTULO 12

CUCHILLO CARNICERO BARATO

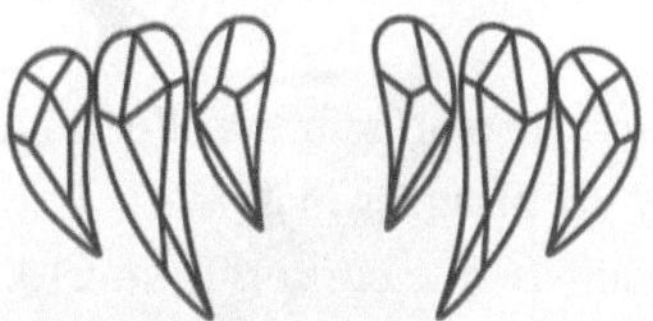

MÚLTIPLES DOLORES EN SUS HOMBROS Y MUÑECAS LO SACARON de forma lenta y atroz de la inconsciencia. Cuanto más consciente se hacía de su alrededor, más palpitaba el dolor.

Una bota rozó el hormigón. El instinto le dijo que mantuviera los ojos cerrados y evaluara la situación con el resto de sus sentidos. Cerca de él, se escuchaba el sutil ritmo de la respiración de alguien. ¿Sería un captor o un cautivo?

Esperó unos segundos, pero además de su propio pulso retumbando en sus oídos, no fue capaz de escuchar nada más.

Observó su cuerpo. Un escalofrío le recorrió los brazos hasta llegar a su torso y piernas; lo habían dejado en *boxers*. El peso de su cuerpo colgaba de unas esposas metálicas en las muñecas, que le separaban los brazos por encima de la cabeza. Las piernas quedaban colgando debajo de él, pero, afortunadamente, sus pies seguían siendo capaces de tocar el suelo.

¿Cuánto tiempo llevaba colgado así?

Dudó por unos segundos, reacio a anunciar su vuelta a la conciencia poniéndose de pie. Sin embargo, sus planes se vieron frustrados a causa del dolor, el cual aumentaba a cada segundo con una rapidez asombrosa, llevándolo al límite. Finalmente, decidió apoyar los pies en el suelo y levantarse, dejando escapar una profunda exhalación de alivio cuando la tensión de sus muñecas y hombros se aflojó. Un chasquido y un traqueteo sobre su cabeza le confirmaron que las esposas estaban sujetas al techo con cadenas.

Las botas se arrastraron sobre el hormigón, seguidas por un agudo chirrido de bisagras oxidadas.

—Ve a decirle al jefe que el *slith* [1]despertó.

Nathan alzó la cabeza y la ladeó de lado a lado, crujiendo el cuello.

Abrió los ojos, permitiendo que su visión se ajustara a la escasa luz, al tiempo en que un grupo de hombres vestidos de negro entraba en la habitación, siendo cuatro en total. A la cabeza del grupo se encontraba Matthias Branstone. Sagan iba detrás de su padre; su mirada era intensa y fría, cual fragmentos de hielo. Su pelo rubio destacaba con fuerza sobre el negro de los atuendos del grupo y el gris oscuro del concreto de las paredes.

Matthias se acercó un poco más. El ruido sordo de sus lustradas botas de combate resonaba en la habitación con cada paso.

—Matthias. —Nathan esbozó una sonrisa, echándole un vistazo a la habitación—. Bonito lugar el que tienes aquí, aunque un poco soso a comparación de tu otra casa. Aun así, me disculpo por la intrusión. —Sacudió sus cadenas—. Pero como ves, me encuentro en una situación un tanto complicada. ¿Te importaría echarme una mano para que pueda desaparecer de tu vista y salir de aquí?

Una de las comisuras de su boca se alzó en respuesta, formando una sonrisa torcida.

—Parece que capturamos a un comediante, muchachos.

Se acercó hasta encontrarse a unos centímetros de su rostro.

Nathan reprimió el impulso de inclinarse hacia atrás, aunque no pudo evitar arrugar ligeramente la nariz. El aliento del hombre era fuerte y desagradable.

—Sabes —comentó—, ese día que entraste en mi casa, simplemente lo supe. —Agitó un dedo en el aire—. Vi la mirada en tu rostro y lo supe. Nadie mira así un collar de diamantes o un candelabro a menos que conozca su verdadera naturaleza —finalizó, colocándose las manos en las caderas y dedicándole aquella familiar sonrisa de tiburón.

Sintió como su estómago comenzaba a estremecerse; aun así, se obligó a sonreír.

—Sí, tienes razón, lo reconocí. —Asintió con la cabeza—. Reconocí la señal de un hombre que se deja pisotear y que pagó una fortuna por un montón de rocas baratas para su señora.

Uno de los secuaces que se encontraban detrás de Matthias se rió, lo que provocó que un hombre de barba gris de motorista que estaba a su lado le propinara un codazo en el pecho.

El rostro del cazador denotó una emoción que Nathan no fue capaz de leer antes de que este lograra recomponer su sonrisa.

—Ah, otra vez con la comedia. En ese caso, veamos qué tan gracioso te parece esto, ¿quieres?

Alzó un cuchillo; una brillante hoja dentada con un mango negro.

El estremecimiento en su estómago se intensificó, su corazón golpeaba con fuerza contra su caja torácica. Los codos le ardían como si alguien sostuviera atizadores al rojo vivo contra el interior de su carne.

—¿Para qué el cuchillo carnicero...? —cuestionó, alzando la barbilla.

Con una rapidez cegadora, Matthias clavó el cuchillo en el pectoral izquierdo de Nathan.

Aquello lo hizo apretar los dientes y tirar de las cadenas.

Los ojos de su atacante se encendieron y su boca se curvó en una sonrisa torcida.

—Vaya, vaya, miren lo que tenemos aquí.

Alzó el cuchillo triunfalmente. El metal se había curvado y retorcido, y la punta se había convertido en una pequeña espiral de concertina.

A Nathan se le cortó la respiración, luego procedió a mirarse el pecho. No había ni un rasguño, ni siquiera una señal que sugiriera que había sido apuñalado. Chasqueó la lengua.

—Parece que compraste un cuchillo de mala calidad. Yo pediría un reembolso.

—Mmm… —respondió Matthias. Dejó caer el cuchillo, el cual repiqueteó contra el suelo de concreto—. ¿Y qué tal este?

Levantó la otra mano, dejando ver un objeto que resplandecía bajo la pálida luz que iluminaba la habitación.

Nathan sintió como varios músculos de su rostro se tensaban.

El cazador se posicionó más cerca.

—¿Qué? ¿No habrá bromas esta vez?

Hizo girar la hoja de Diamantium bajo la nariz del Veniri. Las motas de luz refractada danzaron sobre el rostro de Matthias, formando un arcoíris.

Él se apartó, haciendo sonar las cadenas que colgaban encima suyo. El olor del arma comenzaba a apoderarse de sus sentidos, creando un horno de rabia en el centro de su pecho. Contuvo la necesidad de nebular que sintió en el cuerpo, aunque no el dolor punzante de sus codos, el cual era casi insoportable. Concentró toda su energía en evitar que aquella sensación atravesara su piel, mas otro dolor punzante no tardó en aparecer en ambas de sus rodillas.

—¿Te gusta? Este es nuevo —se burló su captor—. Y cuando digo «nuevo», me refiero a, bueno... —Su sonrisa creció, mostrando sus dientes—. Apuesto a que puedes adivinarlo.

Los músculos de su cuello se tensaron. Se esforzaba por controlar su respiración entrecortada, lo cual era laborioso dado que todo su cuerpo parecía arder. Cada uno de sus músculos se agitaba y temblaba.

Matthias soltó una carcajada, un sonido profundo y ronco. Después, desenfundó la daga de Diamantium, pero al final se detuvo. En su lugar, señaló detrás de él con su mano libre.

—Sagan, ven aquí, hijo.

Este se hallaba apoyado con indiferencia contra la pared a su derecha, con los brazos cruzados. Se apartó de la pared para situarse junto a su padre.

El cazador colocó la mano alrededor de la nuca de Sagan, empujándolo directamente hacia a Nathan, y luego sostuvo la daga entre ambos rostros. El pelo rubio del muchacho brillaba como una aureola bajo la luz incandescente, las motas multicolor que salpicaban su rostro inexpresivo y frío completaban su aspecto angelical.

Su lengua casi palpitó en su afán por percibir las emociones e intenciones del chico, mas no la dejó; apretó los dientes con tanta fuerza que casi terminó por romperse un diente. No tenía ningún interés en darle a esa escoria Erathi la satisfacción de ver su verdadera forma, aunque temía que no le quedaría opción si aquello se extendía. Un escalofrío recorrió su cuerpo al sentir como su control comenzaba a ceder.

Sus ojos se dirigieron al padre, quien lo miraba por encima del hombro derecho de Sagan.

—¿Qué tal si nos haces los honores, hijo? —Mantuvo la

posición de la hoja de cristal en medio de ambos—. Descubramos de qué color sangra este.

Una emoción inescrutable cruzó el rostro del joven. Sagan miró la daga, sin hacer ningún movimiento para tomarla. Al igual que aquel día en la casa de los Branstone, las puntas de los dedos de Matthias se tornaron blancas al sostener el cuello de su hijo.

Nathan se rió, meneando la cabeza.

—¿En serio, Branstone? No pensé que fueras de los que hace que un niño haga su trabajo sucio.

Los ojos del muchacho se toparon con los suyos, esta vez fue capaz de percibir el destello del fuego tras su inescrutable mirada. Por fin, una emoción que podía comprender. Sin siquiera mirar la daga cristalina, Sagan rodeó la empuñadura con sus dedos y se precipitó hacia él.

Aquello lo hizo aullar de dolor.

La cuchilla causante de semejante tortura cortó su pectoral izquierdo hasta llegar a su espalda. Su cabeza se inclinó hacia delante, lo que le permitió contemplar el vibrante líquido cerceta que sobresalía de su pecho y cubría la mano de Sagan, que seguía sosteniendo el mango de la daga. O bien el muchacho tenía una puntería excelente y había sido cuidadoso como para evitar tanto el corazón como sus glándulas venenosas —cuya perforación lo hubiese matado— o había perdido una oportunidad de oro.

—¡Oooh! Pero mira qué azul tan bonito —canturreó Matthias. Soltó una carcajada y aplaudió lentamente—. Buen trabajo, hijo. Brecker, apaga la luz.

Escuchó el roce de unos zapatos contra el suelo antes de que la habitación se viera envuelta en la oscuridad.

Esta fue atravesada por un deslumbrante resplandor azul. La sangre fulgurante de Nathan bajaba por su torso y goteaba hasta convertirse en manchas azuladas que salpicaron el piso. Sagan soltó la daga, líneas de color cerceta formaban un patrón abstracto en su mano.

Matthias soltó una risita.

—Admito que esto nunca pasa de moda.

Su cuerpo se estremeció una vez más, el ruido de las cadenas fue el único sonido que rompió el silencio que reinaba en aquella cámara de tortura de hormigón.

Se negaba a seguir desafiando a su monstruo interior. Su cuerpo le exigía nebular.

Tomó una profunda bocanada de aire, alzando la cabeza. Los rasgos de Sagan se iluminaron a causa de la luz azulada. Su rostro seguía luciendo impasible, mas una expresión en sus ojos hizo que Nathan se detuviera. No podía saber exactamente de qué se trataba, pero era intensa.

Matthias ordenó que se volviera a encender la luz, provocando que la incandescencia amarilla volviera a inundar la habitación.

Sagan se encontraba de pie, inmóvil. Su mano cubierta de sangre goteaba, formando un nuevo charco de color cerceta a sus pies. Lo que sea que haya visto en sus gélidos ojos hacía unos momentos había desaparecido por completo.

Su padre colocó una mano en su hombro y lo empujó hacia un lado.

Nathan dejó caer la mirada hacia sus propios pies descalzos, ahora salpicados de azul. Después de unos cuantos segundos, volvió a toparse con el feo rostro de Matthias.

—No te desmayes todavía, *slith*. No querría que te perdieras lo que sigue.

—Si no involucra a tu rostro Erathi siendo golpeado, no me interesa.

El hombre soltó una risa nasal.

—Sabes, siempre me ha gustado esa palabra, «Erathi», aunque solo son ustedes, los cambiaformas, quienes nos llaman así. —Se agachó y apoyó los antebrazos en las rodillas

—. Te haré una pequeña prueba, *slith*. ¿Sabes lo que esa palabra significa?

Nathan sonrío.

—Por supuesto que sí, aunque la mayoría de las traducciones que se me vienen a la mente incluyen la palabra «ano».

Un destello de fastidio apareció en el rostro de Matthias antes de que sus rasgos se asentaran en una sonrisa de labios apretados.

—Que gracioso. Pero no. Significa «sin ataduras» o «sin restricciones». —Extendió las manos para enfatizar cada palabra, como lo haría un cuentacuentos entusiasta.

—Prefiero quedarme con mis traducciones —contestó, inclinando la cabeza.

Matthias lo miró durante un largo instante, luego se puso de pie.

—Brecker, Harold, creo que ha llegado la hora de traer a Afrodita.

El chirrido de bisagras oxidadas invadió el silencioso recinto, seguido por dos pares de pies que abandonaron la habitación.

CAPÍTULO 13

MANUAL PARA CABALLEROS

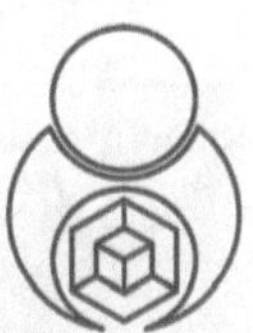

—Así que supongo que ahora es el momento en el que te presumo mi superioridad masculina ganándote un peluche.

Thane le sonrió a Violet mientras se movían entre la multitud.

Ella le devolvió el gesto.

—¿Qué te hace pensar que quiero uno?

Oh, Dios, sus labios seguían estando pegajosos por el algodón de azúcar que había comido recién. Existía un alto riesgo de que la pegajosa sustancia los solidificara, estirándolos para siempre y haciéndola lucir como el *Joker* de Jack Nicholson.

—Vamos —la incitó—, no querrás privarme de mi papel en esta cita, ¿o sí? De hacerlo, esta fracasaría.

—Ah, así que eso era lo que tenía de malo. —Violet esquivó a un niño cubierto de helado derretido—. Durante los últimos veinte minutos creí que habían sido las náuseas de cuando nos subimos al Huracán.

Este se rió.

—Tienes razón. Tal vez debería haber sugerido comer oreos fritas y el *funnel cake*[1] de tocino con miel de maple *después* de habernos subido a las atracciones que te hacen vomitar.

Su comentario la hizo sonreír, aunque el sonido de su risa le hacía imposible *no* hacerlo.

—Bueno, por suerte para ti, la noche aún es joven, así que tienes mucho tiempo para compensarme. —Se detuvo frente a una cabina cubierta de globos. —Veamos qué tan bueno eres lanzando dardos.

—No, no. El manual de primeras citas dice: «El caballero elegirá el juego y la dama el peluche».

—Oh, ¿en serio?

—Sí, en serio. Estas reglas han sido construidas meticulosamente a lo largo de los siglos para asegurarse de que el caballero cause una muy buena primera impresión.

Le guiñó un ojo, enlazó su brazo con el de ella y la alejó con suavidad de la cabina de dardos, volviendo a integrarse entre la multitud.

La atracción del Huracán debió volver a ponerse en marcha, pues un repentino estallido de estridentes gritos ahogó el sonoro repiqueteo de la música del carrusel. El humo de los cigarrillos se mezclaba con los aromas de las palomitas calientes y la comida frita.

Contempló su mano, la cual se encontraba apoyada en el pecho de Thane. Él había colocado su otra mano sobre la suya, provocando que el calor de su palma irradiara sobre su piel. Su cadera chocaba suavemente con la suya mientras caminaban, y, después de que se alzara una helada brisa, ella no pudo evitar arrimarse a su lado.

Así que eso era vivir una primera cita, tal y como decían en esas estúpidas películas románticas que Lyla siempre la obligaba a ver. Violet solía pensar que los conceptos eran ridículos, que eran cuentos de hadas inventados para todos esos tontos que desperdiciaban su dinero en películas y novelas románticas. Pero ahora comprendía lo mágico que era. Estar ahí, con Thane, la hacía sentir como si una pequeña chispa se hubiera encendido en su corazón.

—Y —habló Violet—, este manual para «caballeros», ¿quién se supone que lo escribió? ¿El Señor Darcy? O... *¡Ah!*

Tropezó con una caja de palomitas derramadas, haciendo crujir los granos dispersos bajo sus zapatos. Por suerte, Thane sujetó su brazo con más fuerza y evitó lo que podría haber sido una vergonzosa caída.

¡Estúpidos zapatos! Sus mejillas ardieron. No debió haber dejado que Autumn la convenciera de llevar esas ridículas sandalias de plataforma. ¿A quién le importaba lo mucho que combinaran con su atuendo? ¡Tenía los pies helados! Si se le caían los dedos por el frío antes de llegar a casa, iba a envolverlos como regalo de agradecimiento y se los daría a su compañera. También podría aprovechar la ocasión para vengarse por sus ridículas risillas y sus frecuentes comentarios de «es tan guapo» cuando Thane fue a recogerla a su habitación. La peor parte fue cuando gritó: «¡Van a tener unos bebés preciosos!» por el pasillo del dormitorio mientras se marchaban.

Se mordió el labio al recordarlo, volviendo a sentir el sabor de aquel algodón de azúcar rebelde.

Thane se soltó de su brazo y luego la atrajo hacia sí, dándole un cálido abrazo.

—No creo que el Señor Darcy lo haya escrito —respondió, guiándola a través de la multitud—. Ese hombre tardó demasiado en hacerle saber a su enamorada lo mucho que le gustaba.

Alzó la vista, encontrándose con sus ojos marrones. Él le sonrió, provocando que algo se removiera en su pecho.

—Ah, ahora sí, este si es que es un deporte de hombres —agregó, con la vista puesta en una galería de tiro—. ¿Cuál de esos premios es tu favorito?

Diez minutos más tarde, Violet cargaba con tres osos de

peluche bajo el brazo y dos conejitos en la bolsa que llevaba al hombro mientras se alejaban de la galería de tiro.

—¿Cómo te sientes? ¿Todavía tienes náuseas? —preguntó Thane, rodeándole los hombros con el brazo.

—No, creo que… ¡Guau!

Una nube de burbujas atravesaba el camino. Bailaban en el aire, con patrones multicolores arremolinados en sus superficies curvas. Algunas rozaron su rostro, haciéndole cosquillas en la piel al estallar. Había niños riendo y chillando en el centro; estos saltaban y agitaban sus regordetas manitas, intentando reventar todas las burbujas que podían.

Apartó la vista cuando lo escuchó reír.

—Míralos —comentó—. Es increíble cómo algo tan frágil puede darles tanta alegría.

El chico extendió su dedo índice para reventar una burbuja que flotaba hacia su cara.

Violet sujetó los tres osos que llevaba debajo del brazo.

—Toma, ¿podrías sostenerlos?

Thane la miró con desconcierto, pero hizo lo que le pidió. Ella buscó su cámara en su bolsa y manipuló los ajustes de la pantalla LCD hasta que encontró el que necesitaba.

—¿Te importaría reventar otra burbuja como lo hiciste antes?

Accedió, enarcando una ceja. Violet se acercó la cámara a los ojos e hizo clic varias veces con el obturador al tiempo en que él hacía estallar varias burbujas más.

—Perfecto. Creo que la tengo —anunció. Se desplazó por las fotos que había tomado—. Mira esta.

Le acercó la cámara, provocando que este se acercara más a ella.

Había capturado la burbuja a media explosión. Una parte de esta seguía intacta, brillante y con aquellos característicos brillos multicolor en su superficie; mientras que la otra, que estaba más cerca del dedo de Thane, había estallado en un millón de gotitas.

—Guau —comentó él en voz baja.

—¿Te molesta si tomo unas cuantas más?

—No hay problema. —Alzó los tres peluches—. Estos chicos me harán compañía.

Violet soltó una risita antes de adentrarse en aquel mundo de burbujas.

Tomó una foto tras otra, modificando algunos ajustes antes de reiniciar el proceso, fijándose cuidadosamente en la luz, color y movimiento de cada toma. Captó a niños en pleno salto y a bebés en brazos de sus padres que intentaban comerse las burbujas.

Le preocupaba estar tardando demasiado, por lo que volvió a mirar a Thane; sin embargo, su atención parecía estar en otra parte.

Una niña pequeña envuelta en una enorme chaqueta roja se encontraba a su lado. Tenía los ojos enrojecidos y vidriosos, y su manitas se encontraban cerradas en un puño, intentando enjuagarse un sinfín de lágrimas. Thane se había arrodillado a su altura. No era capaz de oír lo que le decía, pero veía a la niña asentir en respuesta.

Se agachó y volvió a acercarse la cámara, ajustando el lente para que pudiera enfocar más allá de las burbujas que la rodeaban. El obturador hizo clic, captando el momento exacto en el que le entregaba a la niña uno de los peluches. Ella abrazó el juguete, sonriendo entre lágrimas.

Unos segundos después, apareció una pareja. Por el alivio que denotaban sus rostros, Violet supuso que acababan de encontrar a su hija perdida.

El hombre cargó a la niña, quien alzó su nuevo juguete y señaló a Thane. Él y los padres de esta intercambiaron unas palabras. Poco después, tras varios asentimientos y sonrisas, la pequeña familia se marchó, dispuesta a continuar con su noche. La niña continuó saludando a su salvador por encima del hombro de su padre hasta que desaparecieron entre la multitud.

—Fue muy lindo lo que hiciste —observó Violet cuando volvió a reunirse con él.

Este se encogió de hombros.

—La niña estaba perdida y molesta. Cualquiera habría hecho lo mismo.

—No todo el mundo —respondió al tiempo en que su mente sacaba a relucir algunos recuerdos de su infancia.

Apagó la cámara y la colocó encima de los dos peluches que llevaba en su bolsa.

—¿Conseguiste lo que querías? —preguntó, apuntando con la barbilla a la cámara.

Alzó la vista para verlo.

—Sí —contestó—, logré obtener mucho más de lo que esperaba.

Los destellos dorados de sus ojos marrones le parecieron más brillantes. Durante varios segundos, Thane se limitó a mirarla. Nunca nadie la había mirado así. Cuanto más sostenía su mirada, más lo sentía atravesando sus barreras, vislumbrando la delicada parte de ella que llevaba años escondida, fuera del alcance de todos. Una parte que había ocultado por miedo a ser destrozada por completo.

Alargó la mano para acariciar su mejilla con el dorso del nudillo, un leve toque que hizo que su cuerpo se estremeciera. En ese momento, sintió como si fueran las únicas personas dentro de aquel enjambre de burbujas, las únicas personas del planeta e incluso del universo.

Se acercó un paso más hacia ella, borrando la distancia que los separaba.

Una pizca de duda atravesó sus pensamientos.

—¿Thane?

—¿Sí?

Había apoyado su palma en su mejilla, su pulgar acariciaba con suavidad su ya cosquilleante piel.

—Yo, eh… Nunca había hecho esto antes. —Sus palabras eran apenas un susurro. Sus mejillas y cuello ardían de vergüenza.

—¿Hecho qué?

—Esto —dijo, señalando con un dedo la distancia entre ambos.

Una pequeña arruga apareció entre sus cejas.

—¿Te refieres a besar a alguien?

Otro escalofrío recorrió su cuerpo.

—Me refiero a todo. Todo eso de las citas, el coqueteo, el romance. Y sí, incluso... besar.

El volumen de su voz había bajado conforme hablaba, provocando que aquella última palabra resultara casi inaudible. ¿Qué le pasaba? ¿Por qué no podía decir «besar» como una persona normal? Él lo había dicho como si nada. ¿Cómo es que podía decirlo así?

—En ese caso —contestó—, hay algo que debes saber.

Su respiración comenzó a volverse entrecortada.

—Yo tampoco tengo experiencia con estas cosas románticas.

La sonrisa que le dedicó fue tan cálida y sincera, que comenzó a sentir cómo el muro sólido e inquebrantable que protegía su interior comenzaba a derretirse.

Antes de que pudiera responder, sus labios se encontraron con los suyos. Una lluvia de burbujas estalló sobre ellos, haciéndole cosquillas en su piel mientras se besaban.

La luz dentro de su corazón resplandeció con más fuerza.

CAPÍTULO 14

AFRODITA

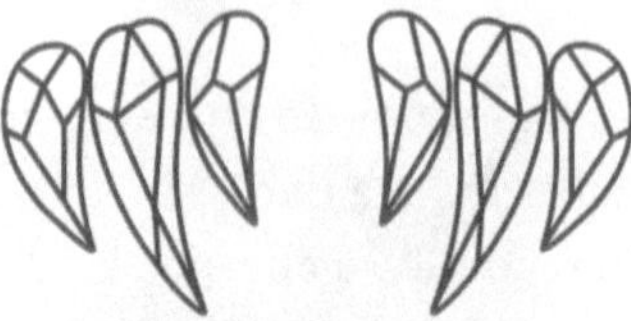

UN INCESANTE «DRIP» «DRIP» «DRIP» RESONABA EN LAS paredes de hormigón que rodeaban su prisión.

Matthias mantenía una postura relajada, consultando su teléfono cada tanto mientras Sagan se apoyaba en la pared con rigidez. El rostro del chico permanecía impasible; no obstante, en su mirada parecía brillar algo intenso, casi salvaje.

Nathan apretó los dientes, puesto que el dolor de sus muñecas había empeorado. A pesar de que su dura piel impedía que casi todo, excepto el Diamantium, lograra perforar su carne, podría jurar que las esposas de metal se le clavaban en los huesos.

Pasaron unos minutos antes de que el chirrido de las bisagras oxidadas anunciara el regreso de los lacayos de Matthias.

Un escalofrío recorrió su cuerpo. No estaba seguro de si era por el cansancio de negar la nebulación o por el temor a lo que fuera que entraría por aquella descuidada puerta. Bajó la cabeza, fingiendo desinterés. El charco de sangre a sus pies seguía extendiéndose, visión a la que pronto se le unieron un par de botas de combate negras. Una mano tomó un mechón de su cabello y tiró hacia atrás. Reprimió el impulso de luchar contra el fuerte agarre.

—Te dije que no te desmayaras ante mí, *slith.* Tengo algo que mostrarte —le habló su secuestrador en la oreja, momento en el que pudo sentir la humedad y calidez de su aliento.

Los dos hombres, Brecker y Harold, entraron en la habitación arrastrando tras ellos un gran objeto envuelto en una tela negra. No reconoció la silueta. Aunque sin importar lo que fuese, probablemente era mejor no saberlo.

—Ah, sí, esa si es una linda vista —canturreó—. Permíteme presentarte a Afrodita.

A su señal, uno de sus lacayos retiró la tela negra, revelando un cañón de aspecto medieval con algunas modificaciones futuristas. El inmenso cañón —que parecía tener el ancho de un hombre y la mitad de la altura de uno— se encontraba asentado sobre una estructura con ruedas. El costado de este contaba con una pantalla táctil y un largo cañón metálico del diámetro de una lata de refresco que sobresalía del aparato, el cual apuntaba directamente a su pecho.

El metal del artilugio tenía un tinte verde, por lo que era probable que estuviera hecho de Metallikite. Se compadeció de las otras especies cambiaformas que se habían visto obligadas a producir tanto subproducto metálico. Sus propias cadenas y grilletes debían estar hechos del mismo metal, puesto que, de haberse tratado de cualquier otro tipo de acero estándar o aleación industrial, hace mucho que se habría librado de sus ataduras.

Matthias soltó su cabello y luego procedió a acercarse al cañón.

—¿No es una belleza? —susurró, acariciándolo como si fuera su amada mascota.

Se inclinó hacia el artefacto, lo cual hizo que, por un momento, pensara que estaba a punto de besarlo. En cambio, apoyó uno de sus brazos en el armazón del cañón y se giró para mirarlo.

—Afrodita tiene la capacidad de proyectar hasta treinta mil lúmenes de rayos concentrados, equivalentes a los filtrados desde Venus. —Agitó una de sus manos, como si quisiera demostrar su punto—. Aunque no estoy seguro de cuántos necesiten para transformarse. Sin embargo, algunos científicos en algún laboratorio hicieron las pruebas necesarias para averiguarlo.

Nathan apretó la mandíbula, imaginando los tipos de «pruebas» que se llevaron a cabo.

—Pero sea cual sea el número, estos inteligentes científicos se unieron para diseñar y construir a Afrodita con el fin de facilitar nuestro trabajo. —Sonrió, tal y como lo haría un niño que muestra con ilusión sus nuevas cartas de Pokémon —. ¿Quieres echarle un vistazo al interior?

Sacó una pequeña linterna del bolsillo de su abrigo y apuntó un haz de luz por el cañón. Nathan se estremeció cuando el reflejo de esta le llegó a los ojos. Una vez que se adaptó a la luminosidad, logró reconocer el estilo de las motas refractadas de aspecto multicolor que danzaban a su alrededor.

Matthias se acercó a él y golpeó su pecho, justo por encima de la herida que le había causado la daga.

—Qué ironía: nada puede cortar o penetrar sus gruesas pieles excepto la muerte de uno de los suyos —se burló, mostrándole en el proceso su blanca y brillante dentadura.

Nathan pensó en cinco maneras diferentes de borrarle la sonrisa del rostro a aquella escoria Erathi.

Su enemigo lo estudió; su escrutinio fue largo y agonizante, como si su astuta mirada lo desnudara, exponiendo cada parte de él hasta llegar a su alma.

Otro temblor hizo que su cuerpo convulsionara, provocando que los ojos del cazador se endurecieran. Su nariz se arrugó y su boca se torció en una mueca.

—Malditas criaturas orgullosas e ignorantes. Todas son iguales. ¿Crees que no puedo quebrarte? —Pasó el dorso de la mano por su rostro. El choque producido por la piel del Erathi contra la del Veniri resonó en la habitación—. ¡Crees que no puedo quebrarte!

Su cabeza se movía de un lado a otro con cada golpe que Matthias le asestaba. A pesar de la dureza de su piel, esta le escocía con cada bofetada y palpitaba con cada puñetazo.

Sin previo aviso, bajó su puño, respirando con dificultad. Sacudió la mano y rompió en una risa maníaca.

—Todos ustedes creen que, si se niegan a transformarse, no seremos capaces de cosechar sus fragmentos. —Pinchó la carne situada entre su cuello y hombros—. Como aquellos grandes y bonitos que vienen de aquí. O de aquí. —Pinchó la parte posterior de sus codos—. Y mis favoritos, aquí. —Colocó un dedo en su rodilla—. Pero con Afrodita, te quebraré, *slith*. ¿Y quieres saber un secreto? —Se inclinó, con su cara a unos centímetros de su nariz—. Incluso si mueres durante la recolección, Afrodita se asegurará de que no vuelvas a tu forma humana —gruñó—. Dios sabe lo molesto que era terminar el trabajo cuando ustedes, desgraciados, no dejaban de morir. Aunque claro, aún podíamos seguir usando los restos del interior. ¿Viste el bonito collar que llevaba mi mujer? Yo mismo coseché los huesos de los nudillos y muñecas. Pero son los fragmentos más grandes los que están en alta demanda. Y, al igual que la mayoría de las cosas en la vida, el tamaño importa.

Nathan lo miró con fijeza.

—¿Ya terminaste de monologar? Porque preferiría que regresaras a los golpes.

La sonrisa de tiburón del cazador volvió a hacer acto de

presencia, recuperando todo su esplendor. Gritó por encima de su hombro: «Brecker, enciéndela», y luego retrocedió unos pasos, sin dejar de mirar a Nathan. Le guiñó un ojo.

—Créeme, esto te va a encantar.

Él le sonrió con burla.

—Lo que tú digas, cariño. Acabemos con esto de una vez.

Un tarareo resonó en el interior del cañón, cada vez más fuerte. Reconoció la melodía que se escondía debajo, la canción que lo conectaba con Venus, con su energía y con la vida que el planeta otorgaba a su ser interior. Su cuerpo se estremeció cuando esta llegó a su núcleo. Toda su concentración se encontraba puesta en la resonancia que escuchaba a través de sus tímpanos, lo cual lo hizo cuestionarse por qué se había resistido a nebular. *Necesitaba* hacerlo. Necesitaba desprenderse de su forma Erathi y abrazar su verdadera forma Veniri.

Una punzada de dolor proveniente de sus muñecas encadenadas lo devolvió bruscamente a la realidad.

No podía, no debía nebular. Los fragmentos Veniri eran sagrados para su raza. La deshonra de que los fragmentos de uno se rompieran o seccionaran, a menudo causaba que fueran excluidos o que incluso fueran repudiados por su propia familia.

Aunque bien podía mandar a su raza al diablo. No les debía nada. Se mantendría fuerte para honrarse a sí mismo, y a los que más amaba. Le negaría a Matthias y a sus matones el placer de aprovecharse de su cadáver. Recurriendo a sus menguantes reservas de energía, luchó contra el deseo de nebular, el cual amenazaba con superarlo.

El tarareo se hizo aún más fuerte, y un resplandor azul en el interior del cañón cobró vida. Un haz de luz azul cubrió su piel como el calor del sol en un día de invierno. La energía del rayo restauraba su propia energía interna; la sangre en sus músculos palpitaba, su fuerza regresaba lentamente y la fatiga comenzaba a desaparecer. Sentía cómo la carne abierta alrededor de la herida de la puñalada le picaba a medida que su velocidad de curación aumentaba.

—Ves, te dije que esto te iba a encantar —gritó Matthias por encima del ruido—. Ahora espera a ver lo que sigue.

Oprimió algunos botones en la pantalla táctil.

Al cabo de un momento, el tarareo se transformó en un grito. Un chillido desgarrador en sus oídos le exigía a cada fibra y célula de su cuerpo que debía nebular. Los rayos de energía azul abrasaron su carne, pasando de ser una fuerza suave y reparadora a una energía feroz e ilimitada.

Un grito escapó de sus pulmones al tiempo en que su cuerpo se retorcía y se estremecía, desesperado por escapar de la luz y del chillido estridente que la acompañaba. La necesidad de nebular eclipsaba cualquier pensamiento coherente. Estaba a punto de aceptar su derrota cuando la luz y el ruido desaparecieron.

La habitación pasó de estar iluminada por el color cerceta a resplandecer de un incandescente amarillo. La sangre —metálica y dulce— inundó la boca de Nathan, provocando que se ahogara con esta y respirara entrecortadamente. Se habría desplomado en el suelo si sus ataduras se lo hubiesen permitido. El dolor en las muñecas era un alivio comparado con la tortura que acababa de pasar.

Parpadeó. Aún podía percibir el resplandor del rayo de Afrodita flotando frente a sus ojos.

Matthias acercó su rostro hasta su campo de visión.

—Mmm, ni siquiera has asomado un colmillo. Nunca había visto a un *slith* que tuviera el grado de control que tú pareces mostrar. Todos se transforman en cuestión de segundos tras ser expuestos a la luz de Afrodita. —Sus ojos se entrecerraron hasta convertirse en rendijas—. ¿Cómo lo haces?

Nathan lo miró.

—Solo mátame ya y acaba con esto —respondió con voz ronca.

Una de las comisuras de la boca de su captor se curvó.

—¿No me digas que te vas a rendir así de fácil? Sé que aún te quedan fuerzas para pelear.

El Veniri cerró los ojos y apoyó la barbilla en su pecho. Pronto moriría, por lo que ya no desperdiciaría sus últimos momentos en esos retorcidos juegos.

El rostro de una mujer apareció en su mente: rasgos delicados, ojos color avellana que lo miraban con cariño y una mano cálida en su rostro, la cual había girado hacia su palma para besarla. Los recuerdos le provocaron un dolor punzante en el corazón. Su reacción habitual era apartarlos; el dolor siempre se tornaba insoportable si permitía que su mente los reviviera. No obstante, en aquel momento en particular, le parecieron el paraíso.

—Bien —agregó Matthias—. Si no quieres luchar por ti, ¿qué te parece hacerlo por ella?

«¿Por ella?».

Abrió los ojos de golpe.

Este le tendió su teléfono, permitiéndole estudiar la pantalla.

—No —jadeó.

Su celular mostraba un cártel con la fotografía de Violet, anunciando una recompensa por su captura.

—¡No!

Nathan intentó abalanzarse hacia él. Sin embargo, sus cadenas lo detuvieron a unos centímetros de su rostro.

La sonrisa demente de este se amplió.

—Ahí está, eso es justo lo que quiero ver.

—¡Aléjate de Violet! —rugió tan fuerte como sus dañadas cuerdas vocales se lo permitieron.

Un movimiento en la pared del fondo llamó su atención.

Sagan ahora se encontraba erguido, con la mirada fija en su padre.

—Por favor, no dejes que lo haga —le pidió Nathan. No le importaba que su tono fuera suplicante y desesperado—. No dejes que lastime a Violet. Era la mejor amiga de tu hermana. Por favor, no lo hagas.

Matthias se rió.

—*Yo* no lo haré, pero el hombre que envié tras ella sí. De hecho, seguro que en este momento ya se encuentra en su universidad.

—Estás mintiendo —siseó.

—Papá, ¿eso es cierto? —preguntó el muchacho.

Su progenitor lo ignoró.

—No te preocupes. Estoy seguro de que lo hará rápido. Es probable que ni siquiera logre sentir cómo le rebanan la garganta mientras duerme.

Sagan se posicionó rápidamente al lado de su padre y le dijo en un fuerte susurro:

—¿Qué pasó con lo de «no matamos a los nuestros»?

Matthias miró a su hijo con desprecio.

—Soy plenamente consciente de lo que dice el código, *hijo*. —Se inclinó hacia su rostro—. ¿Y por qué eso parece importarte? ¿eh?

—Ella... era amiga de Lyla —intentó explicarle, todavía en un susurro—. Estuvo allí para ella cuando...

—¿Te refieres a que estuvo allí la noche en la que Lyla fue masacrada?

—Pero nosotros no matamos...

—¡No me sermonees, muchacho! —bramó su padre, escupiendo saliva con cada palabra.

—Pero, papá...

Matthias lo abofeteó. La cabeza de Sagan se desvió hacia un lado antes de que su cuerpo se desplomara contra el muro de concreto. La fuerza del golpe hizo que el teléfono saliera volando de la mano de su progenitor y golpeara la pared por encima de la cabeza del joven. En otras circunstancias —unas que no involucraran el estar encadenado en una habitación de hormigón con cazadores psicópatas—, Nathan se habría sentido impresionado por la carcasa irrompible que le había permitido al dispositivo rebotar en la pared y caer ileso a los pies de Sagan.

—¡Brecker! —ladró Matthias—. Vuelve a encender esa cosa, y esta vez, asegúrate de doblar la potencia. Tenemos una cosecha pendiente.

Sagan se colocó en una posición que a Nathan le recordó a la de un gato a punto de abalanzarse sobre su presa.

En un remolino de oscuridad, Matthias se giró y lanzó su daga de Diamantium en dirección a al joven. Esta atravesó el aire en un resplandor y se incrustó en la pared, justo al lado de la cabeza de su hijo. Los ojos azules de Sagan se iluminaron a causa de la conmoción. A continuación, se llevó la mano a la oreja e inspeccionó la sangre carmesí que manchaba las yemas de sus dedos.

Su padre lo señaló, su mandíbula se mostraba erguida en una expresión victoriosa que denotaba pura arrogancia.

—Quédate quito, muchacho, o la próxima atravesará tu garganta.

Nathan lo miró con fijeza. Seguro que el tipo solo bromeaba. Sin embargo, algo en su expresión sugería lo contrario.

El menor cerró su mano ensangrentada en un puño y volvió a recargarse en la pared.

—Está listo —anunció Brecker.

—Bien. —Matthias rodó los hombros hacia atrás—. Ahora, ¿en qué estaba...?

Un hombre irrumpió en la sala y luego avanzó corriendo hacia él.

—¿Qué te dije sobre interrumpirme? —siseó.

—Pero, jefe —alegó el recién llegado—, ya está aquí.

Levantó una mano hacia Brecker, provocando que este se detuviera.

—¿Qué quieres decir con que está aquí?

—Me refiero a que está *aquí,* de verdad. Dice que ella ya los tiene y que quiere organizar una reunión.

El semblante de Matthias se iluminó como si fuera un niño durante la mañana de Navidad.

—Llévame con él.

—Pero, jefe, ¿qué pasará con el *slith*? —preguntó Brecker.

—Empiecen sin mí.

De esta manera, Matthias salió de la habitación sin mirar atrás.

Nathan observó a los tres hombres restantes. Sagan se había deslizado hasta el suelo, derrotado, con los brazos cruzados sobre el pecho. Un hilillo rojo se abría paso por su cuello y por la cadena negra que se alcanzaba a notar sobre el cuello de su camisa.

Brecker se apoyó en el cañón y le sonrió a Nathan, mostrándole como su mano ya se encontraba colocada sobre la pantalla táctil.

—Harvey, prepara el extractor de cristales.

—Aguanta, lo tengo por aquí.

El hombre desapareció detrás del cañón, acción que fue seguida por un estruendo de golpes y traqueteos, para luego continuar con el reverberante sonido del metal siendo arrastrado por el suelo. Harvey sacó lo que parecían ser unas enormes cizallas, cuyas puntas estaban impregnadas de sangre Veniri seca.

Una sensación de pánico recorrió su pecho. Tenía que salir de ahí. Su desdichada experiencia con Afrodita había restaurado levemente su cuerpo, pero también lo había hecho sentirse sobrepasado, como si acabara de recibir una fuerte dosis de cafeína y metanfetaminas.

Tiró de las cadenas —definitivamente estaban hechas de Metallikite—, dándose cuenta de que no tenía sentido intentar romperlas. Su mejor oportunidad era acabar con esos cazadores antes de que volvieran a hacer funcionar la máquina, pero estos se encontraban fuera de su alcance. Incluso lanzar una patada sería en vano, pues solo le daría al aire. Si se balanceaba podría ganar algunos centímetros, pero seguro que ellos adivinarían sus planes antes de que consiguiera hacerse con el suficiente impulso cómo para lograr algo.

Tendría que atraerlos hacia él.

Por supuesto, si lograba incapacitar a esos tres, aún le restaría pensar en cómo se liberaría de las cadenas. Pero de momento, lo dejaría de lado. Un problema a la vez.

Flexionó sus hormigueantes dedos en un vano intento por hacer que su sangre volviera a circular. Con una mueca de dolor, sujetó las cadenas justo por encima de las esposas, y se dispuso a probar la capacidad de sus manos entumecidas para sostener el peso de su cuerpo. Un dolor brutal le recorrió desde los hombros hasta la columna vertebral, aunque seguía sin compararse con la inminente embestida de luz que había recibido de Afrodita.

Una vez que confirmó que podía mantenerse en pie, se paró en uno y con el otro pateó el charco que tenía debajo. Un chorro azulado salpicó a Brecker.

El cazador bramó y extendió los brazos como un espantapájaros. Hililllos de la sangre de Nathan se deslizaban por su rostro y goteaban de su barba, provocando que sus rasgos se retorcieran hasta convertirse en una mirada de pura repugnancia. Intentó limpiarse la boca con la manga hasta que se dio cuenta de que la tela también estaba cubierta de aquella sustancia.

Harold salió corriendo de detrás del cañón. Al ver el estado de Brecker, soltó una carcajada. Su compañero se volvió hacia él, con los labios fruncidos, mientras Harold continuaba señalándolo y burlándose a su costa.

Volvió a patear el charco, esta vez apuntando hacia Harold.

Su risa se apagó, cortada por un arranque de gárgaras. Harold se quedó helado, su boca abierta mostraba una lengua que ahora era de un sólido color cerceta.

Esta vez fue el turno de Brecker de estallar en carcajadas.

—¡¿Por qué, asqueroso...?! —Harold escupió y roció el suelo de sangre y saliva, gesto seguido por una furiosa cadena de blasfemias—. ¡Qué asco! ¿Quién sabe qué clase de enfermedades hay en esa porquería? —Miró a Nathan, con los orificios nasales dilatados y la mandíbula desencajada—. Vas a pagar por eso, *slith*.

La comisura de su boca se torció en una sonrisa despectiva antes de volver a patear el charco. Harold rugió de rabia, precipitándose hacia él.

—¡Oye, espera, Harold! —advirtió Brecker, interponiéndose entre ellos y apoyando su mano con firmeza contra el pecho de su compañero.

—¡Fuera de mi camino! ¡Voy a destriparlo!

Harold trató de hacerlo a un lado, provocando que Brecker resbalara ligeramente hacia atrás en el resbaladizo suelo.

«Eso es», pensó Nathan. Solo unos cuantos centímetros más y sería capaz de...

Brecker le dio a Harold un puñetazo en la cara.

—¡Contrólate! Solo te está provocando.

Este retrocedió, gimiendo y sujetándose la nariz. Brecker lo sujetó de la parte delantera de la chaqueta.

—Déjate de tonterías. Podrás destriparlo una vez que lo hayamos cosechado.

Harold miró al Veniri, quien le respondió con una sonrisa.

Una melodía tintineante resonó en la habitación. Todos los ojos se volvieron hacia Sagan. El teléfono de Matthias seguía a sus pies, vibrando suavemente.

—¡Eh! —lo llamó Brecker—. ¿Vas a quedarte ahí sentado a lamentarte todo el día o te pondrás a hacer algo útil?

Sagan lo ignoró y tomó el teléfono.

Brecker soltó un «tss», negando con la cabeza.

—Niño inútil —murmuró.

El pánico se apoderó de Nathan cuando Brecker volvió a situarse junto a la pantalla táctil de Afrodita. Su sucio truco con la sangre no había funcionado; aun así, decidió volver a intentarlo y lanzarles otro chorro azulado.

La furia y el asco se reflejaron en los rostros azules y chorreantes de ambos, pero ninguno dio indicios de querer acercarse. En su lugar, Brecker clavó su dedo en la pantalla.

—Oh, ahora sí que tendrás tu merecido.

Antes de que pudiera reaccionar, el rayo de Afrodita lo envolvió; la fuerza de la luz y el sonido que recorrió su cuerpo se disparó hasta llevarlo al límite.

Esta vez no tuvo oportunidad de negarse a nebular.

Fragmentos de cristal le atravesaron las entrañas y le perforaron la piel, brotando de sus clavículas hasta esparcirse a lo largo de sus hombros y cuello. Las cuchillas brotaron de sus codos y se extendieron hasta alcanzar sus muñecas. Desde el centro de cada rodilla emanaron enormes cristales que lograron alcanzar un cuarto de la longitud de sus muslos, y unos de menor tamaño surgieron del resto de su cuerpo, creando un diseño único e irrepetible. Su carne se onduló y moldeó, transformándose en escamas iridiscentes que seguían un patrón de colores orgánicos que iba desde el color cerceta hasta alcanzar la escala de grises, y que brillaban —como si tuvieran luz propia—, rodeando a las bases de los cristales más grandes. Sus pies y dedos se alargaron varios centímetros, tornándose en unos pies de raptor armados con brillantes garras de Diamantium.

Su par de párpados interiores se abrieron y cerraron, adaptándose a la intensa exposición del rayo venusino condensado. Un cosquilleo en su cráneo se intensificó hasta convertirse en dolorosas vibraciones cuando pequeñas esquirlas de Diamantium atravesaron su escamosa cabeza, adornando los huesos de su frente, pómulos y barbilla. Sus caninos y premolares se alargaron y afilaron. Momentos después, su lengua bífida salió disparada de entre un juego triple de protuberantes colmillos.

Su mandíbula se abrió, liberando un largo rugido gutural. Su cuerpo se retorció y sacudió, las cadenas eran lo único que parecía vincularlo al mundo.

Finalmente, la transformación terminó.

Nathan esperó el alivio que solía llegar una vez que terminaba de nebular; no obstante, aquella embestida maligna continuaba, sin intenciones de terminar con su sufrimiento. El mundo se convirtió en un borrón de dolor. Un dolor insoportable. Deseó y rezó para que todo acabara. Para que *su* propia vida lo hiciera.

Fue entonces cuando, de forma milagrosa, Afrodita se apagó.

Nathan se derrumbó contra sus ataduras. Un resplandor de luz multicolor se reflejó en sus cristales y en el charco azul que había debajo.

Aunque sus párpados interiores —los cuales mantenía cerrados— empañaban su visión, su lengua tanteó el exterior de forma instintiva, buscando probar y evaluar su entorno. Su mente, por otra parte, rechazaba cualquier intento por comprender lo que pasaba, y solo era capaz de percibir una vaga sensación de movimiento ante él, el de dos figuras borrosas.

Parpadeó un par de veces ante los rostros burlones manchados de un líquido azul.

Estaban hablando, pero sus palabras resultaban ininteligibles para sus orejas. Sacudió la cabeza, arrepintiéndose de inmediato cuando lo invadió una oleada de náuseas.

Utilizó toda la concentración que le quedaba hasta que logró comprender algunas palabras.

—... voy a empezar con este.

El que hablaba alzó lo que parecían ser unas enormes tijeras. ¿O se trataba de un gigantesco cortaúñas?

Ambas figuras emitieron sonidos extraños, una especie de gorgoteo. Momentos después, comprendió que se trataba de sus risas. La figura más pequeña clavó el enorme cortaúñas en un fragmento de Diamantium que sobresalía de su clavícula.

Una punzada de dolor recorrió su cuerpo. Sus ojos se abrieron de par en par, volviendo a enfocar el mundo a su alrededor.

—Eso es, Harold, sujétalo bien.

Cuando este tiró de las pinzas, Nathan soltó un débil quejido.

—Con cuidado, no quieres cortarlo todavía. Lo que harás será tirar con fuerza y ver si puedes obtener unos centímetros más antes de partirlo. —Brecker golpeteó el centro de su pecho—. Pon tu pie aquí para hacer palanca.

El Veniri gruñó cuando Harold ajustó su postura sin aflojar el agarre de las pinzas. Una bota fría y resbaladiza presionó su estómago.

—¿Listo? —dijo Brecker.

—Sip.

—Ahora tira lo más fuerte que puedas.

Su compañero gruñía a causa del esfuerzo, sin dejar de embestir su diafragma con su bota.

El sonido de su grito fue quedo, apenas audible. Bien

podría haber sido una ráfaga de viento o un fantasma que gritaba a los vivos. El fragmento que Harold sujetaba le provocaba una profunda agonía, la presión era insoportable. Este estaba a punto de desprenderse de su esqueleto.

Los laboriosos gruñidos del cazador finalizaron de forma abrupta, interrumpidos por un golpe sordo producido por el choque del metal contra la carne.

El cuerpo de Brecker se desplomó en el suelo.

—¿Pero qué...? —Harold no tuvo tiempo para girarse antes de que Sagan golpeara su nuca con una barra de metal.

Como una marioneta a la que le cortaron los hilos, su forma inerte se unió a la de su compañero.

Sagan pasó por encima de los cuerpos, recogiendo la herramienta extractora de las manos de Harold. Nathan parpadeó con lentitud.

El muchacho alzó las cuchillas. Después, liberó sus muñecas en una rápida sucesión.

Sus brazos cayeron a los lados y sus dedos se movieron dolorosamente al tiempo en que la sangre volvía a recorrer sus manos. Lo miró, tratando de leer su expresión.

Este le enseñó el celular de su padre.

Una sensación de alivio lo invadió cuando leyó el mensaje en la pantalla.

CAPÍTULO 15

CODICIOSA CON EL TÍTULO DE «LOCA»

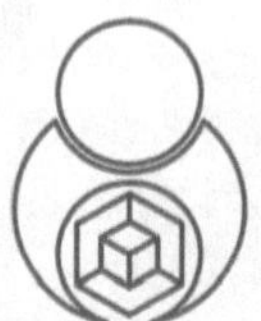

VIOLET QUITÓ LA MANTA DE SU CAMA, SE SUBIÓ EN EL ASIENTO de la ventana y la lanzó por encima de la barra de la cortina. La habitación se oscureció hasta adquirir una tonalidad sepia; algunos rayos de sol se colaban con suavidad por los bordes del marco del ventanal.

—Gracias por aceptar hacer esto —dijo ella—. Se lo habría pedido a alguno de los otros, pero hoy todos estaban ocupados.

—No hay problema —contestó Thane—, me alegra poder ayudarte. Aunque, ¿podrías recordarme de qué trataba tu proyecto?

Tiró de los bordes de la cortina improvisada hasta bloquear toda luz proveniente del exterior.

—Se trata de capturar emociones en una foto.

—Genial. Así que solo necesitas que sonría, frunza el ceño y llore, ¿no? Te advierto que no puedo prometerte nada sobre la última parte. A menos que planees patearme en la ingle o algo así.

Ella se rió, bajando del asiento de un salto.

—No planeo patearte en la ingle.

—Me alegra escucharlo.

Una cálida luz incandescente bañó la habitación cuando encendió la lámpara de su escritorio.

—Necesito hacer un álbum que aborde distintas emociones. La idea es captar sentimientos en sus múltiples formas y no solo limitarnos a fotografiar expresiones faciales. Tenemos que incorporar elementos como la postura, la iluminación, las manos y el uso de accesorios para crear una historia emotiva. —Señaló el suelo frente al asiento de la ventana—. Necesito que te pares ahí, por favor.

Cuando Thane se colocó en posición, se volvió para rebuscar en el cajón superior de su escritorio, sacando unas tijeras y un colgante con un reloj de bolsillo *vintage*.

—¿Qué sigue? —preguntó.

Violet recortó la imagen de un catálogo de una tienda departamental.

—Solo me falta terminar este accesorio. Y luego necesitaré que... eh... Necesito que... —su voz se redujo hasta volverse un murmullo.

—Lo siento, no entendí la última parte. ¿Necesitas que haga qué?

Arrancó un poco de cinta adhesiva y la enrolló con el lado pegajoso hacia afuera, soltando una tos incómoda.

—Necesito que te quites la camisa.

Se negó a mirarlo, concentrándose en pegar la cinta adhesiva a la parte posterior del recorte del catálogo. Aun así, juraba que podía sentir su expresión burlona clavándose en su espalda.

—La señorita ni siquiera me ha invitado a cenar y ya me pide que me desnude —comentó entre risas.

Se mordió el labio, ocultando su sonrisa. Cuando estuvo satisfecha con su improvisado accesorio, se volvió hacia él.

—Toma. Empezaremos con esto.

Le extendió el collar. El colgante colgaba de la punta de

sus dedos, el patrón de filigrana en relieve de la tapa del reloj capturaba la luz mientras se balanceaba suavemente.

Odiaba tener que usar su lámpara de escritorio. Era poca cosa comparada con el mejor y más caro de los equipos de iluminación disponibles, pero al menos le permitiría crear el contraste de luces y sombras para lo que tenía en mente.

Thane contemplaba el reloj mientras se desabrochaba los últimos botones de la camisa. La luz de la lámpara bañaba su piel desnuda de la cintura para arriba, creando sombras que acentuaban los marcados músculos de sus brazos y abdomen.

Contuvo el aliento.

«Mantén la calma, Violet. No hagas ninguna tontería».

Él tomó el reloj y lo inspeccionó, recorriendo el patrón de este con el dedo.

—Es increíble. ¿De dónde lo sacaste?

—Eh, era... —Se removió un poco sobre sus pies, evitando el contacto visual—. Me lo dio una amiga.

Thane pulsó el botón que separaba la tapa, revelando la cara del reloj. En el interior de esta se encontraba la foto de un bebé que ella había recortado de la sección de ropa del catálogo. Tras una pausa, agregó:

—Mmm, interesante. Entonces, ¿quieres que lo lleve puesto o que lo sostenga? ¿Qué quieres hacer?

Soltó un suspiro de alivio antes de dedicarle una sonrisa.

—Préstamelo un momento.

Sujetó su mano derecha y enredó la cadena alrededor de sus dedos, dejando que el reloj colgara a unos centímetros de su muñeca. Luego le apoyó la mano en el pecho, justo por encima del corazón, y posicionó el colgante de tal forma que tanto el interior como la imagen del bebé quedaran a la vista.

Thane se mantuvo callado y dócil, permitiéndole formar la visión que tenía en mente.

Tomó unas cuantas fotos con el trípode, y después intentó con unos cuantos primeros planos. El chasquido regular del obturador apenas ahogaba el pulso que escuchaba en sus oídos. Las hadas furiosas en su pecho se encontraban *encolerizadas*.

—¿Qué tipo de emoción intentas capturar? —cuestionó él.

—Todavía no estoy del todo segura —confesó—. Tenía esta imagen en la mente cuando me encargaron el proyecto, por lo que solo pensé en llevarla a cabo y ver cómo resultaba.

Asintió. El obturador hizo unos cuantos clics más, llenando el breve silencio que siguió a su comentario.

—¿Te importaría que te hiciera una sugerencia? —preguntó Thane.

Violet levantó la vista del visor.

—Quiero decir, solo si tú quieres —añadió rápidamente —. No quiero imponerte nada o algo parecido.

Ella le sonrío.

—No pasa nada. ¿Qué tenías en mente?

Cuando le tendió la mano, dejó que la cámara colgara de la correa que llevaba al cuello mientras la acercaba hacia él. Notas espaciadas de su loción de afeitar flotaban en el aire. A diferencia del pesado aroma de los típicos desodorantes en spray, el suyo era terroso y agradable.

—No sé si esto vaya a funcionar o no, pero me gustaría que fuera tú quien lo juzgara.

Entrelazó los dedos con los suyos, abrazando su mano contra su pecho.

Violet contuvo el aliento, tratando de ignorar con todas sus fuerzas el intenso revoloteo que sentía en su caja torácica, su estómago y…

—¿Qué te parece? —le preguntó.

Se aclaró la garganta antes de responder:

—La verdad es que luce bastante bien.

Con su mano libre, hizo unas cuantas tomas que luego revisó. Sus ojos se abrieron de par en par ante las impresionantes imágenes que la pantalla digital le ofrecía. Thane tenía unos instintos excelentes para ese tipo de cosas. Imaginó cómo lucirían en su versión final si las ponía a blanco y negro. ¿O eso era demasiado cliché? ¿Tal vez fuera mejor en sepia?

—Entonces, esta amiga tuya, la que te dio el reloj. ¿También va contigo a la universidad?

Violet dejó de navegar por las fotos.

—No, ella, eh... ella... falleció hace unos años.

«Falleció». Violet odiaba ese término. Hacía que sonara como si Lyla se hubiera ido tranquilamente mientras dormía. En ese caso, también pudo haberle dicho algo como: «Un ángel bajó grácilmente de los cielos y envolvió a Lyla en un celestial abrazo para escoltarla al más allá».

A pesar de eso, cambiar el término por el de «asesinato» o «muerte» lo hacía sonar demasiado brutal, demasiado crudo. Demasiado «irremediable».

Removió los pies, fijando su atención en sus tenis, esperando las preguntas: *«¿Cómo fue que murió, Violet? ¿Por qué no puedes recordar lo que pasó, Violet?»*.

—Ella era especial para ti, ¿cierto? —Lo dijo como si aquello fuera una afirmación, y no una pregunta.

Su pulgar trazó pequeños círculos en el dorso de su mano.

—Sí —pronunció casi en un susurro—. Era mi mejor amiga en todo el mundo. Y sé que suena muy cliché, pero ella logró verme cuando... cuando era invisible.

Thane se acercó más a ella. Casi podía saborear el sándalo de su loción de afeitar. Cuando le colocó una mano en la mejilla, contuvo el aliento, apartando la mirada.

—Violet, mírame. —Su tono era bajo y suave, cual plata líquida. Levantó su barbilla. Las motas de oro en sus ojos eran hipnotizantes, holográficas contra el marrón de sus iris —. No eres invisible para mí.

Sintió cómo su pecho revoloteaba, lo cual provocó que se mordiera el labio inferior y cerrara los ojos. Thane acarició su mejilla con el pulgar y luego bajó, recorriendo la comisura de su boca, pasando por el borde de su labio inferior.

Cuando abrió los ojos, su mirada se encontraba clavada en la suya. Sentía que podría ahogarse en el oro fundido de esos ojos.

Su mano se detuvo.

—¿Estás bien?

Ella asintió, volviendo a dirigir la mirada al suelo.

—Sí. Es que... Nunca he...

Thane inclinó la cabeza, intentando recuperar el contacto visual.

—Está bien, puedes decírmelo.

Alzó la vista. El brillo de sus ojos se había intensificado, casi como si irradiara a su alrededor.

—Guau —exclamó con suavidad—. Te ves...

Aún después de haberse frotado los ojos, las luces doradas seguían ahí. Estas comenzaron a danzar a su alrededor como si se trataran de un aura hecha de magia o incluso luciérnagas.

Separó su mano de la de Thane y retrocedió unos pasos, su mirada giró alrededor de la habitación.

—Tú también las ves… ¿verdad?

Existía la posibilidad de que aquello solo estuviera en su cabeza.

«¡Genial!». Estaba en su habitación junto a uno de los chicos más guapos que había conocido y decidía volverse loca. ¿Sería su manera de huir ante la primera señal de compromiso? Después de todo, en su momento desarrolló la habilidad para hacer que la mudaran de una casa de acogida a otra.

Thane frunció el ceño, su confusión era evidente. Mas su desconcierto no se dirigía a ella, según notó con una oleada de alivio. Giraba la cabeza de un lado a otro, contemplando las luces.

—Sí. —Asintió lentamente—. Puedo verlas. ¿Es acaso algún tipo de efecto de iluminación elaborado? Pensé que eso se hacía al editar.

Ella negó con la cabeza, observando la lámpara de su escritorio.

—No fui yo.

Muchas preguntas atravesaron su mente. Su cabeza se estaba volviendo loca, pero a pesar de ello no se *sentía* en peligro. De hecho, las luces casi le parecían tranquilizadoras. Reconfortantes.

Thane no dejaba de mirarse, inspeccionando sus brazos y pecho, para luego hacerlo con el aire a su alrededor.

—No puede ser... —murmuró.

—¿Qué? ¿Qué son?

—Yo... —La miró antes de hacer una mueca—. A decir verdad, no lo sé.

Una de las minúsculas motas flotaba a pocos centímetros del rostro de Violet. Cuanto más se acercaba, más deseaba alcanzarla y tocarla. ¿Qué pasaría si lo hiciera? ¿La quemaría? ¿Le daría una descarga? ¿Le dolería? No lo creía. Una vez más, sus instintos le aseguraron que estaba a salvo.

La pequeña luz parpadeaba y resplandecía conforme se acercaba a ella.

—Guau, es tan bonita —observó, extendiendo su mano para tocarla.

—Espera —le advirtió Thane—. No la toques. No sé lo que pueda hacer…

Sin embargo, antes de que pudiera terminar de hablar, la mota dorada se posó en su palma, impregnándose en su piel.

El chico se precipitó hacia ella, seguido por el resto de luces, y luego tomó su mano, inspeccionando el lugar donde esta había aterrizado.

—No me dolió —aseguró Violet.

—¿Qué está pasando? —comentó, aunque la pregunta parecía ser más para sí mismo.

—¿Habías visto algo como esto antes?

Negó con la cabeza, con los ojos muy abiertos. Ella sonrió al ver su expresión de asombro, parecía sobrecogido ante la situación.

Si había algo que sabía a ciencia cierta sobre las luces, era su origen. Thane. Las diminutas partículas luminosas se multiplicaban, apareciendo como pequeños halos contra su piel desnuda, y luego se alejaban suavemente para revolotear alrededor de ambos, como había sucedido con el enjambre de burbujas de su primera cita.

Observó la cámara que aún tenía en sus manos.

—Mmm, me pregunto... Quédate quieto un segundo.

Violet dio un paso atrás, tomando unas cuantas fotos. Fue alternando entre mirar a Thane a través del visor y por encima de la cámara, ensayando y probando algunos ángulos y perspectivas.

Después de unas cuantas fotos más, notó que Thane empezaba a retorcerse y a rascarse la piel.

—¿Estás bien? —Bajó la cámara—. ¿Qué pasa?

Él se rascó la cara.

—No lo sé. Siento una especie de hormigueo.

Violet ladeó la cabeza.

—¿Hormigueo? ¿A qué te refieres?

—Bueno, creo que recién me di cuenta de algo. —Mientras hablaba, sus manos seguían rascando su cara, manos y abdomen. Finalmente, se conformó con masajearse la zona alrededor de los ojos—. Quizás corra el riesgo de sonar como un loco, pero creo sentir que me miras. Como si sintiera tu mirada sobre mí.

Alzó una ceja.

—Eh... ¿qué?

Thane se rió con timidez.

—Lo sé, una locura, ¿verdad?

La chica se encogió de hombros.

—¿Tal vez? Solo hay una forma de averiguarlo. —Se cubrió los ojos con la mano—. ¿Cómo te sientes ahora?

Tras unos cuantos segundos, Thane chasqueó la lengua.

—Lo creas o no, se detuvo.

—¿Qué? No puede ser. —Dejó caer su mano—. Estás jugando.

Él negó con la cabeza, volviendo a rascarse la cara.

—Ja, de estarlo haciendo, que broma más rara elegí, ¿no crees?

No podía discutir eso.

—Okey. En ese caso, tápate los ojos.

—¿Qué? ¿Por qué?

—Solo hazlo.

Thane se rió e hizo lo que le pidió.

—De acuerdo.

—Bien. Ahora, dime si puedes sentir esto —lo retó, fijando la mirada en la mano que cubría sus ojos.

—Sip, estoy bastante seguro de que puedo sentirlo.

—¿Dónde?

Señaló el dorso de su mano.

«Mmm. Habrá sido un golpe de suerte».

A continuación, miró su barbilla.

—Ahora está aquí —afirmó, rascándose la zona que había mirado con un dedo.

Violet frunció el ceño. Miró su codo. Él se lo señaló. Después, miró su hombro y, sin dudarlo, apuntó hacia ahí, justo en el lugar donde estaba mirando.

«¡Tiene que estar bromeando!».

—Estás haciendo trampa —lo acusó.

—Te juro que no —dijo entre risas.

Volvió a fruncir el ceño, gesto que pronto se transformó en una sonrisa.

Movió su mirada lentamente desde su hombro y avanzó a lo largo de su clavícula. Thane trazó el camino que esta recorría con el dedo, siguiéndolo hasta el hueco de su cuello, y luego por el centro de su torso.

—Violet, ¿qué estás haciendo?

Notó la leve diversión que dejaba entrever su tono, pero se negó a perder la concentración o a cambiar de dirección. Sus ojos siguieron bajando, cada vez más. El pecho del muchacho subía y bajaba con mayor rapidez conforme su dedo seguía trazando la línea que ella marcaba, más y más abajo hasta pasar por su esternón.

Su corazón retumbaba en su pecho al tiempo en que una sensación de escalofríos recorría su cuello.

El dedo de su acompañante casi se encontraba en la cintura de sus jeans.

Violet volvió a mirar de golpe hacia la mano que le cubría los ojos.

Él bajó la mano y se echó a reír. La chica se tapó la boca, sus propias risas se mezclaban con sus profundas carcajadas.

Las luces que lo rodeaban habían empezado a bailar y a brillar con más vigor. Una nube de estas se dirigió hacia donde se encontraba, demasiadas como para esquivarlas. Antes de que pudiera reaccionar, se posaron sobre ella y, como antes, se impregnaron en su piel.

—¡Guau! Siento el hormigueo.

Cada lugar en el que tocaban su carne expuesta parecía vibrar. Aspiró una bocanada de aire y contuvo la respiración. Una abrumadora ola de desbordante alegría y una extrema tristeza la inundó.

—Violet, ¿qué tienes?

—¿Qué? ¿A qué te refieres?

—Estás llorando.

Se tocó la cara, sintiendo la cálida humedad en sus mejillas.

—¿Violet?

—Estoy bien, estoy bien. Yo solo... Bueno, me siento rara, en realidad. Es un poco difícil de explicar. No tengo nada con qué compararlo. Me siento muy feliz. Es como... siento como si este fuera el momento más feliz de mi vida.

Él le sonrió.

—Pero al mismo tiempo, me siento extremadamente triste.

Su rostro se entristeció.

—¿Qué quieres decir?

—No lo sé. La alegría parece estar mezclada con esta intensa sensación de tristeza. Pero es como si fuera una especie de tristeza buena. Casi un complemento de la felicidad. Ya sabes, como si la tristeza valiera la pena porque sabes que después te sentirás inmensamente feliz. —Frunció el ceño, colocando ambas manos sobre su cabeza—. Lo siento. Sé que sueno como una loca desquiciada.

Adiós a seguir conociéndolo. Y hola a morir sola.

—Violet, estamos en medio de una inexplicable luz que parece brotar de mí, ¿y tú crees que eres la loca? —refutó, enarcando una ceja.

Ella se rió.

—Buen punto. Supongo que no puedo ser codiciosa con el título de «loca», teniendo en cuenta que fuiste tú el que pensaba que podía *sentir* mi mirada.

—De hecho, estoy bastante seguro de que sigue pasando.

—¿Qué?

Antes de que pudiera detenerse, le echó un rápido vistazo a su torso desnudo.

Una de las comisuras de su boca se alzó, provocando que sus mejillas ardieran. Thane avanzó unos cuantos pasos, cerrando la pequeña brecha que los separaba. Al mismo tiempo, el brillo de las luces resplandecientes pareció aumentar, tornándose más intenso.

—Thane, ¿qué estás...?

Su oportunidad de terminar aquella frase se perdió en el momento en el que Thane presionó sus labios contra los suyos.

Se quedó paralizada durante medio segundo antes de acercarse más a él, rodeando su cuello con los brazos. Como respuesta, sus fuertes brazos rodearon la parte baja de su espalda, alzándola del suelo. Ella enganchó las piernas alrededor de su cintura, moldeando su cuerpo con el suyo, desesperada por aumentar la intimidad de su toque. El deseo de querer más se agitó en su interior. Su piel ardía dondequiera que tocara la suya.

Todo sentido de tiempo, lugar y razón se detuvieron, atrapados en el hechizante beso de Thane. No fue capaz de discernir cuánto tiempo permanecieron juntos.

De repente, tras escuchar un ruido sordo, la puerta del dormitorio se abrió de golpe, dejando entrar un intenso torrente de luz desde el pasillo.

Violet y Thane se separaron cuando Autumn, Gus y Bessie entraron en la habitación. Gus se quedó perplejo y boquiabierto. Bessie sonrió con burla y Autumn lo hizo como si acabara de ganar la lotería.

—Ves, Bessie —comentó Autumn en un fuerte susurro—. Te dije que era guapo.

Ella asintió.

—Sip. Sin duda tendrán unos bebés preciosos.

Gus se aclaró la garganta.

—Y está claro que interrumpimos el proceso para tenerlos. —Se frotó la nuca—. Por Dios, Violet. Pon un calcetín en el pomo de la puerta la próxima vez.

CAPÍTULO 16

PREFERIRÍA SER UNA PIÑATA

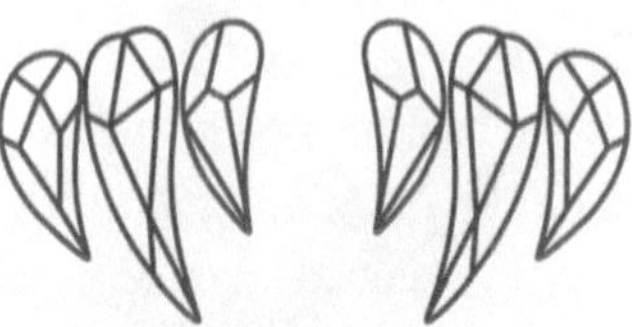

NATHAN AGRADECIÓ, NO POR PRIMERA VEZ, QUE NO FUERA UN humano común y corriente. La cantidad de sangre que se acumulaba alrededor suyo y de Sagan era suficiente como para rellenar un caballo.

Irónicamente, los rayos de Afrodita habían acelerado su, ya de por sí inhumano, proceso de curación. No solo con la herida de su pecho, sino que cada célula y fibra de su cuerpo se estaba restaurando con rapidez, incluyendo su suministro de sangre. Casi se sentía agradecido con Afrodita por ello.

Casi.

Se estremeció. Los rayos condensados de Venus seguían sacudiendo su interior. Su visión era borrosa y se sentía mareado, como si acabara de bajarse de una montaña rusa. Una capa de sudor le cubría el cuerpo, acompañada de un frío glacial, sumando el hecho de que varios músculos de sus piernas, espalda y brazos se removían ante la sensación de sentir cómo la electricidad chispeaba bajo su piel. Agitó y flexionó las manos y los dedos, los cuales parecieron gritar cuando la sangre volvió a llenar sus hambrientas venas.

Una ola de mareo especialmente intensa se abatió sobre

él, haciéndolo caer al suelo y provocando que salpicara liquido azul en el proceso.

—Levántate, *slith* —siseó Sagan.

El detective resopló.

—Dame un minuto, chico.

—No tenemos un minuto. Tenemos que irnos *ya*.

Nathan levantó la cabeza, intentando enfocar lo mejor posible a Sagan, el demonio de cabello rubio blanquecino con cara de ángel. Consiguió incorporarse y dar unos pasos a trompicones, con la sensación de vértigo aún presente. Tuvo que extender el brazo y aferrarse al cañón para evitar derrumbarse mientras se encaminaba hacia la puerta.

—Apúrate, que no voy a cargarte.

Sagan frunció el ceño y salió de la habitación, sin comprobar si Nathan lo seguía.

Este maldijo al tiempo en que se apartaba del vil artilugio. Malditos cazadores Erathi y su talento para la tortura.

Salió tambaleándose por la puerta y, medio cojeando, se apresuró para alcanzar a Sagan. El chico lo guio a través de un laberinto de pasillos y cámaras de hormigón, algunas de las cuales aún se encontraban resbaladizas por los restos de sus últimos ocupantes. A Nathan se le revolvió el estómago; por un momento, se alegró de que su visión no le permitiera ver con la suficiente claridad como para identificar los detalles.

Tras haber doblado hacia otro pasillo, el joven se detuvo en seco y lo miró fijamente. Al menos supuso que eso hacía, puesto que sus ojos aún tenían problemas para enfocar.

—¿Qué haces? ¿Por qué no has vuelto a tu forma humana? —siseó Sagan.

—¿Eh?

Se miró. Sus fragmentos de cristal y su piel escamosa resplandecían bajo las brillantes luces del austero pasillo.

Sagan señaló el suelo detrás de él.

—Maldita sea, *slith.* ¿No podías haber hecho nuestro escape menos obvio?

El susodicho hizo una mueca. Incluso a pesar de su vista borrosa, el rastro de huellas azules que había dejado sobre el suelo de concreto era demasiado evidente. Se frotó los ojos, deseando que su vista se aclarara y que su cabeza dejara de dar vueltas.

Sagan soltó un sonido gutural de frustración y siguió caminando.

Regresar a su forma Erathi solía ser un proceso ligeramente más difícil que nebular en la forma de un Veniri. Sin embargo, cuando intentó hacerlo, no ocurrió nada.

Probó de nuevo. Aún nada.

—Date prisa y vuelve a transformarte —susurró el cazador por encima de su hombro.

—No puedo.

—¿Qué quieres decir con que no puedes?

—Eh... ¿cuánto tiempo falta para que los efectos de Afrodita desaparezcan? —lo cuestionó en voz baja.

Este negó con la cabeza.

—No lo sé. Nunca nadie…

Nathan no necesitó que terminara la oración para darse cuenta de que nadie había sobrevivido lo suficiente como para averiguarlo. Un músculo se tensó en su mandíbula. No le agradaba la idea de estar a merced de Sagan a la hora de escapar de aquel lugar de mala muerte. Incluso su mente pensó en la idea de que la situación podría tratarse de una broma enfermiza, una treta psicótica para lo que fuera que él y su padre habían planeado, con el fin de atormentarlo más.

Chasqueó la lengua ante el joven y analizó la afluencia de emociones aromatizadas que emanaban de él.

«Mmm, interesante». Sus emociones eran un tanto inestables, pero al menos no había detectado ningún indicio de canela. Sea lo que sea que estuviera tramando, no planeaba matarlo. Decidió que confiaría en él, al menos de momento.

Tras haber girado en otro pasillo, se detuvieron en la entrada de una caverna. El bajo techo del pasadizo se abría para dar paso a una cueva, cuyo tamaño equiparaba la mitad de un campo de fútbol, con focos suspendidos del dosel rocoso a unos cientos de metros por encima de sus cabezas. Entrecerró los ojos. Había coches, camiones y montones de lo que supuso que eran cuerdas, cadenas, armas y cajas de quién sabe qué más. Por la falta de sonido, asumió que Sagan y él eran los únicos presentes.

—Allí —anunció el menor, señalando un vehículo, un Land Rover Defender negro mate, aparcado a unos noventa metros de dónde se encontraban.

Casi habían llegado al Defender cuando fue consciente de la luz proveniente del exterior, la cual parecía colarse por una gran entrada al otro lado de la caverna. El alivio inundó sus tensos músculos, pero en un instante, aquel destello de esperanza se convirtió en un estallido de terror.

No era la luz del sol.

Sagan lo empujó detrás de una pila de cajas, fuera del alcance de los faros del vehículo, cuya intensidad aumentaba a medida que este se acercaba. El gruñido de un motor pronto alcanzó un resonante crescendo, dejando ver un camión de carga negro que ingresaba en el lugar.

Ambos se agacharon en el suelo, mirando a través de los huecos de las cajas mientras el camión se detenía a unos metros del vehículo que habían elegido para su huida.

El joven soltó un suspiro.

Cuando el motor se detuvo, dos hombres bajaron de la cabina, riendo y bromeando sobre un reciente partido de fútbol. Sus voces resonaban en la caverna. De sus cuellos pendían unos distintivos amuletos con cadenas negras, aunque Nathan no alcanzó a distinguir el número de coloridos viales de estos debido a su borrosa visión.

Un cazador Erathi con una barba gris de motociclista metió la mano en el camión y sacó un tridente cristalino. El Veniri gruñó a través de sus colmillos, provocando que su acompañante lo reprendiera con la mirada.

Los cazadores siguieron bromeando, reuniéndose al costado del camión. Al cabo de unos instantes, otro rugido de motor precedió a un todoterreno negro, el cual se estacionó junto a ellos. Más voces siguieron al chasquido y al golpeteo de las puertas del coche, del cual emergieron cinco cazadores más.

—¿Por qué tardaron tanto? —reclamó el de barba gris que sostenía el tridente—. Acabemos con esto. Tengo un partido que ver.

—Sí, sí. Siempre tienes un partido que ver, Axel —dijo uno de los recién llegados, haciendo un gesto de indiferencia con la mano.

Los siete se reunieron a un lado del camión. Todos estaban equipados con algún tipo de arma reluciente hecha de Diamantium.

—¿A quién le toca? —preguntó uno de los cazadores más jóvenes.

Nathan calculó que no sobrepasaba los veinte.

Su pregunta hizo que varios de los otros miembros soltaran una carcajada.

—¡Ja, ja! Buen intento —repuso Axel, dándole una palmada en la espalda.

—Vamos, Axel, ¿no podemos...?

—Nop. Ya conoces el trato.

Los otros cazadores ignoraron los tartamudeos y protestas del joven Erathi y lo alejaron del grupo a empujones, acercándolo al camión. Axel golpeó con su tridente una de las brillantes puertas traseras del vehículo, provocando que este se estremeciera, como si se hubiera levantado de golpe. El chico trató de retroceder, con la cabeza temblando con furiosa intensidad, pero los demás se burlaron de él y lo empujaron hacia adelante.

—¿Listo? —habló Axel mientras sujetaba el pestillo.

Antes de que pudiera responder, la puerta se abrió de golpe y, en un abrir y cerrar de ojos, una criatura se abalanzó sobre el joven.

Se produjo el caos. Los cazadores se reían o vitoreaban, instando al cazador a contraatacar.

Nathan hervía de furia. La criatura era un Veniri preadolescente, de unos once o doce años, a juzgar por el pelaje que aún no se había desprendido de sus antebrazos, hombros y pantorrillas.

El Veniri gruñó, propinando múltiples golpes y arañazos. Estaba claro que tenía ventaja sobre el inexperto cazador. De un solo golpe, el preadolescente marcó tres líneas rojas en el rostro del Erathi. Tras presenciar eso, uno de los otros cazadores hizo un movimiento para intervenir, pero Axel lo contuvo.

Frunció el ceño. Seguro se trataba de una especie de iniciación enfermiza.

El joven empezó a gritar y a chillar, pidiendo ayuda y rogándole al Veniri que se detuviera. Nathan ya no podía soportarlo. No tenía ganas de ver morir a ninguno de los dos jóvenes; ni al Veniri ni al Erathi.

Se levantó.

Su compañero lo sujetó por la muñeca, jalándolo hacia abajo.

—No te atrevas.

—¡Pero es solo un niño! ¡Ambos lo son! —siseó.

—No puedes intervenir, y mucho menos viéndote *así*.

Un angustioso lamento inhumano resonó en el lugar. El

sonido atravesó y estremeció su corazón. Se zafó del agarre del cazador y se impulsó desde detrás de las cajas.

Sagan estiró el pie con fuerza, causando que los tobillos de Nathan se enredaran y que terminara chocando de cara contra el suelo rocoso. Rodó y se arrodilló para volver a intentarlo, pero el joven ya se encontraba listo para que lo hiciera; sostenía una cuchilla hecha de Diamantium en cada mano y su rostro mostraba un ceño feroz y decidido.

—Si sales, morirás.

Soltó un bufido, mas se abstuvo de hacer otro intento; odiaba la realidad de aquellas palabras. Podía derribar fácilmente a tres —o quizás cuatro— de los cazadores, pero las probabilidades estaban en su contra, sobre todo si se enfrentaba contra armas diseñadas para aturdir e incapacitar. Golpeó el suelo con el puño, el ruido sordo de su golpe apenas resultó audible por encima de los gritos y llantos del niño y del cazador.

—¿Entonces esperas que me quede aquí sin hacer *nada*?

El ceño fruncido de Sagan vaciló.

—Espero que sobrevivas. Espero que me ayudes a salvar a Violet.

Su cuello palpitaba a causa de la tensión, le dolían los dientes de tanto apretar la mandíbula.

Violet estaba en peligro. Lo necesitaba. No estaba seguro de cuánto tiempo tenían antes de que se produjera otro atentado contra su vida. El mensaje del teléfono de Matthias, que Sagan le había mostrado antes, resplandeció en su mente.

Me equivoqué. Maté a la chica equivocada. Debo irme. Demasiados policías cerca de Violet.

Nathan liberó la tensión de su cuerpo, agachando la cabeza. Necesitaba encontrar a Violet, pero el que tampoco pudiera rescatar al niño Veniri lo torturaba. No temía a la muerte, pero morir sería inútil si no podía garantizar que el niño fuera devuelto sano y salvo a su familia. Suponiendo que esta siguiera viva.

El Veniri rogó por ayuda en su idioma. Suplicaba por su madre, porque alguien, cualquiera, lo salvara.

Cerró los ojos. Colocó la cabeza entre los brazos, con las palmas de las manos apoyadas en el frío suelo.

El éxito de los cazadores en la contención del niño fue evidente dadas sus risas y vítores. Los tintineos de las cadenas se unieron a los ruegos, seguidos por el sonido de algo siendo arrastrado por el suelo pedregoso. Poco a poco, los gritos del prisionero y la estridente charla de los cazadores se desvanecieron en un túnel lateral, dejando únicamente el sonido de su respiración entrecortada, la cual cada vez sonaba más fuerte en sus oídos.

Negó con la cabeza. Odiaba aquella situación. Se odiaba a sí mismo. Odiaba a Sagan —quien para colmo tuvo que ser un cazador— por haber hecho uso de la razón, misma que aseguraría su propia supervivencia, y qué incluso podría garantizar la de Violet.

Abrió los ojos al tiempo en que se levantaba.

—Después de ti, cazador. —La sorna en su voz era perceptible incluso para él.

Un músculo en la mejilla de Sagan se tensó. Lo señaló con una daga.

—Guarda las cuchillas primero.

Nathan alzó los brazos, rotándolos de lado a lado.

—Es curioso que te preocupes por ellas cuando tú mismo tienes un par —comentó, observando las brillantes dagas que cargaba.

—Hablo en serio, *slith*. Guárdalas.

Una de las esquinas de su boca se curvó.

—¿Por qué no empiezas tú?

Sagan lo miró con una ferocidad gélida, provocando que su sonrisa se ampliara. Levantó las palmas de las manos —

con las cuchillas a lo largo de los antebrazos a la vista— e inició el proceso bajo su atenta mirada, retrayéndolas hasta que estas se fusionaron con sus brazos.

—Ahora el resto. Vuelve a ser humano.

Dudó por unos momentos. Si era capaz de enfundar las cuchillas de sus codos, aquello podría significar que la influencia de Afrodita había comenzado a desvanecerse. Una vez más, trató de nebular, mostrándose aliviado cuando logró hacerlo. Sus fragmentos de cristal volvieron a fundirse con su carne, y sus escamas volvieron a encajarse bajo la superficie de su suave piel. Se estremeció cuando el aire frío de la caverna le rozó el cuerpo, recordándole que solo llevaba puestos sus boxers.

Resistió el impulso de cruzarse de brazos en un intento por retener algo de calor corporal. En su lugar, señaló las dagas de Sagan.

—Tu turno.

Él dudó, quizá esperando a ver si planeaba volver a transformarse, pero pasados unos instantes, guardó las dagas.

Aspiró con fuerza y lo siguió hasta el auto. Mientras el Erathi cargaba unas cuantas cajas en la parte trasera del vehículo, él vigilaba ansiosamente el túnel por el que habían desaparecido los cazadores.

Finalmente, con un maletín negro en mano, Sagan hizo un gesto hacia el coche.

—Sube.

* * *

Condujeron en completo silencio durante horas.

Sagan aceleró por caminos de tierra, atravesando arbustos y arroyos. Todavía no habían pasado por un pueblo ni una señal de tráfico que indicara su paradero. Nathan había tratado de memorizar las direcciones que tomaban —

puesto que tal vez existiera la posibilidad de regresar e intentar rescatar al niño Veniri—, mas no tardó en desorientarse.

A esas alturas, no dudaría que el joven cazador pensara en dejarlo en la oscuridad a propósito. Después de todo, mantener a la víctima desorientada y sin esperanza era un método típico de los secuestradores. Aunque también era posible que se ciñera a las carreteras secundarias por motivos de seguridad, evitando las zonas con cámaras de tráfico y testigos; pues un Defender negro mate no era precisamente discreto.

Cerró los ojos y se apoyó en el reposacabezas. Su cuerpo seguía palpitando. Cualquiera que fuera la influencia que impulsaba los rayos de Afrodita, no dejaba de resonar en cada músculo, nervio y vena de su cuerpo. Aquellas inquietantes sensaciones le calaron profundamente en los huesos. Se estremeció. ¿Cuánto tiempo durarían sus efectos?

—Tengo que reconocerte que has aguantado a tu padre, chico. Es el sociópata más sádico que he conocido. —El eco de la risa feroz de Matthias se abrió paso en sus pensamientos—. No logro descubrir lo que tu madre vio en él.

—Ella no es mi madre —ladró.

Los ojos de Nathan se abrieron de golpe, dirigiendo su atención hacia el perfil del cazador con el ceño fruncido.

—¿Qué?

—Es la madre de Lyla, *no* mía.

Le pareció interesante que le hubiera otorgado ese dato. Aunque, a juzgar por su postura rígida y por como apretaba los nudillos al sujetar el volante, parecía ser una idea errónea que no le gustaba que pensaran.

Frunció el ceño al recordar la investigación del asesinato de Lyla. Ninguno de los Branstone había mencionado que Sagan y Lyla fueran medio hermanos. ¿Cómo es que lo había pasado por alto?

Chasqueó la lengua.

—Entonces... ¿no me discutirás lo sádico que es tu padre?

No respondió. El silencio se prolongó, siendo esta vez un poco más denso.

Nathan se aclaró la garganta.

—Y, ¿cuál es el plan? Después de que encontremos a Violet, ¿volverás a intentar «cultivar» mis cristales?

Soltó un bufido.

—Te necesito vivo, *slith*.

Cuando Sagan no pareció querer darle más detalles, añadió:

—¿Y no me puedes dar una pista del por qué? —Hizo un ademán de darse pequeños golpecitos en la barbilla—. Mmm... ¿será que... encontraste un cliente que está dispuesto a pagar el doble por una carnicería a domicilio?

No hubo respuesta.

—¿No? Mmm... ¡Ooh! Creo que lo tengo. ¿El hijo malcriado de algún cazador quiere golpear a un Veniri de verdad con un palo en lugar de una piñata para su cumpleaños?

El cuero crujió cuando Sagan se removió en su asiento.

—Vamos, chico...

—Deja de llamarme «chico», *slith* —gruñó.

—Claro —le respondió—, solo si tú dejas de llamarme «*slith*». De hecho, ¿por qué los cazadores insisten en llamarnos así? Si se trata de una referencia a las serpientes, nos están confundiendo con los Veniri europeos. No todos tenemos el mismo aspecto, ¿sabes?

Sagan lo fulminó con la mirada antes de desviar el vehículo del camino de tierra e ingresar hacia un bosque. Cuando pasaron frente a un espeso grupo de árboles, apagó el motor.

—¿Por qué te detienes?

El joven apagó las luces, sumiéndolos en la oscuridad.

—Nos encontramos al menos a media hora del paso de la montaña, y este es el lugar más seguro para detenernos.

—Entonces conduciré yo.

Sagan soltó un bufido burlón.

—Solo dame un mapa y nos llevaré hasta allí —insistió.

—No va a pasar.

La luz del interior se encendía y apagaba mientras Sagan abría la puerta, para después salir de un salto y cerrarla tras de sí. El silencio resonó en los oídos de Nathan. Bajó la ventanilla y apoyó el brazo en la apertura de esta. La vida nocturna que habitaba el bosque gorjeaba y trinaba entre los susurros del viento.

Las luces volvieron a encenderse una vez que se abrió la puerta del conductor. El cazador sostenía entre sus manos un bulto indistinto de color negro.

—Toma. Ponte esto.

El montón aterrizó en su regazo. Sin decir nada más, Sagan cerró la puerta, provocando que la oscuridad volviera a inundar el coche.

Una sonrisa divertida hizo que una de las comisuras de su boca se curvara mientras desenvolvía una camisa de manga larga y unos jeans. Unos minutos más tarde, salió del vehículo vestido completamente de negro. La ropa era un tanto ajustada, pero era mejor a solo vestir sus calzoncillos.

Encontró al joven tumbado en uno de los asientos laterales de la parte trasera del Defender.

—Será mejor que también te acomodes —dijo Sagan—. Todavía tenemos unas cuantas horas que matar antes de que amanezca.

—Hablaba en serio cuando dije que podía conducir. Estamos perdiendo el tiempo. Violet nos necesita.

—La cordillera no está lejos, y es demasiado arriesgado conducir de noche. Salimos a primera hora.

Nathan suspiró, frotándose los ojos con las bases de las

manos. Subió a la parte trasera, esquivando cajas y bolsas, y se tumbó en el asiento libre. La tapicería de cuero crujió bajo su peso.

Miró a Sagan. El joven cazador hacía girar una daga entre sus dedos. Los rayos de la luna entraban por las ventanillas y se proyectaban en la reluciente hoja, provocando que pequeñas motas que reflejaban los colores del arcoíris danzaran alrededor del vehículo.

Estaba a punto de cerrar los ojos cuando el chico empezó a hablar:

—¿Será qué tú…? Quiero decir, siempre me he preguntado... ¿Sabes a quién le pertenece esto?

Nathan miró la hoja de Diamantium y parpadeó un par de veces mientras procesaba la pregunta. Se dio la vuelta y miró por la ventana que se encontraba de su lado.

—Si revelas tus secretos, pequeño cazador, tal vez yo revele los míos.

Venus, la estrella más brillante, titilaba contra el cielo de tinta. Se encontraba lejos de sentirse seguro, mas el resplandor celestial del planeta despertó una paz en él que logró extenderse por su interior. De hecho, tenía suerte de volver a ser capaz de mirar el cielo nocturno. Cerró los ojos y respiró el aire dulce y terroso.

—Esto era de ella, ¿sabes? De Lyla —continuó Sagan, su tono era suave—. Todo lo que quería para su cumpleaños eran un par de patines. No un esmalte de uñas ni accesorios para el pelo como cualquier otra chica de su edad. Solo unos patines. ¿Y sabes qué le regaló mi padre? Esta daga. A ella no le importó que fuera una muestra de su legado familiar ni su mango ni emblemas personalizados. La odiaba. Pero mi padre odió aún más que le haya intercambiado mi viejo par de patines por esta. Patinó todos los días hasta la mitad de la preparatoria.

Hizo girar la hoja entre sus dedos con destreza, aumentando la velocidad del efecto de bola de discoteca que se había formado alrededor del vehículo. De repente, sin previo aviso, tomó la daga, provocando que aquella ráfaga de luz se detuviera.

Se incorporó y, tras unos momentos de vacilación, se la tendió, con el mango por delante.

—Deberías tenerla.

El detective enarcó las cejas. Jamás en su vida nadie, ni Veniri ni Erathi, le había regalado un fragmento de Diamantium.

—Conserva tu fragmento de Venus —respondió tras unos segundos—. Consérvalo para que puedas recordar a tu hermana.

—Pero... ¿no debería ser enterrado con tu gente?

Él negó con la cabeza.

—No enterramos a nuestros muertos.

—¿Entonces los creman?

—No, tampoco hacemos eso.

—Oh. ¿Y qué hacen?

Estaba a punto de responderle con algún comentario sarcástico, pero algo en su tono lo hizo contenerse.

—¿Por qué quieres saberlo?

No respondió.

Nathan se aclaró la garganta y empezó a hablar antes de que pudiera detenerse:

—Nosotros no hacemos las cosas como ustedes, los Erathi, hacen. En lugar de ceremonias individuales, llevamos a cabo una gran ceremonia durante la conjunción inferior de Venus. —Hizo una pausa, esperando a que Sagan le hiciese preguntas. Como no hubo ninguna, decidió que igualmente lo explicaría—. La conjunción inferior sucede cuando la órbita de Venus pasa entre la Tierra y el Sol. Ocurre cada diecinueve meses y medio. Durante el intervalo previo a la misma, todos nuestros difuntos son almacenados en… Supongo que podría decirse que en una especie de tumbas, y son vigilados por lo que equivaldría a sacerdotes. Antes de cada conjunción inferior, estos son convertidos en polvo y llevados a la cámara de la ceremonia, en cuyo centro se encuentra un vórtice de viento que se canaliza hacia arriba y sale al exterior por un agujero en el techo. Finalmente, los familiares y amigos de los difuntos se reúnen alrededor del vórtice mientras los sacerdotes transfieren el polvo de sus seres queridos al torbellino.

Pasaron unos momentos en los que ambos se mantuvieron en silencio. Debía de estar loco, le estaba revelando un ritual sagrado a nada más y a nada menos que a un cazador. Dudaba que Sagan pudiera hacer mucho daño con ese conocimiento, sobre todo teniendo en cuenta que ningún cazador había logrado descubrir una colmena Veniri antes... al menos, no en ese país. Aun así, exponer ese tipo de información era bastante estúpido. Tal vez había estado conteniendo su lado Veniri durante demasiado tiempo, y estaba empezando a soltar la lengua por impulso. Si era sincero consigo mismo, se sentía bien divulgando algo de sí que fuera verdadero para variar.

Se sentó y se giró para mirar al cazador, su movimiento hizo que el cuero en el que estaba sentado volviera a crujir.

—Entonces, ¿cuál es tu plan, chico? ¿Por qué me ayudaste a escapar?

—Porque necesito que me ayudes a rescatar a Violet.

Negó con la cabeza.

—Eso puedes lograrlo por tu cuenta. No necesitabas arrastrar mi lamentable trasero y llevarlo hasta tu misión de rescate. Ahora dime, ¿para qué me necesitas?

Sagan dejó caer la mirada hacia la daga en sus manos. La luz de la luna ensombrecía la mitad de su rostro; aun así, logró discernir como la expresión bajo la mitad iluminada se tornaba feroz.

—Sabía que me ayudarías a encontrar a Violet, y... Porque necesito que me lleves hasta tu *reina*. —Escupió la última palabra como si tuviera un sabor amargo.

Nathan se quedó boquiabierto.

—¿Tienes idea de lo que estás pidiendo? Créeme, sería más fácil conseguirte una audiencia con la Reina de Inglaterra. Olvídalo. Aunque pudiera, preferiría ser una piñata. —Hizo una pausa de unos segundos—. Pero, solo por curiosidad, ¿por qué necesitas que te lleve hasta ella?

El ambiente en el Defender se volvió pesado, casi pegajoso.

—Voy a matarla.

El Veniri echó la cabeza hacia atrás y se rió. La expresión de su acompañante se tornó furiosa.

—Hablo en serio, *slith*. Voy a matarla. Y tú vas a ayudarme.

Contempló sus ensombrecidas facciones.

—¿Por qué yo? —preguntó finalmente.

—¿Qué quieres decir?

—Bueno, de seguro no soy el único Veniri con el que te has cruzado recientemente. Podrías haber sacado a cualquiera de nosotros de la guarida de tu padre y pedirle que te ayudara con tu idea suicida de matar a la reina Veniri. Así que dime, ¿por qué yo?

El chico se removió.

—Porque yo estaba allí —dijo en voz baja.

—¿Estabas dónde?

Una ligera opresión comenzaba a crecer en su pecho; tenía una buena suposición de lo que Sagan estaba a punto de decir.

—Estaba allí, en el bosque, la noche en que Lyla fue... cuando la mataron. Cuando mi hermana desapareció, supe que algo malo le había pasado. Y cuando tampoco pude encontrar a Violet... Cuando las localicé, era... Llegué demasiado tarde.

No supo cómo responder.

—Llegué justo cuando la encontraste, y vi lo que hiciste.

Nathan se frotó la nuca, apenas logró reprimir un quejido.

—No te preocupes —lo tranquilizó—. No se lo he contado a nadie, y menos a mi padre.

Entrecerró los ojos.

—Bien.

Volvió a recostarse. No podía procesar eso ahora. Sus pensamientos eran confusos, además de hallarse superpuestos por los miedos y emociones resurgidos de aquella noche. Cerró los ojos y se tapó la cara con el antebrazo. Añadió:

—Despiértame cuando sea hora de irnos.

Pasaron unos momentos de silencio. Decidió asomarse por debajo de su brazo; Sagan seguía sentado, con la vista fija en la daga en sus manos.

Nathan aprovechó la oscuridad para dar un pequeño lengüetazo, permitiendo que una ola de sabores envolviera sus sentidos. La necesidad de venganza de Sagan era evidente por la sensación de ardor que provocaba el chile en su paladar, la cual estaba alimentada por su inquebrantable determinación, que tenía el sabor del chocolate, uno negro y oscuro. Pero hubo un sabor que logró captar más su interés: el sabor asesino de la canela. Este era intenso y negro, como si se hubiera carbonizado bajo furiosas llamas.

CAPÍTULO 17

ÁRBOLES DANZARINES

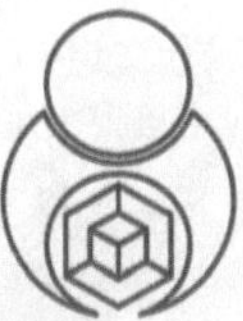

VIOLET SE ECHÓ SU BOLSA DE LIBROS AL HOMBRO Y SE QUEDÓ de pie, justo al lado de la puerta de cristal de la biblioteca, observando el vaivén de las siluetas de los árboles contra las farolas. Parecía que estaban bailando, atrapados en una melodía que sólo ellos podían escuchar.

«¿Música que solo los árboles podían escuchar?», se cuestionó. Se rió para sí, imaginando árboles con orejas. No aquellas delicadas reservadas a las dríadas mitológicas descendientes de las diosas con orejas envidiables, sino unas grandes y graciosas, del tamaño de un plato, que sobresalían a ambos lados de sus troncos.

Suspiró. Debía estar más que cansada si su imaginación se había rebajado al nivel de imaginar árboles con orejas. No se molestó en mirar su reloj. Era tarde. Bueno, en realidad, podría considerarse temprano. El último miembro de su grupo de estudio se había marchado media hora antes de que ella siquiera pensara en recoger sus cosas y volver a su dormitorio.

Cuando se inscribió en esa carrera, supuso que pasaría la mayor parte del tiempo participando en aventuras fotográficas con la clase, discutiendo distintas preferencias de objetivos e iluminación, técnicas de color, bla, bla, bla. Pero, además de la sesión fotográfica que había tenido con Thane, la mayoría de sus tareas habían sido de carácter teórico y de investigación. En ese momento, se encontraban estudiando acontecimientos mundiales —pasados, presentes y previstos — y la participación de los fotógrafos periodísticos en los mismos. Era el momento de «aprender de los maestros» y tomar nota de lo que había funcionado y de lo que no.

Y, ¿dónde debían empezar los aspirantes a fotógrafos a «seguir los pasos de sus predecesores»? ¿Haciendo trabajo de campo, en eventos públicos? ¿En galerías de arte enfocadas en la fotografía? ¿En un pueblo del tercer mundo? ¿En Siria? No, empezaban en la biblioteca. Todo lo anterior se trataba de actividades extracurriculares, las cuales solo se podían permitir quienes tuvieran padres ricos que buscaran fomentar un poco más los sueños de su querida criatura.

Dejó escapar otro suspiro. Aquella queja interna se estaba volviendo redundante; no tenía sentido enfurruñarse por su negligido pasado. Además, siendo sincera, catalogar mentalmente sus problemas era solo una forma de retrasar la salida al frío y la caminata hasta el otro lado del campus para llegar a su dormitorio.

Se ajustó la chaqueta y bufanda. Por un segundo, estuvo tentada de acurrucarse en uno de los sofás de la biblioteca; sin embargo, lo único que anhelaba en ese momento era su propia cama.

«Almohadas. Mantas. Comodidad». Genial, ahora había llegado a esa etapa que caracterizaba la falta de sueño en la cual sus pensamientos se habían reducido a palabras sueltas. «Vamos, Vi, deja de posponerlo».

Pasó su tarjeta de estudiante para desbloquear la puerta de seguridad individual y luego salió hacia la noche, acurrucándose más en su bufanda mientras el esperado vendaval helado se agitaba a su alrededor. El susurro de las hojas alcanzó un crescendo antes de apagarse y transformarse en calma. Unas pocas hojas que quedaron sueltas bajaron en una elegante danza para unirse al resto del montón posicionado en el suelo.

Dobló una esquina y se metió por un estrecho camino entre dos edificios, protegiéndose temporalmente de la fría brisa. Durante unos cuantos pasos, lo único que escuchó fue el sonido acolchado de sus tenis al golpetear el pavimento. Luego, llegó el taconeo de una bota y el traqueteo de una piedra que había sido pateada. El golpeteo rítmico de las pesadas botas continuó escuchándose en el pavimento detrás de ella.

Inspiró profundamente, tratando de alejar el repentino torrente de ansiedad que deseaba invadirla.

«No pasa nada, Vi. Es solo otro estudiante que se ha quedado hasta tarde como tú, volviendo a su dormitorio».

Dio un giro prematuro. Unos instantes después, las mismas pesadas botas hicieron lo mismo.

Su respiración había comenzado a acelerarse. «No te asustes. Es solo una coincidencia que vayamos en la misma dirección. Es tarde y está oscuro. Te estás asustando por nada».

Dio otra vuelta. De nuevo los pasos la siguieron.

Violet empezó a reprimir su inquietud, dándose a sí misma más argumentos que su voz de la razón le proporcionaba, hasta que se dio cuenta de que los edificios y los jardines que la rodeaban no le resultaban familiares. Todo parecía tan diferente de noche.

«¡Mierda!».

Aceleró el paso, sintiendo como un escalofrío cargado de adrenalina recorría sus venas. ¿Qué estaba haciendo? Se iba a perder aún más. Todo lo que tenía que hacer era dar la vuelta y regresar a terreno conocido.

Pac. Pac. Pac.

No había manera. Retroceder significaba encontrarse cara a cara con quien la estaba siguiendo. Y definitivamente la estaban siguiendo; estaba segura de ello. La voz de la razón había sido bloqueada y encarcelada, dejando más espacio para que el pánico se manifestara. Sacó su navaja, apretándola contra su pecho.

Había otra curva más adelante, a unos veinte pasos. Caminó más rápido.

Pac. Pac. Pac.

Faltaban diez pasos.

Pac, pac, pac.

¿Era su imaginación o la persona detrás de ella también había aumentado la velocidad?

Pac-pac-pac.

Dos pasos. Uno.

Una vez dobló la esquina, echó a correr. Su bolso rebotaba torpemente, provocando que una de las esquinas de uno de sus libros se le clavara en la cadera a cada paso; aun así, ignoró el dolor y siguió corriendo. Agarró su navaja con tanta fuerza que el filo del mango le cortó la palma.

Los pasos detrás de ella también doblaron la esquina. Sonaban más lejos que antes, pero luego aumentaron la velocidad.

Pac-pac-pac-pac-pac.

Se obligó a correr más rápido. Sintió que volaba cuando dobló otra esquina, casi terminó perdiendo el equilibrio por el giro repentino que esto supuso.

Su mente no dejaba de corear: «Más rápido».

Volvió a dar otra vuelta, respirando de forma entrecortada. Se encontró en un jardín abierto; unos cuantos árboles antiguos se encontraban esparcidos de manera uniforme a ambos lados del camino. El siguiente edificio se encontraba a unos noventa metros de ahí.

El sonido orquestal del viento y las hojas regresó, ahogando el ruido de las botas que la perseguían. Ya no tenía la impresión de que los árboles danzaran con gracia al son de su propia canción nocturna. Ahora éstos se sacudían con una fuerza salvaje; las ramas se agitaban, creando una temerosa advertencia sobre la amenaza que iba tras ella.

El pánico oprimía su garganta. Sus pulmones ardían con el aire helado que inhalaba con cada respiración.

Se apartó del camino y se colocó detrás de uno de los árboles, con la espalda apoyada en el tronco, esforzándose por detectar el ruido de las pesadas botas. El viento se había calmado. Su pesada respiración resonaba con fuerza en sus oídos, y sus manos volaron hacia su boca, con la navaja interpuesta entre ellas. Se obligó con todas sus fuerzas a silenciar su jadeo, incluso aunque su corazón retumbara contra su caja torácica. Sus ojos se movieron a su alrededor mientras analizaba cada sonido.

Crujido. Silbido. Chasquido.

Pac... Pac...

Los pasos se detuvieron.

Contuvo la respiración. Bajó las manos de su boca, sujetando el mango de la navaja con ambas manos. Su pulgar encontró el botón y lo pulsó.

Shink.

El suelo era de grava, por lo que podía escuchar como la bota parecía girarse para cambiar de dirección. Se mordió el labio, rezando para que esta fuera lo más alejada de ella.

De pronto, notó una luz brillante que alcanzaba a verse entre los espacios que habían dejado sus dedos.

«¿Pero qué...?».

Esta procedía de una de las gemas negras incrustadas en el mango de la navaja. Aunque el arma había dejado de ser negra, ahora brillaba y relucía un vibrante color cerceta.

El sonido cesó. La persona debía estar tomando sus

precauciones, silenciando sus pasos. El leve roce de una bota más adelante en el camino era la única pista que le indicaba que su perseguidor se seguía moviendo.

Con cada momento que pasaba, la piedra preciosa aumentaba su brillo. «¿Qué clase de navaja me dio Nathan?», se cuestionó. Violet escondió el arma bajo los extremos de su bufanda, temiendo que la luz la delatara.

Escuchó un lento crujido ocasionado por la grava que se encontraba detrás del árbol en el que se escondía. Muy cerca. Demasiado cerca.

¡Crac!

El sonido repentino atravesó la noche, seguido por voces que charlaban. Los estudiantes brotaban de una de las puertas de madera del edificio cercano, la cual se había estrellado con fuerza contra la pared de ladrillo que había detrás. El alivio la invadió como un maremoto cuando reconoció la entrada del edificio de su dormitorio.

Un impulso de adrenalina inundó su cuerpo. Tendría que abandonar la seguridad de su escondite y correr por la hierba si quería llegar a su habitación.

«A la cuenta de tres».

Escuchó el sonido de un ligero roce. Otra vez se encontraba cerca. Apenas logró oírlo por encima del parloteo de más estudiantes que se arremolinaban en la noche.

«Uno…».

Una serie de pitidos estridentes y punzantes le cortaron los tímpanos cuando escuchó cómo un celular sonaba detrás de ella. Una voz masculina siseó una maldición, aunque no fue lo suficientemente fuerte como para que Violet pudiera descifrar de quién se trataba. Aun así, no pensaba quedarse a esperar más pistas.

Se apartó del árbol y corrió.

El tono de llamada paró. O bien contestó, o el teléfono fue puesto en silencio; no le importaba saberlo. Centró toda su atención en la puerta del edificio con dirección a su dormitorio.

«¡Más rápido!».

Solo le faltaban unos pasos. Podría haber llorado de alivio cuando logró pasar con gran velocidad a través de un hueco entre los estudiantes, ignorando sus expresiones confusas.

Subió las escaleras. Llegó hasta el piso de su dormitorio. Una vez en el rellano de este, finalmente se permitió hacer una pausa y recuperar el aliento, lanzando enormes jadeos mientras el ardor de su pecho y sus piernas se calmaba.

Cuando por fin salió al pasillo, fue su turno de sentirse confundida.

En lugar de que la zona estuviera desierta, como normalmente ocurriría a esas horas de la noche, todas las puertas estaban abiertas y una multitud de estudiantes se apiñaba a mitad del pasillo. Se devanó los sesos. ¿Se habría perdido el aviso que anunciaba alguna reunión social? Por el aspecto de la vestimenta que todos llevaban, debía tratarse de una especie de fiesta de pijamas.

Se abrió paso entre la multitud, sin que nadie le prestara mucha atención. Esta se concentraba alrededor de una puerta en particular. Su puerta.

Cuando más se acercaba, más sentía cómo su pecho se oprimía. Avanzó con más rapidez, abriéndose paso a codazos entre la barricada de cuerpos hasta tener una visión completa de lo que había captado la atención de sus compañeros.

Se llevó una mano a la boca.

«¡No! Oh, por favor, ¡no!».

Varios paramédicos y policías, el supervisor de la residencia y el decano estaban reunidos en un apretado grupo en la entrada de su habitación. Uno de los agentes de policía intentaba abrirse paso entre la multitud de estudiantes para dejar pasar a un paramédico que llevaba una camilla.

Encima de esta se encontraba una bolsa reservada para cadáveres con el cierre subido.

Un rugido en sus oídos ahogó el parloteo y el ruido del pasillo. Manchas de luz blanca bloquearon su visión, misma que también fue obstaculizada por una oscura neblina.

«Lyla...».

Justo cuando su cuerpo estaba a punto de ceder, alguien se abalanzó sobre ella. Al poco tiempo, sintió como unos firmes brazos la rodeaban por los hombros.

—Violet, ahí estás.

Parpadeó, reconociendo aquella profunda voz.

—¿Thane? —Se tambaleó, logrando estabilizarse y apoyarse en él—. Thane, ¿qué estás haciendo aquí?

—¡Violet! —exclamó una voz femenina.

Autumn y Gus se abrían paso entre la multitud.

Aunque Thane la soltó, su mano recorrió su brazo hasta llegar a la suya, sujetándola.

Los primos se apresuraron a envolverla en un abrazo grupal. Autumn se estremecía, a diferencia de Gus, que se mantenía firme, casi rígido.

—¿Dónde demonios habías estado? Me tenías muy preocupado —le reclamó él.

Parecía enfadado, mas Violet logró percibir su preocupación en el momento en que su mano apretó fuertemente su hombro.

Tanto Autumn como Gus se encontraban ante ella. Vivos. Las mejillas de Autumn se encontraban manchadas por dos estelas negras de rímel. Llevaba una camiseta desteñida de un grupo musical, con la que solía dormir, y sus rastas se asomaban en todas direcciones.

Violet abrió la boca, sin poder llegar a articular ninguna de las preguntas que rondaban su confusa mente. Miró más allá de sus rostros, en dirección a la camilla que había sido arrastrada fuera del lugar. La única pregunta que logró formular fue:

—¿Quién?

Autumn rompió a llorar al tiempo en que la expresión de Gus se tornaba dolida.

—Él la mató, Violet. Está muerta. —La chica hizo una pausa, intentando respirar mientras hipaba—. Él mató a Bessie.

—¿Qué? —Sus ojos se abrieron de par en par—. No…

No Bessie, la chica con el acento irlandés que sabía reír y festejar como ninguna otra. La ávida gamer y entusiasta de Hello Kitty. La morena burbujeante que era un miembro clave del pequeño grupo de amigos que había logrado hacer en la universidad.

«Esto no puede estar pasando. No puede ser real. ¿Por qué? ¿Cómo?».

A través de sus lágrimas, Autumn se sumergió en una incoherente historia de cómo Bessie había venido a estudiar y, después de unas horas, se había quedado dormida en su cama.

—Era tarde y tú aún no habías regresado, por lo que no pensé que fuera un problema. Así que la dejé dormir porque sabía lo agotada que estaba y pensé que no te importaría. Y entonces me quedé dormida... —Respiraba entrecortadamente, por lo que se mordió el puño, cerrando los ojos.

Gus le pasó un brazo por los hombros.

—Y entonces me desperté —continuó—, y… y… él estaba allí.

—¿Cómo era?

Todos se volvieron ante la pregunta de Thane. Él seguía sosteniendo la mano de Violet; su cálida cercanía le proporcionaba un ligero consuelo.

Ella negó con la cabeza, con una expresión angustiada.

—Estaba oscuro y no pude verlo. —Sujetó los brazos de la

chica—. Pero, Violet, él dijo *tu* nombre. Justo antes de que él... justo antes de que Bessie...

Con la mano que tenía libre, tiró de Autumn para envolverla en otro fuerte abrazo mientras su amiga se estremecía a causa de una nueva avalancha de sollozos.

Thane colocó una mano en la temblorosa espalda de Autumn, mas su atención se encontraba puesta en Violet. Su mano apretó la de ella con más fuerza.

CAPÍTULO 18

HOYUELOS DE VENUS

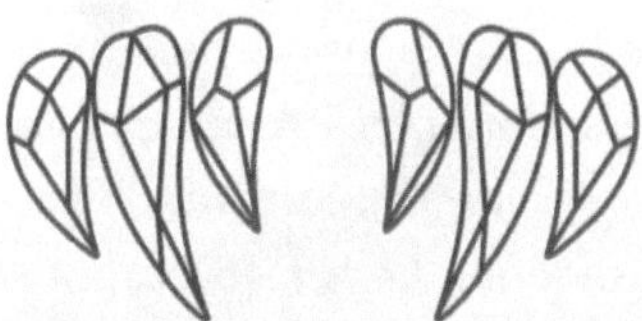

UNOS CUANTOS RAYOS DE SOL ATRAVESARON EL CIELO oscurecido. El lucero del alba brillaba en su deslumbrante gloria, proyectando sutiles rayos a través de las ventanas del Defender.

Nathan se acomodó de lado en lo que podría ser la centésima vez en quién sabe cuántas horas. Debería haberse dormido con facilidad, teniendo en cuenta lo agotado que estaba por haber sido casi destripado y por haber soportado el perverso ataque de los rayos de Afrodita, mas su mente se encontraba muy despierta. Junto con las preocupaciones habituales, las inquietudes y los recuerdos reprimidos de su pasado, su pequeña conversación con Sagan también estaba recibiendo su cuota al repetirse constantemente en su mente.

«... Vi lo que hiciste».

Se colocó de espaldas. El recuerdo de la noche en que conoció a Violet Chambers volvió a él con total claridad.

* * *

Nathan agachó la cabeza y se frotó las sienes con cansancio. Llevó la mano a su cuello para localizar el pulso; un débil latido resonó entre sus dedos. Con un movimiento impulsivo de su lengua, captó la esencia de Violet, lo cual ocasionó que sus ojos se abrieran de par en par.

¿Cómo era posible?

La esencia del alma de un Erathi cambiaba a lo largo de su infancia y pubertad. Aquello podía resultar frustrante para los Veniri, pero para los Erathi, el cambio de olor era una ventaja, especialmente si se encontraban en una situación en la que un Veniri intentaba rastrearlos. La ficha del expediente de Violet indicaba que tenía dieciséis años; aún no había madurado del todo, pero la esencia que marcaba su pubertad ya se estaba desvaneciendo, revelando indicios de la esencia permanente que marcaría su alma, un aroma que le resultaba inquietantemente familiar.

El recuerdo de una mujer de su pasado atravesó su mente.

Su lengua volvió a resurgir, provocando que la esencia de Violet se reavivara en su paladar. Podía sentir el granito en su interior. No había duda. Los olores eran casi idénticos.

Definitivamente, Violet era su hija.

Un grave gemido atravesó la noche, aunque no parecía provenir de la chica. Nathan apuntó con su linterna hacia el hombre con capucha que yacía cerca, el cual había comenzado a moverse. Una mancha azulada brillaba sobre la tela oscura de su torso. Por su ubicación, la herida no parecía ser mortal.

El rostro del Veniri hizo acto de presencia en su forma humana. Unos ojos fríos y penetrantes brillaron bajo el haz de su linterna.

Nathan se alejó de Violet con movimientos lentos y premeditados. Una tortuosa sensación ardiente chisporroteó en sus brazos cuando liberó las cuchillas cristalinas de sus codos.

Los rasgos del Veniri se endurecieron hasta convertirse en una mirada amenazante, la cual le devolvió frunciendo el ceño. Odiaba todo lo relacionado con la razón por la que el Veniri se encontraba lejos de la seguridad de su colmena, por la que se había arriesgado a cruzar los territorios de otras especies cambiaformas y a que los cazadores siguieran su rastro. Odiaba que decenas de familias humanas tuvieran que contactar con la policía y pasaran incontables horas buscando a sus hijas adolescentes desaparecidas.

Apretó los puños. Lo que más odiaba era que una vez había sido partícipe de esos secuestros de inocentes niñas humanas. Matar a esa escoria Veniri no repararía sus propios errores ni los errores que su raza había infligido, pero sería un buen comienzo.

El Veniri sacó su lengua bífida.

Nathan sonrió. Sabía exactamente lo que estaba probando: ruibarbo que denotaba su sorpresa inicial, y tiza mezclada con vinagre de sidra que representaban su larga pena y resentimiento. Pero el sabor más ofensivo de todos sería el de la canela. No había manera de que lo dejara vivir.

Los ojos del Veniri pasaron de Nathan a una pequeña daga de Diamantium que Violet tenía en la mano. La hoja estaba manchada de un azul luminiscente.

Antes de que pudiera actuar, se abalanzó hacia él y clavó uno de los fragmentos cristalinos de su codo en el cuello de su víctima. Un grito de sorpresa escapó de esta justo antes de que sus cuerdas vocales fueran seccionadas.

El oficial retrocedió, procurando encontrarse fuera del alcance de los codos de su rival.

El ya condenado cambiaformas sujetó su garganta antes de que sus ojos se dispararan hacia el cielo en señal de pánico y desesperación. Su rostro cambió; sus rasgos humanos nebularon hasta convertirse en los de un Veniri. Escamas plegables de color cerceta iridiscente aparecieron en la superficie de la piel expuesta de su cara, cuello y manos, y pequeños cristales en forma de cuernos se alinearon en las cuencas de sus ojos y pómulos, brillando bajo la luz de la luna. Finalmente, la tela se rasgó cuando unas puntas cristalinas atravesaron su capucha y jeans.

Soltó un bufido. Su puntería había sido certera; la herida era mortal. La energía curativa de los rayos de Venus sería incapaz de salvarlo. La inútil criatura solo estaba prolongando su atroz e inevitable final.

El Veniri volvió a mirarlo, acercándose a él mientras emitía una súplica gutural.

Lo miró con desprecio. Esa escoria se merecía algo mucho peor. Le dio la espalda, sin molestarse en observar los últimos momentos de la criatura. En su lugar, se centró en la frágil chica que yacía entre las hojas.

Meneó la cabeza, revisando mentalmente el contenido de su expediente. Esa chica ya había pasado por un infierno dentro del sistema de acogida, y ahora había sido arrastrada a uno diferente por secuestradores Veniri. Si sobrevivía, nunca podría explicar a quién o qué había visto. Incluso si pudiera, y aunque la gente creyera su historia, eso traería aún más peligro, no solo a su mundo, sino también al suyo.

En cualquier caso, su olor haría que siempre fuera un objetivo. El hecho de haber estado constantemente en el sistema de acogida Erathi, así como su inestable esencia infantil, habían evitado que su gente la descubriera hasta ahora. Pero la esencia madura de Violet pronto se convertiría en un faro. ¿Quién más sabía de su existencia? ¿Lo sabría la reina?

Entrecerró los ojos. Definitivamente no podía dejar que la reina, o cualquier otra persona la rastreara. Había demasiado en juego.

Apretó la punta de la cuchilla de su codo contra su carne, justo por encima de su tráquea. Era probable que aquel fuera el mayor acto de misericordia que alguien le hubiese mostrado. No solo le pondría fin a su miseria, sino que también la mantendría alejada de cualquier tortura que se le infligiría de volver a ser atrapada.

Fue entonces cuando un pensamiento cruzó su mente.

¿Y si la escudaba? Su padre lo había hecho.

Flexionó los dedos. El procedimiento sería difícil, y de este solo conocía la teoría por lo que su padre le había explicado mucho tiempo atrás.

«Sí, es posible proteger a un Erathi y evitar que rastreen su alma. Las glándulas venenosas que rodean nuestro corazón producen una proteína justo para ese propósito, lo creas o no. Si uno trasplantara dos glándulas a un huésped Erathi, esa pequeña cantidad de veneno no los dañaría. Podrían tener síntomas de lo que ellos llaman "resfriado", pero una vez que su sistema inmunológico elimine el veneno, las glándulas continuarán fabricando la proteína que produce el escudo».

Nathan le echó una rápida mirada a la cabaña. Hasta el momento, nadie lo había seguido, mas debía actuar con rapidez. Una descarga de adrenalina le recorrió el cuerpo al pensar en lo que iba a hacer. Aquello no iba a ser agradable para ninguno de los dos.

Se quitó la chaqueta y la camisa. Levantó su rostro hacia el cielo y comenzó a nebular, asegurándose de que el cambio se limitara a la parte superior de su cuerpo; pues prefería evitar que los fragmentos que se hallaban en su pierna rebanaran sus pantalones. Seleccionó un fragmento de su torso y lo cortó con una de las cuchillas, luego se arrodilló y, con cuidado, hizo rodar a Violet de espaldas.

Una punzada de culpabilidad le atravesó el pecho. Ese plan era demasiado arriesgado, por no mencionar que era muy intrusivo, pero las alternativas en las que ella era asesinada o capturada eran mucho peores.

Levantó el dobladillo de su blusa, dejando a la vista los dos hoyuelos de Venus que se encontraban en la parte baja de su espalda. Siguiendo las instrucciones de su padre, utilizó el fragmento que había cortado para perforar el centro de cada hoyo. Un líquido carmesí se acumuló a ambos lados de su columna vertebral y luego bajó por sus caderas. Ella se removió un poco, pero, para su alivio, no recuperó la conciencia.

Aceleró el proceso, rezando para que no se despertara o perdiera demasiada sangre. Tenía que acabar con eso antes de que perdiera los nervios.

Tras limpiar el fragmento seccionado con su camisa, situó la punta en la base de sus propias costillas, en su costado izquierdo. Respiró con rapidez un par de veces, apretó los dientes y, antes de que pudiera retroceder, atravesó su piel. La sangre cerceta se filtró por su torso mientras arrastraba la hoja a través de su carne, abriendo un corte de varios centímetros. Soltó un gruñido cargado de agonía antes de clavar los dedos en la herida.

Cada parte lógica de su mente le gritaba que se detuviera, mas siguió empujando sus dedos más allá, hacia el interior de sus costillas. Después de unos momentos, las yemas de sus dedos llegaron a donde necesitaba. Basándose en el tacto y con todo el cuidado que pudo, extrajo dos pequeñas glándulas de las proximidades de su corazón.

Recordó el resto de lo que su padre le había dicho y trasplantó las glándulas, colocándole una en cada hoyuelo.

Una vez más, limpió el fragmento en su camisa antes de volver a concentrarse en Venus. Los rayos venusianos eran invisibles para sus ojos humanos, pero con la ayuda de sus párpados interiores, logró percibirlos con facilidad. Sostuvo el fragmento bajo uno de los rayos y manipuló el ángulo por un momento hasta dar con el que buscaba. Al igual que un rayo de sol atrapado en una lupa, el rayo venusiano se condensó en un pequeño punto de luz que Nathan enfocó en cada una de las heridas de Violet. Ella gimió y se removió cuando su carne comenzó a arder, pero él no se detuvo hasta que ambas heridas fueron cauterizadas.

Necesitaba sellar el procedimiento con un bloqueo mental, no solo por su seguridad sino también para borrar los horrores que había presenciado en los últimos días. Volvió a concentrarse en Venus y alzó las manos, formando un círculo con ellas dentro de uno de los rayos luminosos hasta que la sutil luz se hizo tangible en sus manos, denotando una estructura esponjosa, cual algodón de azúcar.

Reunió lo que pudo, formando una pelota blanda, y la colocó sobre la cabeza de la chica. Sus gemidos y quejas se tornaron más angustiosos ante la presencia y brillo de un tono azul vibrante del ovillo.

Después de unos cuantos segundos, los gemidos de la joven cesaron y su cuerpo se relajó.

Con un suspiro, Nathan retiró el rayo de algodón de su cabeza y lo soltó en el aire, donde se desintegró y se fundió con otro rayo de luz celestial cercano. Recuperó el cristal de Diamantium, se levantó y, con la mano libre, pellizcó la zona debajo de sus costillas que había abierto en un intento por cerrarla. Para cauterizar su propia herida, tendría que asegurarse de...

—¿Nathan? ¿Es usted?

Se congeló, su piel se erizó ante la familiar y delicada voz.

—¡Oh, sí que lo es*!*

Le siguió una risita femenina, la cual sonaba como si gotas de lluvia cayeran sobre una copa de cristal.

Se giró, haciendo un inmenso esfuerzo para evitar que su furiosa turbación se reflejara en su rostro.

Una aparición azulada hecha de humo se cernía sobre el Veniri que estaba en el suelo, sus volutas vaporosas fluían y se ondulaban creando la forma de Idalia, la reina de los Veniri, en su forma humana. Su aspecto divino se veía realzado por su corona vanguardista y un impresionante vestido moldeado para desafiar la gravedad alrededor de su cuello y hombros. El escote llegaba casi a su ombligo.

Sintió como el horror oprimía su garganta y pecho. Su aparición no podía llegar en peor momento. Se maldijo por no haber acabado con la vida del Veniri rápidamente; debió haber previsto esa posibilidad.

Miró al hombre que estaba en el suelo, la fuente de la aparición. Todavía sujetaba su garganta, su cuerpo se estremecía en un intento desesperado por conservar la vida. Con los ojos más abiertos que nunca, la criatura se aferraba en vano a la humeante figura que tenía encima. Sin embargo, el intentar siquiera hacerlo era inútil.

Idalia soltó una risita y aplaudió, ignorando al Veniri moribundo.

—Mi querido Nathan. Creí que nunca nos volveríamos a ver. Ha sido muy malo conmigo.

Apretó los dientes ante la ironía que supuso su elección de palabras.

Ella extendió la mano como si esperara que él, su fiel servidor, la besara. Su labio se curvó en una mueca. Ella sabía muy bien que no podía tocarla en la forma en la que se encontraba, pero esa no era la razón por la que no se movió. Permaneció inmóvil como una estatua, con el fragmento de cristal suspendido encima del corte que seguía cerrando con su mano.

Los rasgos de la reina se endurecieron. Recorrió la escena, alternando su mirada entre la herida de Nathan y la espalda de Violet, y enarcó una de sus delicadas cejas. Su expresión al señalar a la chica destilaba triunfo y curiosidad.

—Nathan, cariño, ¿quién es esa? —preguntó, usando un tono que era tanto suave como autoritario.

No respondió, no podía. Era demasiado tarde para ocultar lo que había hecho. La figura se acercó para estudiar más de cerca el rostro inconsciente de la adolescente.

—Quienquiera que sea, no es de su incumbencia —le respondió.

No se le escapó el ligero respingó que presenció en la comisura de su boca antes de que su expresión se convirtiera en un mohín dramático.

—No sigue habiendo resentimientos por nuestro último encuentro, ¿o sí?

Ignoró la pregunta. En su lugar, le dio la espalda y se concentró en orientar el cristal de forma que pudiera concentrar un rayo venusiano para poder cerrar su herida. Hizo una mueca de dolor y contuvo un grito cuando sintió el escozor de la quemadura.

—Nathan, Nathan, Nathan. ¿Qué se está haciendo?

Soltó un bufido. Una vez sellada la herida, se guardó el fragmento de cristal y buscó su camisa, maldiciéndose a sí mismo cuando cedió a la tentación y miró a la figura nebulosa y azul.

—Vaya a casa, cariño, ahí haré que mi médico personal lo atienda.

Sus palabras lo envolvieron como la miel.

La miró fijamente.

—¿Y luego qué? ¿Una vez que esté curado y sano, me preparará para la ejecución? Apuesto a que su primo Kronan se ofrecería con gusto para despojarme de todos mis fragmentos y cabeza. ¿Cómo está ese cobarde, por cierto? Asegúrese de mandarle mis malos deseos.

La reina inclinó la cabeza hacia atrás y se rió.

—Oh, sí que guarda *rencor. ¿Y si le dijera que lo echo de menos y que quiero que vuelva?*

—Contestaría: «¿Dónde está la trampa?».

La expresión de Idalia cambió a una en la que aparentaba sentirse herida.

—¿Cuestiona mi sinceridad? —Colocó una mano en su cadera —. ¿No anhela volver a casa? ¿A que todo vuelva a ser como antes?

No respondió de inmediato. Conocía esa táctica suya. A ella no le importaba lo que él quisiera, sino que buscaba recordarle lo que alguna vez tuvo. Estaba jugando con él, como lo haría un niño con un insecto justo antes de arrancarle las alas.

—¿Qué todo vuelva a ser como antes?

Negó con la cabeza. Aunque, si era sincero consigo mismo, sí, una parte de él echaba de menos su colmena.

Una de las comisuras de la boca de Idalia se movió hacia arriba en señal de triunfo.

—¿Por qué no me dice su ubicación para que yo...? —se interrumpió, frunciendo el ceño. Luego, centró su mirada en Violet.

A Nathan se le revolvieron las entrañas. Parecía que el rostro azulado de Idalia acababa de descubrir un profundo y oscuro secreto. Entrecerró los ojos.

—¿Quién es ella? —La dureza había reemplazado toda evidencia de la anterior dulzura en su tono.

—No es de su incumbencia.

Volvió su severa expresión hacia él.

Lo había descubierto. O bien Idalia había reconocido sus rasgos, o le había bastado con verlo protegiendo a una joven para armar el rompecabezas. La última opción era la más probable. Su intelecto manipulador era insuperable.

—Si es quien creo que es, entonces exijo que la mate y la traiga ante mí. —Cada una de sus palabras estaba cargada con una fuerza autoritaria.

—No —repuso.

—Le ordeno que...

—No —repitió él, usando su propio tono autoritario—. Ya no soy uno de sus juguetes a los que puede darle órdenes.

Los ojos de la reina se encendieron de furia.

—¿Qué? ¿Dejaría que el engendro de una de esas esclavas rebeldes siguiera vivo, esas esclavas que persisten en amenazar y aterrorizar nuestra existencia?

—¿Y qué hay de nosotros? ¿Qué hay de lo que hemos hecho? —Señaló a Violet—. ¿A cuántos de los Erathi no hemos aterrorizado? Hemos secuestrado a miles de chicas Erathi inocentes y las hemos obligado a ser esclavas. No deberíamos...

Idalia echó la cabeza hacia atrás, soltando una risa condescendiente.

—Lo dice como si fuera algo que yo elegí hacer. Dígame, cariño, ¿qué alternativa propone? ¿Quiere que nuestra raza se extinga? ¿Mmm? Hablando solo de nuestra colmena, soy la última hembra que ha nacido en casi cincuenta años. Necesitamos a esas esclavas para procrear...

Nathan soltó un gruñido.

—¿De verdad piensa que me lo sigo creyendo? ¿Ha olvidado con quién está hablando, o hay alguien en su cámara con usted que necesita seguir fortaleciendo esas mentiras?

Pasaron unos instantes en los que la postura y la expresión de la reina permanecieron inmóviles.

—Mate a la chica —ordenó—. Quítele las glándulas y tráigala ante mí, y le devolveré su honor. A mi lado.

Su pecho se agitó cuando el peso de sus tres últimas palabras se apoderó de él. Había deshonrado a su familia y a su gente. La había deshonrado a ella. No había forma de que pudiera volver. ¿Cómo podía ofrecerle algo así? Permitirle regresar, no solo con vida, sino...

«A mi lado».

Casi cae de rodillas. Había vivido toda su vida solo para escucharla decir esas palabras.

En lugar de eso, luchó por ponerse su camisa, estremeciéndose un poco cuando el movimiento rozó su herida, y la miró. Sus rasgos eran serenos, como si acabara de despertar de un sueño rehabilitador. Conocía esa expresión, se la había visto hacer innumerables veces cuando tramaba cómo conseguir algún codiciado premio. O cuando anunciaba alguna ejecución.

—Preferiría morir *—escupió.*

La expresión de Idalia se endureció; el duro filo de su mirada prometía muerte.

Su voz de la razón le pedía a gritos que se disculpara, pero algo en él también le daba confianza para continuar. Tal vez fuera su odio y resentimiento acumulados, o quizás fuera la certeza de que aquella aparición azul no podría castigar su flagrante falta de respeto.

—Respondiendo a su pregunta, no, no quiero que nuestra raza perezca. —La señaló con un dedo amenazante—. Solo quiero que usted *lo haga. Lo único que deseo es ver su cabeza colgada en mi pared.*

Toda expresión desapareció del bello rostro de Idalia y, durante unos insoportables segundos, la suave brisa de los árboles y el agonizante balbuceo del Veniri fueron los únicos sonidos presentes. Si la suerte estaba de su lado, la muerte se llevaría finalmente al hombre, poniéndole fin a toda comunicación con la reina.

—Mate a esa chica. —Su rostro se retorció de furia—. Si no hace lo que le ordeno, duplicaré el precio por su muerte y acabaré con su lamentable existencia.

Se rió desde el fondo de su garganta.

—No se haga ilusiones. Tendrá que encontrarme primero.

Se abrochó el último botón de la camisa y se subió las mangas por encima de los codos.

—Deme la espalda y no solo lo cazaré, sino que destruiré hasta la última cosa que atesore de este horrible planeta.

Su corazón martilló en su pecho. Sonrío de forma burlona.

—Ya no queda nada que pueda destruir.

La fantasmal figura se acercó hasta quedar a un palmo de su rostro.

—Es mío, Nathan. Voy a destrozarlo. —La vehemencia de su promesa era tangible y pegajosa.

Nathan la miró a los ojos con fijeza durante unos instantes. Luego, cuando no pudo seguir soportándolo, atravesó la humarada azul y, con un movimiento de la cuchilla de su codo, cortó la cabeza del moribundo Veniri.

El furioso alarido de la reina fue silenciado al instante cuando su aparición se desvaneció en la nada.

CAPÍTULO 19

SANGRE, ALIENTO Y... ¿HUESOS?

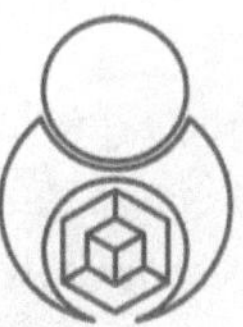

VIOLET AJUSTÓ EL AGARRE DE SU MALETA MIENTRAS THANE abría la puerta, manteniéndola abierta para que pasara.

—Muchas gracias por hacer esto —dijo al tiempo en que entraba en su apartamento.

—No hay problema.

Colocó la maleta en el suelo, junto al sofá de tres plazas. La sala se encontraba al lado del comedor; era un lugar pequeño, pero muy acogedor. Una cocina se alineaba en la pared derecha, y una isla con un fregadero dividía la habitación. Al final de la cocina y el comedor había unas enormes puertas de cristal que conducían a un pequeño balcón.

—Tu cama está por acá —le indicó, recogiendo su maleta.

Lo siguió hasta una habitación con una cama doble, un baño integrado y un pequeño vestidor. Un escritorio al final del cuarto le permitía ver el balcón a través de varios ventanales.

El chico depositó su maleta sobre la cama.

—No es mucho —se lamentó, haciendo una ligera mueca.

—Todo es estupendo. Yo soy la que lamenta haber abusado de tu amabilidad.

—No, en absoluto. —Hizo un gesto con la mano para tranquilizarla—. Puedes quedarte todo el tiempo que necesites. Me parece estupendo que la universidad los haya dejado volver a casa para que puedan recuperarse. —Meneó la cabeza—. Pobre Autumn.

—Sí, no puedo imaginarme estar en su lugar. Al menos tiene a Gus con ella. —Hizo una mueca—. Y Bessie. No puedo creer que ella... ella...

No había manera de que aquella frase terminara bien. Se limpió apresuradamente las lágrimas que habían comenzado a salir, se desenganchó la cámara del cuello y la colocó sobre la cama antes de sacar su celular para comprobar si había recibido algún mensaje.

Estamos a punto de subir al avión. Autumn sigue destrozada. Estará mejor cuando vea a su mamá.

¿Ya te contestó Nathan?

—¿Ya supiste algo? —preguntó Thane.

—Solo recibí noticias de Gus. Todavía no sé nada de Nathan. —Se frotó la frente con la palma—. Mira, te agradezco mucho que me dejes quedarme aquí, pero debería volver a la ciudad y quedarme en casa de Nathan. Estoy segura de que no le importará.

Él arrugó la nariz.

—Voy a ser sincero, no me agrada la idea de que conduzcas hasta allá tú sola en esta situación. Pronto oscurecerá, además de que tuviste un día difícil con la policía, las reuniones con el decano y todo eso. ¿Qué tal si te lo tomas con calma? Descansa. Termina este día de mierda y empieza de nuevo mañana.

Tras una breve pausa, Violet asintió.

—De acuerdo, suena bien.

—Genial. —Le dedicó una sonrisa tranquilizadora y señaló la habitación—. Hay toallas de repuesto en ese armario, y mantas por si tienes frío. El control de la tele está ahí, y puedes servirte lo que quieras de la cocina.

—Gracias, pero sabes, estoy más que feliz con solo dormir en el sofá. No quiero interferir con tu estilo de vida. Sé que trabajas desde casa, así que prometo irme lo antes posible.

Thane levantó ambas manos, meneando la cabeza con fuerza.

—Si hay algo que me enseñó mi madre es a tratar bien a una dama. La cama es toda tuya. Insisto.

Abrió la boca para objetar, pero en su lugar, cedió:

—Okey. Gracias.

—Ni lo menciones. ¿Qué tal si pongo la tetera y pido algo de cenar?

Se deslizó hasta la cocina, rebuscando en algunos gabinetes.

Violet lo siguió fuera del dormitorio, recorrió la sala de estar y salió por la puerta de cristal. El balcón daba al complejo de apartamentos y a la ciudad. El sol de la tarde estaba a punto de descender por el horizonte; un sutil anaranjado había empezado a invadir el cielo antes azul.

Ajustó su postura contra la barandilla; la navaja que llevaba en el bolsillo de su pantalón se clavó en su muslo. Se llevó la mano instintivamente a la navaja, sintiendo como, de repente, la invadía un torrente de ansiedad y dudas. Comprobó mentalmente su entorno. Solo había una forma de entrar y salir. A menos que... Miró por el borde del balcón y calculó la distancia que habría hasta el suelo.

Palideció. ¿Qué demonios estaba haciendo? No estaba en peligro. Estaba con Thane.

Pero aun así…

Le lanzó una mirada rápida. Hace unas semanas habría

evaluado su apartamento nada más entrar, buscando las salidas y orquestando un posible plan de huida. Pero últimamente había bajado la guardia, sobre todo cuando se trataba de él.

Unas pocas interacciones en la cafetería y una cita no significaban que lo conociera bien.

«Basta. No tengo nada de qué preocuparme», se recordó. Si era sincera, estaba agradecida de que Thane le hubiera ofrecido un lugar donde quedarse. Él tampoco la conocía tan bien y mucho menos tenía por qué abrirle su casa.

Y aunque quisiera, no podría volver a su dormitorio. El hecho de que su cama...

Se estremeció, no queriendo finalizar ese pensamiento.

Soltó un suspiro. De momento, debía concentrarse en otras cosas. Volvió al dormitorio, recuperó su cámara de su pequeño montón de pertenencias y la llevó de vuelta al balcón. El crepúsculo empezaba a hacer su magia y unas cuantas estrellas ya habían comenzado a titilar en el cielo.

—Veo que te estás aprovechando de mi vista —dijo Thane mientras salía para unirse a ella.

—Sí, es una forma de verlo.

Miró por el visor de su cámara y tomó unas cuantas fotos. El hombro de su acompañante rozó el suyo cuando procedió a apoyarse en la barandilla.

Sus mejillas se sonrojaron.

Permanecieron un momento en silencio, contemplando la vista de los rascacielos con su telón de fondo lleno de índigo, violeta, rosa y tonalidades rojizas, los últimos restos del sol poniente.

El aroma familiar de la loción de afeitar de Thane —madera de sándalo, cedro y menta— flotaba en el aire. Violet se mordió el labio. El corazón le latía con fuerza y los recuerdos de cuando trabajaron juntos en aquel proyecto fotográfico se agolparon en su mente.

—El lugar será una caja de sardinas y todo, pero tienes que admitir que la vista es espectacular —comentó, interrumpiendo sus pensamientos. Se apoyó a su lado y señaló el cielo—. ¿Ves esa estrella brillante de allí?

Siguió la dirección de su dedo.

—En realidad no es una estrella —continuó—. Es Venus.

—¿En serio?

—Y aquella de allá —explicó, para luego señalar otra estrella—, es Marte. Y esa de allí es Júpiter. Yyyyy... —Miró hacia arriba, escaneando los alrededores—. Mmm, no parece que podamos ver a Saturno esta noche.

—¿Eres un fanático de la astronomía o algo así? ¿Me toparé con un telescopio por algún lado?

Thane se rió.

—Lamentablemente no tengo uno. Es algo que me enseñó mi madre cuando era niño. Mirar el cielo nocturno era algo especial que hacía con ella.

—Tu mamá suena increíble. Me gustaría conocerla algún día.

—Ella... eh... —Dejó caer su mirada; sus nudillos, que sostenían la barandilla, se tornaron blancos—. Ella falleció.

Ahogó un grito.

—Oh, Thane. Siento mucho escucharlo.

Él se encogió de hombros.

—Gracias, pero estoy seguro de que está en un lugar mejor.

—Aun así —respondió—, apuesto a que te echa de menos.

La miró. Los destellos dorados de sus ojos volvían a resplandecer.

Su corazón dio un vuelco.

Se acercó hacia ella, extendiendo la mano para posar su palma en su mejilla. Sus dedos se enredaron en su cabello, y con su pulgar acarició su pómulo, labios y barbilla. Violet sintió como una ronda de escalofríos recorría su columna vertebral hasta subir por su cuello. Su pecho se estremeció a la vez que sus rodillas se debilitaban.

—Eres tan hermosa —susurró—. Dime que esto no es un sueño.

—Si fuera uno, seguramente no sería el mío —contestó.

—¿Cómo estás tan segura?

—Porque... —vaciló, su cuerpo volvió a temblar cuando su pulgar se deslizó por su labio inferior—. No sería mi sueño porque no me siento asustada.

La mano en su mejilla se congeló. Su mirada se intensificó, y el brillo dorado de sus ojos pareció calmarse.

—¿Asustada? ¿Cómo en las pesadillas?

Sintió como sus mejillas se calentaban.

—No, más bien como una única pesadilla.

Thane frunció el ceño.

—¿A qué te refieres?

—He tenido la misma pesadilla desde hace algunos años. Es... —Hizo una mueca—. En realidad, no importa. Es una estupidez. Una chica de la universidad fue asesinada, y aquí estoy yo quejándome sobre mis problemas.

Negó con la cabeza e intentó volver al paisaje urbano, pero la mano que continuaba en su mejilla no le permitió apartarse.

—Mírame, Violet. —Orientó su rostro hacia él para que no tuviera más remedio que mirarlo—. Quiero que sepas que ya no tienes nada que temer. Estoy aquí para ti, y yo voy... Yo voy...

Fue su turno de apartar la mirada. Una serie de emociones recorrieron su rostro demasiado rápido como para que Violet pudiera descifrarlas.

Tras un momento de vacilación, la miró fijamente. Tomó sus manos y las apretó contra su pecho.

—Violet, ¿aceptas que te proteja de forma incondicional?

La chica parpadeó un par de veces antes de abrir la boca ligeramente.

—Mmm...

El oro de sus ojos ardía con ferocidad.

La conversación había tomado un giro intenso. Cualquier persona en su sano juicio ya habría salido huyendo, pero las palabras «incondicional» y «protección» la habían atrapado. Desde su propia madre, que la había abandonado en el hospital, hasta todos sus padres adoptivos de poca monta y agobiados trabajadores sociales que la maltrataban e ignoraban, ninguna persona en su vida había estado dispuesta a permanecer de forma «incondicional».

—¿Sí? —respondió insegura.

¿Y si su pregunta no era tan sincera como esperaba?

—En ese caso te ofrezco mi alma. Mi carne será tu carne. Mi aliento será tu aliento. Y mis huesos serán tus huesos.

Sus ojos se abrieron de par en par mientras lo escuchaba. Su tono era rígido y formal, pero, a su vez, estaba lleno de una profunda y latente pasión. ¿Se suponía que debía responderle con el mismo tipo de formalidad?

—¿Eso es de algún poema, película o algo así?

Una de las comisuras de la boca del muchacho se curvó, su postura pareció relajarse un poco.

—Sí, algo así. —Dejó escapar una risa nerviosa, retrocediendo un poco—. Lo siento. Eso fue muy raro.

Violet se arrepintió de inmediato de su torpe reacción.

—No. No fue raro. Fue... eh...

Se escuchó un silbido desde la cocina, el cual les anunciaba que la tetera había terminado de hervir.

—Oh no —dijo Thane mientras se pasaba una mano por el pelo—. Acabo de darme cuenta de que no tengo chai —lanzó un suspiro dramático.

Violet colocó una mano en su cadera y negó con la cabeza.

—Ya está. Me voy. ¿Cómo esperas que me quede aquí si no hay chai?

—Si quieres, puedo ir a la tienda y comprar un poco.

Ella hizo un gesto con la mano para restarle importancia.

—No, está bien. Fingiré que soy normal y beberé café como todo el mundo.

—Si el café te hace normal, entonces no creo que esté bebiendo lo suficiente.

Violet se apoyó en la barandilla y se rió, contenta de que el ambiente ya no fuera incómodo.

El timbre sonó, provocando que volvieran su atención hacia la puerta principal.

—Probablemente sea la cena —opinó él.

Durante la comida entablaron una conversación trivial y relajada, similar a las que habían mantenido durante sus encuentros en la cafetería. Los aromas del curry rojo picante, la suavidad del pato, los crujientes brotes de bambú y el sabroso arroz con coco y cúrcuma hicieron que el olfato y las papilas gustativas de Violet se pusieran a cantar. Después de comer, lo ayudó a recoger la mesa.

Se apoyó contra la isla mientras él enjuagaba los platos. Sus músculos se flexionaban cada vez que giraba un plato bajo el chorro de agua, y su camisa de algodón abotonada se arrugaba con cada movimiento. Los dos botones superiores de esta estaban desabrochados, por lo que la mirada de la chica se fijó en la pequeña porción de piel expuesta. Su corazón empezó a latir con fuerza al recordar la sesión de fotos: la forma esculpida de sus hombros, pecho y abdomen desnudos.

Sus ojos recorrieron su cuello, barbilla y luego su boca al tiempo en que recordaba el sabor de sus labios sobre los suyos, sus manos presionando su espalda, sus piernas...

—Creo que puedo sentirlo de nuevo —comentó.

Ella palideció.

—Eh… ¿qué?

Cerró la llave y tomó una toalla, alargando el silencio mientras se secaba las manos.

—Te puedo sentir mirándome.

Sus mejillas ardieron y, a pesar de ello, no pudo evitar lanzar otra mirada a su boca.

Los ojos de él brillaron con diversión antes de que su boca se torciera en una media sonrisa.

—Oh, no.

Violet se llevó las manos a la cara. Se apartó, soltando un quejido a causa de la vergüenza.

Él soltó una risita.

—Violet, no hagas eso. No pasa nada. —La agarró por los hombros y la hizo girar hacia él. Intentó quitarle las manos de los ojos con suavidad, pero ella se mantuvo firme—. Bájalas, Violet.

Sacudió la cabeza bruscamente.

—No, no puedo.

—Violet. —Su voz era baja, casi un susurro—. Mírame.

No era una orden, ni siquiera una súplica, sino una invitación. Le estaba pidiendo que confiara en él. Lo que ella decidiera hacer a continuación sería su elección, y él la respetaría.

Después de unos cuantos segundos, le permitió apartar sus manos; aun así, mantuvo los ojos cerrados, todavía no se sentía preparada para mirarlo. Sus cálidas palmas se posaron en sus mejillas. Sus pulgares rozaron sus párpados con delicadas caricias, toque que consiguió aliviar el peso de su humillación. Finalmente, tuvo el valor suficiente para abrir los ojos.

Su mirada se encontró con unos profundos iris marrones, los cuales estaban salpicados en oro. Luces brillantes, similares a pequeñas luciérnagas, revoloteaban cerca de los mismos.

Contuvo el aliento.

—Las luces volvieron.

Thane mantuvo las manos en su rostro mientras sus ojos seguían el recorrido de las pequeñas luces flotantes.

—Todavía no sé lo que son —respondió.

—¿Has vuelto a verlas desde... ya sabes, desde el otro día?

Negó con la cabeza.

—No. Parece que solo aparecen cuando estoy... —Volvió a centrar su atención en ella—. Cuando estoy contigo. —Las motas doradas de sus ojos brillaron aún más, al igual que las luces danzantes alrededor de Violet, mismas que se volvieron más radiantes. Inspiró profundamente—. Violet, yo... Sé que has tenido un día difícil, y no quiero que sientas que me estoy aprovechando de ti, así que está bien si me dices que no. Yo solo... ¿puedo... besarte?

Alzó las cejas. La última vez que se habían besado, él no le había pedido permiso; aunque en ese entonces no fue necesario.

En lugar de contestar, se puso de puntitas y juntó sus labios con los suyos. Todo rastro de vergüenza e incertidumbre se desvaneció cuando consiguió rodear su cintura con los brazos.

La respuesta de Thane fue instantánea. Se acercó un poco más a ella, eliminando la distancia que los separaba, y colocó una de sus manos en su nuca. Un escalofrío recorrió su columna vertebral cuando él profundizó el beso. La lengua del chico recorrió su labio inferior y luego el superior antes de encontrarse con su propia lengua.

Violet soltó un gemido, sintiendo como sus rodillas flaqueaban. Se inclinó hacia él, aferrándose a la tela de su camisa mientras sus manos recorrían su espalda. Él la sujetó por la cintura y la alzó sobre la isla, provocando que ella enredara sus piernas alrededor de sus caderas con entusiasmo. Su piel se estremeció cada vez que sus labios rozaban su mejilla y acariciaban su mandíbula. Inclinó la cabeza y la arqueó hacia atrás, invitándolo a bajar más. Los delicados besos recorrieron su clavícula, se detuvieron en el hueco de su cuello y siguieron un camino dolorosamente lento hasta llegar a su garganta.

Mientras enredaba los dedos en el cabello de Thane, este volvió a juntar sus labios con los suyos. Los aromas a sándalo, cedro y menta la envolvían cada vez que respiraba. Sus definidos músculos eran evidentes incluso a través de la barrera que la camisa representaba, misma que recorrió hasta encontrar y desabrochar un botón. Pasó al siguiente, y luego al siguiente, revelando su tonificado cuerpo centímetro a centímetro. Su beso se intensificó a medida que exploraba sus perfectos rasgos.

El chico metió las manos bajo el dobladillo de su blusa, provocando que sintiera cómo los escalofríos recorrían su columna vertebral mientras le acariciaba las costillas y espalda. Se detuvo al llegar al tirante de su sujetador y apoyó su frente contra la suya, con los ojos cerrados. Su fuerte respiración se mezcló con la de ella. Durante unos segundos, se limitó a sujetarla.

—¿Qué pasa? —preguntó Violet.

—No pasa nada. Todo es perfecto. —Tomó aire unas cuantas veces antes de continuar—. Yo solo... Quería asegurarme... No... quisiera hacer nada que tú no quisieras.

—Quiero lo que tú quieres —respondió tras unos cuantos jadeos—. Te quiero a ti.

—¿Estás segura?

Ella colocó sus manos sobre sus mejillas y acarició sus ojos cerrados, igual que él había hecho con ella momentos atrás.

—Estoy segura.

Le sonrió. Cuando abrió los ojos, estos eran más dorados que marrones. La alzó de la encimera y la llevó a la habitación, dejando un rastro de luces deslumbrantes a su paso.

* * *

Una suave caricia contra su mejilla la sacó del reino de los sueños. Esta continuó por su mandíbula y labios, subiendo por su pómulo y frente, y bajando por su nariz. El leve toque recorrió las pestañas de su ojo aún cerrado antes de pasar por el otro.

«Thane».

Su alma cantó al pensar en su nombre, haciendo eco a causa de la euforia de la noche anterior.

Sus dedos le rozaron los labios y luego se apartaron más pronto de lo que hubiese querido. Abrió los ojos justo cuando Thane se había levantado de la cama y se dirigía al baño, cerrando la puerta tras de sí. Unos segundos después, escuchó cómo abría la ducha.

Se puso de espaldas y miró al techo, sus dedos recorrían la suave caricia que Thane había trazado sobre sus labios. Sonrió. Los recuerdos de la noche anterior seguían grabados en su piel; la sensación de sus manos, su boca, su cuerpo. Lo que había sido dormir siendo abrazada por él.

No había esperado experimentar una conexión tan profunda. Con *nadie*.

La vida que había tenido le había demostrado que no podía confiar en nadie más que en sí misma, mucho menos que podría llegar a hacerlo al nivel que requería el tener una relación íntima. Hacía tiempo que había decidido que el amor no era para ella. Solo exponía su corazón al dolor, a la traición y a una profunda pérdida, como solía ocurrirle con todos los problemáticos padres adoptivos que no sabían cómo amar a su propia sangre, por lo que mucho menos lo harían con una huérfana abandonada que servicios infantiles había colocado frente a su puerta.

Pero Thane era diferente.

Él sabía cómo llegar a ella, entendiéndola a un nivel más profundo. Desenvolvía su ser capa por capa, dejando al descubierto sentimientos, sueños y deseos desconocidos para ella. Con él, se sentía... completa. ¿Cómo era eso posible para alguien tan rota como ella?

Frunció el ceño. Estaba claro que había muchas cosas que aún no había descifrado sobre sí misma, sobre Thane y sobre la relación que tenía con él. ¿Qué era eso de ofrecerle su sangre, aliento y... *huesos*? Era un poco extraño y, sin embargo, era lo más sincero que alguien le había dicho.

Una repentina puñalada de dolor atravesó sus pensamientos, seguida de una ráfaga de culpa. Bessie. Entrecerró los ojos. Su amiga había sido asesinada hacía poco más de veinticuatro horas y ella estaba disfrutando de lo lindo con Thane.

«No». No podía soportar pensar en ello. Todavía no.

Lanzó un suspiro, se colocó boca abajo y se acurrucó más en las almohadas. Una mancha de maquillaje manchaba la impoluta funda de la almohada blanca que tenía delante de la cara. Con el ceño fruncido, levantó la cabeza para verla mejor.

«¡Maldita sea!». Ni siquiera se le había pasado por la cabeza quitarse el maquillaje antes de dormir, pero ¿cómo había conseguido manchar *tanto* su almohada? ¡Puaj! Tendría que disculparse e intentar limpiarla más tarde.

La ducha se apagó. Violet se levantó de la cama y se vistió con una de las camisas blancas y abotonadas del chico. La puerta del baño estaba ligeramente entreabierta, por lo que la abrió de un empujón. Se encontró a Thane de pie junto al tocador, envuelto en una toalla.

—Buenos días —lo saludó—. Estaba pensando que para el desayuno…

Él se giró, tirando al suelo los objetos del tocador.

—¡Ups! No quería asustarte —se disculpó ella, cubriendo su sonrisa con la mano.

Se agachó para recoger un tubito que había rodado hasta su pie.

Thane esbozó una sonrisa ladeada.

—Todo está bien. —Se abrió paso por encima de los objetos desparramados para rodearle la cintura con sus brazos antes de besarla—. Solo no puedo creer que de verdad estés aquí.

Sintió como un hormigueo recorría todo su centro, para luego extenderse por el resto de su cuerpo. Rodeó el cuello de Thane con sus brazos y alzó su barbilla para profundizar el beso, perdiendo el aliento cuando él respondió inmovilizando su cuerpo contra el marco de la puerta. Durante unos segundos, o quizás una eternidad, sus manos se movieron sobre ella, volviendo a explorar sus curvas.

Justo cuando Violet estaba segura de que los acontecimientos de la noche anterior estaban a punto de repetirse, su estómago emitió un fuerte gruñido.

Él sonrió contra su boca.

—Lo siento, ¿decías algo sobre el desayuno?

—No. No sé de qué hablas.

Otro gruñido audible.

«Maldito estómago», le recriminó.

Thane levantó una ceja, divertido ante la situación.

—¿Qué tal si primero desayunamos y luego continuamos donde lo dejamos?

Ella soltó un suspiro demasiado dramático.

—Bien. Si tú y mi estómago van a confabular en mi contra, entonces me gustaría sugerir que vayamos a esa pequeña cafetería que vi al final de la calle.

—Es un buen plan. Y parece que para este necesitaremos ropa.

Miró su camisa, la cual era la única prenda que llevaba en ese momento.

Hizo un mohín.

—Bien. Pero solo porque no quiero que me arresten por exhibicionismo.

Thane se rió.

Recordó el tubito que tenía en la mano.

—Aquí está tu... ¿maquillaje?

Entrecerró los ojos para leer la etiqueta:

«Corrector Mágico de Película, ideal para cubrir marcas de nacimiento, cicatrices y tatuajes. Tiene una duración de doce horas».

Alzó la vista, confundida.

—¿Por qué tienes…?

Fue entonces que se fijó en su cuello. Había un tatuaje que no había estado allí la noche anterior. Un tatuaje que la había perseguido todos los días desde que tenía dieciséis años. El tatuaje de un escorpión de cristal.

¿Dónde demonios estaba su navaja?

CAPÍTULO 20

SOY INCREÍBLEMENTE GUAPO

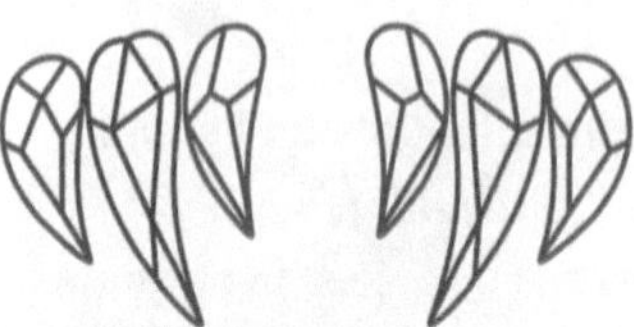

Sagan anunció, demasiado pronto para su gusto, que era hora de partir. Nathan soltó un gruñido, sin saber si había conseguido dormir.

El joven cazador condujo el Defender por el bosque como un experto piloto de rally, y solo redujo la velocidad cuando consiguieron llegar al paso de montaña. Le quedó claro por qué Sagan había insistido en recorrer la cordillera de día. En muchos tramos de la carretera de tierra había desprendimientos y trozos de roca caídos, y en algunos lugares, esta apenas era lo suficientemente ancha para que el auto pasara. Nathan se aferró con fuerza a la manilla de la puerta, intentando evitar mirar hacia abajo, hacia la enorme caída que su ventanilla le mostraba. Solo se relajó una vez que el Defender hubo atravesado la montaña y volvió a encontrarse en el asfalto, cruzando otro bosque.

Sacudió ligeramente la cabeza. ¿Cómo había acabado ahí, montando una camioneta con un cazador que lo había rescatado, nada menos que de su propio padre? Recargó su codo en la puerta y apoyó la barbilla en la mano, escudriñando los árboles a su paso.

—Por cierto, me gustaría saber —dijo Sagan, interrumpiendo sus pensamientos—, ¿qué tiene de especial Violet?

El Veniri lo miró.

—Quiero decir —se apresuró a añadir—, ¿por qué la reina intenta matarla?

Nathan se removió en su asiento.

—Bueno, esa es una larga historia.

—Tenemos dos horas hasta que lleguemos al siguiente pueblo.

—Oh. —Volvió a centrar su atención en el bosque, contemplando si debía responder o no—. ¿Qué te parece esto? Responderé a tus preguntas si tú respondes las mías.

—Bien, pero eso dependerá de las preguntas.

—De acuerdo, ¿qué tal esta: por qué *tratas* de ayudar a Violet? Creía que los cazadores se dedicaban a derramar sangre para llenar los viales de sus amuletos, no a rescatar gente.

—Porque yo... —Sagan dejó pasar unos instantes antes de continuar—. Porque se lo debo por haber estado ahí para mi hermana, cuando yo... no estuve para ella.

—Oh —contestó, un poco sorprendido.

Intentó pensar en una mejor respuesta, pero por suerte, Sagan continuó:

—A Lyla le hacían *bullying* en la prepa y, por mucho que yo intentara estar a su lado, mi padre terminaba arrastrándome a todas sus misiones. Cuando Violet se hizo su amiga, fue como si todo su mundo cambiara. Era feliz, y mucho más segura de sí misma. Siempre le estaré agradecido a Violet por eso.

»Cuando fueron secuestradas, mi padre y yo estábamos fuera de la ciudad. Me enviaron a casa antes de tiempo, y cuando me enteré de lo ocurrido, busqué a Lyla de inmediato. Pero... Llegué demasiado tarde. —Su tono tranquilo se tornó agrío—. Tu reina envió a esos esclavistas Veniri a llevarse a mi hermana, y voy a hacer que pague por ello.

—Mmm —fue todo lo que respondió.

Esperaba que Sagan evitara contestar cualquier pregunta que le hiciese, no que respondiera con el corazón en la mano.

—Entonces, ¿por qué la reina quiere a Violet? —preguntó —. He pasado suficiente tiempo con ella como para saber que no es una Veniri, y la reina no contrataría a mi padre para rastrear a una simple chica humana si no estuviera pasando algo más.

Nathan enarcó una ceja.

—Qué listo. —Soltó un fuerte suspiro—. Tienes razón, hay algo más, pero no es a Violet a quién la reina quiere. Ella solo es un medio para un fin. Es la llave para localizar a su madre y a su hermana.

—*¿Qué?* —De inmediato, Sagan giró la cabeza hacia él—. ¿Su madre y hermana?

—Sí…

Nunca había esperado tener esa conversación con nadie. Tenía la intención de llevarse el secreto a la tumba, para garantizar no solo la seguridad de Violet, sino también la de su madre y su hermana menor. Si tuviera que contárselo a alguien, un cazador Erathi se encontraría hasta el final de su lista. Aun así, un trato era un trato.

Además, se había reprimido sobre todo aquello durante muchos años. Tal vez se tratara de un efecto posterior al haberse abierto la noche anterior y haberle contado sobre los ritos funerarios de los Veniri. Si era así, las puertas ahora se encontraban realmente abiertas.

—La madre de Violet fue secuestrada en el hospital justo después de que ella naciera. Fue capturada por los Veniri y esclavizada, volviéndola una reproductora.

—¿Una reproductora? ¿Es eso... lo que creo que es?

—Es precisamente lo que crees que es.

Nathan ignoró el resoplido de disgusto de Sagan y continuó:

—Durante el último siglo, ha habido un rápido declive en el nacimiento de hembras Veniri. Nadie sabe por qué, pero se ha llegado al punto de que solo nace una hembra por cada cien machos.

»Mucho antes de que yo naciera, una de las primeras reinas decidió que había que hacer algo drástico para evitar la extinción de nuestra raza, de modo que introdujo el programa de reproducción, en el que se secuestraba a jóvenes Erathi y se les obligaba a reproducirse con nuestros machos. Se suponía que era algo temporal, pero por desgracia, el programa no ha servido de mucho.

El muchacho negó con la cabeza.

—Seguro que tiene que haber una mejor forma de preservar su raza que no involucre secuestrar a los nuestros.

—¿Cómo cuál? —Nathan usó un acento pomposo—. Disculpe, señor presidente, nuestra raza de cambiaformas está muriendo. ¿Sería tan amable de cedernos a algunas de sus hembras para que podamos seguir teniendo más bebés cambiaformas?

Sagan puso los ojos en blanco.

—Entiendo el punto. ¿Pero qué hay de la reproducción forzada? Dudo mucho que a los más elitistas les encante la idea de revolcarse con chicas Erathi.

—Sí, el programa de reproducción es considerado vulgar tanto para los Erathi como para los Veniri, pero estos últimos están conscientes de que se trata de un mal necesario.

— Definitivamente es un mal —se burló—. ¿Y entonces qué hay de los bebés? Supongo que tú también eres producto de la combinación entre una Erathi y un Veniri, ¿no? ¿Es por eso que pueden cambiar de forma?

—Por lo que sé, nuestra raza siempre ha podido hacerlo.

—Hay una cosa que siempre quise saber: ¿cómo se originaron los Veniri en la Tierra?

Nathan se encogió de hombros.

—¿Cómo se originaron los hombres lobo? ¿Cómo se originaron los Yranum? ¿O los Djiovis y todos los demás cambiaformas? —Lo miró con fijeza—. ¿Cómo se originaron los Erathi en la Tierra?

—Mmm…

—No lo sé, chico. No me educaron sobre los orígenes de los Veniri, pero tendemos a transformarnos solo cuando dejamos nuestra… ah, colonia. De no ser así, no hay necesidad de usar nuestra forma humana.

»Y sí, mi madre era una reproductora Erathi. El ADN Erathi es más compatible con el Veniri que con el de cualquier otra raza de cambiaformas. El gen Veniri es muy dominante, por lo que cada bebé nacido en el programa de reproducción es prácticamente un Veniri a toda regla. Sin embargo, sucede una pequeña dilución con cada generación, y me han dicho que, si el programa continúa, dentro de un milenio seremos prácticamente humanos.

El chico resopló.

—¿Y eso sería algo malo?

Nathan se encogió de hombros.

—¿Quién sabe? No estaré ahí para averiguarlo.

—Okey, entonces, ¿qué pasa con Violet? ¿Por qué la reina la necesita?

—Idalia la necesita, o incluso a su madre, para localizar a su hermana. Su hermana es una Veniri, lo que significa que un día puede desafiar a Idalia por el trono.

»Los Veniri nos regimos por un sistema matriarcal. En última instancia, nos gobierna una emperatriz, pero cada colonia está dirigida por una reina bajo el mandato de esta. Y debido a su rareza, por defecto, cada hembra Veniri que nace se vuelve de la realeza. Cuando una de ellas alcanza la mayoría de edad, puede desafiar a la actual reina por el poder.

Hizo una pausa. A pesar de que su mente no dejaba de gritarle que no debería compartir nada de eso, especialmente con un cazador Erathi, ser capaz de revelar por fin la pura y cruda verdad sobre sí mismo y su raza lo llenó de un alivio innegable. Pero hasta ese momento, la conversación se había tratado básicamente de una lección de historia sobre los Veniri. La siguiente parte se tornaría más personal.

—Por desgracia, como nuestra cultura tiene en tan alta estima a nuestras hembras, pueden surgir amargas rivalidades y resentimientos entre ellas. La ley de una reina es definitiva, al menos hasta que una nueva reina llegue a la mayoría de edad y la desafíe.

»En mi colonia, la reina Idalia fue la única hembra en nacer en casi cincuenta años. Al menos, eso es lo que a todos nos ha hecho creer. Justo antes de marcharme, descubrí que Idalia sacrificaba a todas las hembras que nacían. Una vez que lo descubrí, ayudé a la madre de Violet y a su hermana menor a escapar.

—Mmm. —Sagan frunció el ceño—. ¿Pero qué no son los Veniri los mejores rastreadores de todo el reino de los cambiaformas? ¿No puede la reina mandar a uno de sus secuaces a rastrearla?

—No. Mi padre consiguió ponerles un escudo antes de que él… —Se aclaró la garganta—. No pueden ser rastreadas si tienen uno. Pero, por desgracia, existe un vacío. Si un Veniri consigue probar el olor de un familiar cercano, vuelve a activar el olor de la persona escudada, anulando el escudo.

—Pero asumo que ya le pusiste un escudo a Violet. En el bosque, vi que colocaste una especie de luz brillante sobre su cabeza. ¿Ese era el escudo?

Nathan lo miró de reojo.

—¿Qué tan cerca de nosotros estabas esa noche? ¿Y cómo es que no percibí tu olor?

Los rasgos del cazador permanecieron impasibles, sin revelar nada.

—No te gustaría saberlo.

—Pues la verdad sí. —Entrecerró los ojos—. Estaría bien saber que un escurridizo cazador me estaba espiando.

Sagan soltó un bufido.

—No te sobreestimes.

—¿Por qué no? ¿No te has dado cuenta? Soy increíblemente guapo.

El joven se limitó a negar con la cabeza.

—¿Entonces lo de la luz era el escudo o no?

El cambio de tema no pasó desapercibido para Nathan, que tenía la sensación de que, si insistía, Sagan dejaría de hablar. Independientemente de su acuerdo provisional de dar una respuesta por otra, él tenía todo el derecho a callarse y acortar la conversación, pero su instinto le decía que valía la pena aliarse con Sagan. Y tener otro aliado que lo respaldara contra sus enemigos, ya fuesen del lado Veniri o Erathi, no le haría daño.

—No… —respondió, decidiendo cumplir su parte del trato de ser «honesto».

Volvió su atención hacia el paisaje de la ventana. Hacía rato que habían atravesado el bosque. La exuberante vegetación había sido sustituida por campos de cultivo: estos estaban cubiertos por grandes extensiones de hierba para el ganado y las ovejas, y cultivos en ordenadas hileras que se extendían hasta el horizonte. Reconoció plantaciones de trigo, caña de azúcar, olivos y sorgo.

—El escudo requiere la implantación de glándulas en la espalda del sujeto —continuó—. Si quitas las glándulas, quitas el escudo.

—Oh, ¿eso es lo que le estabas haciendo a Violet en la espalda? Pero espera, ¿dónde se encuentran ahora su madre y hermana?

—No tengo ni idea. Puede que las ayudara a escapar, pero no confiaron en mí. Nos separamos poco después. De todos modos, era más seguro para todos nosotros hacerlo.

—Pero seguro que tú más que nadie puedes rastrearlas con el olor de Violet. ¿No la oliste antes de ponerle el escudo?

—Ella todavía seguía en la pubertad en ese momento, y su olor permanente aún no acababa de desarrollarse, por lo que no podía usarlo para rastrearlas.

—Mmm. —Sagan hizo una pausa antes de formular la siguiente pregunta—. Y, ¿Violet sabe algo de esto? ¿Sobre su madre y su hermana?

La culpa lo golpeó con fuerza en las entrañas.

—No —respondió en voz baja.

Sagan inspiró con fuerza a través de sus dientes.

—Oh, vaya. Eso es cruel.

—Era mejor para todos que ella no lo supiera.

—Dudo que ella lo vea así. ¿Piensas decírselo?

—Tal vez.

En el momento en que Violet se enterara, querría localizar a su familia, y la única manera de hacerlo era quitándole el escudo. Una vez que las glándulas fueran removidas, el procedimiento no podría volver a hacerse. Y no solo ella, sino que también su familia quedaría expuesta ante los rastreadores Veniri. Si por algún milagro la reina se olvidaba de todos ellos y dejaban de estar en peligro, entonces, tal vez, podría decirle la verdad.

Pero por ahora...

Recordó lo que Sagan había dicho la noche anterior: *«Voy a matarla»*.

Si realmente planeaba matar a Idalia, no había forma de que lo lograra solo. La reina era una poderosa autoridad que gobernaba a los Veniri del territorio de la manera que le convenía. Era una genia manipuladora que tenía a sus seguidores comiendo de su mano y a sus enemigos besándole los pies.

¿Cómo creía Sagan que podría lograrlo? ¿Planeaba atravesar las puertas ocultas de la ciudad, acercarse a ella y clavarle una daga de Diamantium en el corazón? Ni siquiera la resistencia Veniri había tenido éxito en ninguno de sus intentos de asesinato. Aunque también era cierto que eran pocos, carecían de equipo y habilidades, y estaban compuestos principalmente por esclavas fugitivas.

Para llevar a cabo una misión de tal envergadura se necesitaría de alguien que conociera a las personas adecuadas para sobornar. Sería necesario conocer a fondo los laberínticos aposentos personales de Idalia y su agenda diaria, además de tener una idea clara de cómo y cuándo se desviaba de la misma. Nathan había pasado suficiente tiempo con ella para saber que solo existían un puñado de lugares a los que se desviaba…

Antes de que se diera cuenta, ya había ideado una especie de plan para ponerle fin a la tiranía de Idalia. Con ella muerta, él estaría a salvo. Violet y su familia lo estarían. Las jóvenes Erathi estarían a salvo de los secuestros. Sin Idalia, su colmena podría aliarse con las de otros territorios y trabajar juntos para aumentar la población femenina sin necesidad de llevar a cabo grandes secuestros y derramamientos de sangre.

Su raza necesitaba una profunda depuración de la corrupción que se había extendido por su cultura como un veneno.

—De acuerdo —enunció Nathan—, lo haré.

—¿Hacer qué?

—Te ayudaré a matar a la reina.

Sagan lo miró de reojo, momento en el que Nathan juró haber visto cómo la comisura de la boca del cazador se curvaba.

—Pero primero tendrás que desviarte a mi casa. Vamos a necesitar algunas provisiones.

CAPÍTULO 21

ESQUIRLAS DE CRISTAL

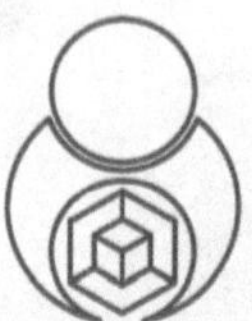

Violet se estremeció. Necesitaba alejarse, escapar, pero en lugar de eso se quedó congelada, incapaz de apartar los ojos del tatuaje del escorpión de cristal en el cuello de Thane.

Este extendió las manos.

—Violet, no…

Lo interrumpió dándole un rodillazo en la ingle. Se desplomó hacia delante, gimiendo de dolor. Violet se abalanzó hacia la puerta del dormitorio, pero él se recuperó lo suficiente como para alcanzarla y hacerla tropezar. Se tambaleó y cayó de bruces entre la ropa revuelta junto a la cama.

Gritó y pataleó cuando una mano se aferró a su tobillo.

—¡Détente, Violet!

Dejó de gritar, al menos por el momento, no porque se lo ordenara, sino porque divisó sus jeans arrugados.

Se encontraban fuera de su alcance.

Intentó arrastrarse hacia ellos, pero unas fuertes manos la pusieron de espaldas, haciendo que confrontara al hombre de sus pesadillas, el cual ahora ya contaba con un rostro.

—¡No me toques! ¡Suéltame! —sollozó—. ¡Fuiste tú! ¡Todo este tiempo fuiste *tú*!

Pantalones. Pantalones. ¡Necesitaba sus pantalones! Pero por mucho que se removiera, sus esfuerzos eran inútiles contra la tremenda fuerza de Thane.

—¡Cálmate! —le gritó, sujetando sus muñecas con fuerza, pero sus gritos y sollozos ahogaron sus palabras.

El tatuaje ahora era claro e inconfundible. Definitivamente no era producto de sus sueños.

—¡Fuiste *tú*! —jadeó con horror mientras las piezas recuperadas que su memoria había olvidado se ensamblaban en su lugar. Su mente se llenó de un dolor agonizante, como si esquirlas de cristal atravesaran cada centímetro de su cráneo.

Sus recuerdos volvieron a ella…

Ella y Lyla, atadas y metidas en el maletero de un coche.

¿Quiénes eran esos hombres? Uno tenía el tatuaje de un escorpión en el cuello.

Lyla tenía un secreto: una daga hecha de cristal.

—No son humanos, Violet. Tenemos que escapar.

El hombre del tatuaje la levantó. La llevó hacia una puerta cerrada con barrotes.

Días. Noches. ¿Cuánto tiempo había pasado? Estaba hambrienta. Congelada.

—Es hora de marcharnos a su nuevo hogar, chicas.

Lyla tenía una familia. Se le extrañaría.

—Por favor. Llévenme a mí y dejen que Lyla se vaya a casa.

Un hombre con capucha la agarró. Intentó alejarse. Hubo dolor, mucho dolor.

Lyla arremetió contra él. Muy rápido. Peleó contra él, que ahora tenía un rostro monstruoso.

Capucha fue demasiado fuerte. Lyla había muerto. Hubo demasiada sangre.

Ella gritó. Capucha y Tatuaje de Escorpión discutieron.
Vio la daga de cristal en el bolsillo de Lyla. La tomó.
Capucha la lanzó sobre su hombro. Mucho dolor.
Lo apuñaló. Capucha rugió. Líquido azul brillante emanó de él.
Oscuridad.

El dolor punzante de su cráneo disminuyó. Sintió el ácido quemándole la parte posterior de la garganta. Se cubrió la cara con las manos, ahogando su respiración entrecortada. Las lágrimas recorrieron sus mejillas. El recuerdo en su mente aún ardía con intensidad.

—¿Violet? ¿Puedes oírme?

Unas fuertes manos sacudían sus hombros.

Abrió los ojos. Thane se cernía a horcajadas sobre ella. Thane, uno de los secuestradores de sus recuerdos. El tatuaje era tan vívido como lo recordaba.

—*Tú* —gruñó con los dientes apretados—, ¡*te* recuerdo!

—Violet, yo…

Meneó su cadera, haciendo que Thane perdiera el equilibrio y que ambos terminaran rodando hacia un lado. Cayó al suelo, emitiendo un gruñido de sorpresa. Violet se lanzó sobre él.

Antes de que pudiera recuperarse, lo golpeó en el rostro con toda la fuerza que pudo. Le asestó un golpe tras otro, utilizando una mezcla de puños y codos. En un intento por bloquear sus ataques, Thane consiguió sujetar uno de sus brazos.

Los ojos de la chica se dirigieron a sus pantalones, ahora estos se encontraban al alcance de su mano. Impulsó su brazo libre hacia adelante.

—¡Violet, para! —gritó él, fortaleciendo su agarre en su brazo.

Tenía que actuar rápido. Justo cuando él había alargado la mano para sujetar su otro brazo, se escuchó un sutil *shink*.

Violet le había clavado la navaja en el pecho.

Los ojos de Thane se abrieron de par en par. El rugido gutural que soltó no se parecía a ningún sonido humano que Violet hubiera escuchado antes. Soltó el arma, tomó sus pantalones y corrió hacia la puerta del dormitorio. Thane gritó tras ella, pronunciando su nombre entre jadeos y gemidos de agonía.

Tomó su bolso, donde estaban sus llaves y teléfono, y corrió hacia la salida. Los rugidos desgarradores de Thane resonaron detrás de ella durante todo el trayecto por las escaleras del complejo de apartamentos.

CAPÍTULO 22

NO TE VAYAS A ENOJAR, ¿SÍ?

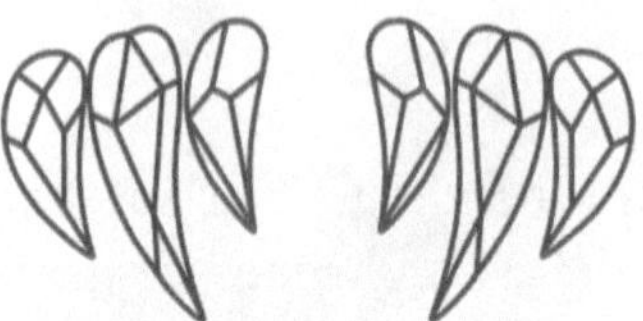

SAGAN CONDUJO HACIA LA CALLE DE NATHAN.

—Aparca por la parte de atrás —indicó él, señalando una calle lateral.

Había visto a Jude en una patrulla cuando entraron en la ciudad. Si pasaba por allí y veía un vehículo estacionado en su entrada, seguramente investigaría, y eso era lo último que necesitaba. No estaba muy seguro de cuánto tiempo había estado desaparecido, pero a pesar de ello, su compañera debía estar preocupada por su ausencia.

«Puede seguir preocupándose un poco más», pensó.

—¿Quieres pasar? —ofreció Nathan cuando Sagan aparcó en la entrada de grava trasera—. Es posible que tenga algo comestible en la alacena.

Él negó con la cabeza.

—También necesito recoger provisiones de mi casa. Más vale que estés listo cuando vuelva.

Nathan enarcó una ceja.

—Creo que te equivocaste de vocación, debiste ser un sargento.

Este le frunció el ceño mientras ponía el auto en marcha y

salía a la carretera. El Veniri negó con la cabeza y soltó una risita antes de dirigirse directamente a la ducha.

Unos minutos después, se secaba el pelo con una mano y rebuscaba en su armario con la otra. Se puso unos jeans de un gris oscuro —que le quedaban mucho mejor que los pantalones negros de cazador que Sagan le había dado— y seleccionó una camisa, deteniéndose cuando vio su reflejo en el espejo de la puerta del armario.

Frotó con los dedos la suave carne de su pectoral al tiempo en que fruncía el ceño. «Interesante». No había rastros de la herida ocasionada por la apuñalada. Ni siquiera un indicio que indicara la formación de una cicatriz. Su piel era dura, pero, aun así, la larga cicatriz bajo sus costillas hacía evidente la marca que habían dejado las cuchillas de Diamantium.

El recuerdo de su estancia en la guarida de los cazadores atravesó su mente, reavivando su ira. Su miedo. Su...

Sus ojos se abrieron de par en par. Un sutil resplandor de escamas turquesas recorría su torso desnudo y cuello. Cuando este llegó a su rostro, bañó sus rasgos, revelando por un momento su verdadero aspecto.

Se llevó una mano a la mejilla, sobresaltándose cuando se dio cuenta de que una cuchilla cristalina sobresalía de su codo. Comprobó su otro brazo apresuradamente, y luego maldijo en voz baja. El movimiento brusco había hecho que la segunda hoja que sobresalía de este cortara algunas de sus prendas que colgaban cerca. Los trozos de tela cortados habían caído sobre la alfombra.

Giró los brazos, inspeccionando sus codos. ¿Cómo podía ser? No había habido ningún dolor. Ningún ardor. Ningún *aviso*. Probó las cuchillas, introduciéndolas en sus brazos y sacándolas de nuevo, sin sentir la resistencia habitual que éstas solían presentar. Se maravilló ante la suave e indolora acción. Aquello era... *malo*.

¿Cómo iba a ser capaz de contener las cuchillas si no podía sentirlas? ¿Cómo lo haría en público? ¿O en el trabajo? ¿O con Jude? No había forma de que pudiera...

Escuchó un suave golpe proveniente de una de las habitaciones exteriores. Entrecerró los ojos y consultó su reloj. Era imposible que Sagan ya hubiese vuelto. Su casa se encontraba en la otra punta de la ciudad.

Se acercó sigilosamente hacia la dirección del sonido. Se apoyó en la pared junto a la puerta abierta del dormitorio, esperando y escuchando. Ahí estaba otra vez: unas suaves pisadas resonaban en el suelo de madera del pasillo, las cuales se hacían más fuertes a medida que se acercaban a su habitación.

Luego hubo silencio.

Se preparó; casi podía *sentir* al intruso justo al otro lado de la pared del pasillo, a un paso de su vista. Dobló las rodillas y esperó medio segundo antes de proceder a abalanzarse sobre él.

Nathan se estrelló contra el intruso justo cuando este entraba en la habitación. Una voz emitió un «ay» cuando inmovilizó un par de hombros anchos contra la pared. Se detuvo cuando notó el tatuaje de un escorpión de cristal en el cuello del intruso.

—¡Thane! ¿Pero qué demonios?

El joven levantó ambas manos.

—Cielos, viejo. ¿Cuál es el problema?

—Pensé que te había dicho que te mantuvieras alejado. ¿O se te olvidó que estoy siendo perseguido por cazadores Erathi?

—No, no se me olvidó.

—Entonces, ¿por qué estás aquí? —preguntó con rudeza.

Thane dudó.

—¿Me vas a dejar ir primero?

Nathan inclinó la cabeza hacia los codos de Thane, observando el resplandor de sus cuchillas.

—¿Vas a guardarlas?

—¿Y tú? —replicó.

Frunció el ceño. A continuación, bajó la mirada, dándose cuenta de que sus propias cuchillas también se encontraban fuera. Las envainó, sin sentir ninguna clase de dolor, y retrocedió. Aquello de verdad empezaba a preocuparlo.

Al cabo de un instante, Thane lo imitó antes de hacer girar su hombro para acomodárselo.

—Vaya, que pegas fuerte. ¿Has estado levantando pesas o algo así?

Nathan soltó un bufido.

—No exactamente.

—Bueno, sea lo que sea que estés haciendo, está funcionando.

—Es la primera vez que te he visto nebular en mucho tiempo. —Levantó la barbilla hacia los codos de Thane—. Creí que habías dicho que habías dejado de ser un Veniri y que ya no volverías a hacerlo.

El joven hizo una mueca de dolor, frotándose el hombro.

—Sí, bueno, cuando alguien salta de la nada y te inmoviliza contra la pared, supongo que el instinto entra en acción.

—Esta es mi casa. —Lo señaló con un dedo acusador—. Tú eres el intruso aquí. Lo que me lleva a mi pregunta original: ¿por qué estás aquí?

—Yo solo… Esperaba… —intentó explicarse mientras se frotaba una mano en la nuca y miraba alrededor de la habitación.

No le gustó la expresión en su rostro. Entrecerró los ojos.

—¿Qué está pasando?

Thane seguía evitando el contacto visual, su mirada se hallaba perdida en el pasillo.

—Bueno, yo, eh… no te vayas a enojar, ¿sí?

Nathan se cruzó de brazos.

—¿Violet está aquí? —preguntó tras soltar un fuerte suspiro.

El detective parpadeó.

—¿Qué?

—¿Violet está…?

—Escuché lo que dijiste. Pero, ¿por qué iba a estar aquí? Debería estar en la universidad.

Thane entrecerró un ojo e inspiró con fuerza a través de los dientes.

—No. Ella no está...

—¿Qué quieres decir con que no está? —Dejó caer los brazos a los lados—. ¿Y cómo lo sabes?

—Bueno... —inició con cautela, sus palabras se aceleraron gradualmente a medida que hablaba—. La he estado vigilando desde que la dejaste en la universidad, para, ya sabes, asegurarme de que esté a salvo. Y menos mal, porque ayer hubo un incidente. Ella y algunos otros estudiantes fueron enviados a casa. Pero como no respondiste a ninguna de sus llamadas, le ofrecí que se quedara conmigo y… ¡Guau! —Sus ojos se abrieron de par en par, alzando las manos—. Vamos, Nathan. No hay necesidad de eso.

Siguió la mirada de Thane hasta encontrarse con sus relucientes codos. De nuevo, no hubo dolor ni advertencia. Dio un paso adelante al tiempo en que el chico retrocedía.

—Nathan...

—¿Dónde está?

—No lo sé. Las cosas estaban bien. Ella estaba bien. Pero luego ella... Nathan, algo le pasó al bloqueo de memoria que le pusiste. Recordó quién era, y ella…

—¿Qué? —escupió la palabra con los dientes apretados—. ¿Tienes idea de lo que hiciste?

El regreso de los recuerdos de Violet —por no hablar de su mente, ya de por sí delicada, procesándolos todos—

podría llegar a ser insoportable. La avalancha de horrores podría destrozarla. Nathan tembló, todos los músculos de su cuerpo estaban tensos.

—*¡Te dije que te alejaras de ella!*

Se lanzó contra Thane, chocando contra él. Los dos rebotaron en la pared y cayeron al suelo, con la mano de Nathan apretando el cuello de la camisa del joven. Thane, con los ojos asustadizos y abiertos de par en par, se aferró a sus muñecas, pero él no se movió.

—¡No te perdoné la vida solo para que arruinaras la suya! Debería haberte matado esa noche, como hice con tu hermano. ¿Por qué no te alejaste de ella?

—Porque... —se interrumpió. Una ráfaga de emociones cruzó su atormentado rostro—. Intentaba protegerla.

—¡NO! *¡Yo ya la estaba protegiendo!*

Levantó a Thane del suelo por la camisa y luego lo volvió a estampar contra el mismo.

—Alguien tenía que cuidar de ella —replicó—. ¡No solo se enfrenta a una amenaza Veniri!

—¿Y qué podrías hacer *tú*? —espetó—. ¡Considerando que todo lo que has hecho hasta ahora ha sido dañarla!

La expresión del joven cambió instantáneamente de lucir derrotada a tornarse furiosa. Giró su cuerpo, provocando que Nathan cayera al suelo con un fuerte golpe. Aprovechando el impacto, Thane introdujo sus antebrazos en medio de sus brazos, obligándolo a soltar su agarre. Sujetó su pecho y lo inmovilizó en el suelo, justo cuando sus propias y brillantes cuchillas comenzaban a brotar de sus codos.

—¡Yo nunca le he hecho daño! —rugió, mostrando los dientes; sus fosas nasales estaban dilatadas y sus ojos ardientes brillaban de un color dorado—. ¡Yo nunca le haría daño! *¡La amo!*

Nathan se detuvo, inspeccionando el rostro decidido del hombre que lo sujetaba. A pesar de la firmeza de su declaración, su instinto lo llevó a sacar su lengua bífida para comprobar sus palabras. Una penetrante mezcla de lejía y agujas de pino inundó sus sentidos. El sabor concentrado de la lejía demostraba que él decía la verdad. Las agujas de pino representaban el amor que sentía, el cual no era falso ni efímero, sino perenne.

No estaba seguro de cómo se sentía al respecto. ¿Qué significaba aquello para Violet? ¿Lo sabría? Y si Thane la amaba, debería saber mejor que nadie que lo mejor para ella era mantenerla alejada del mundo Veniri.

—¿Entonces por qué? —preguntó con angustia—. ¿Por qué no pudiste dejarla en paz? ¿Por qué no te alejaste de ella?

Al cabo de unos instantes, la presión de Thane sobre los brazos de Nathan se aflojó.

—Por mi madre —respondió finalmente—. Y por lo que me dijo antes de morir.

Se sorprendió ante su respuesta. Thane tenía ocho años cuando su madre había fallecido. ¿Qué podría haberle dicho?

—Dijo… —Su voz se quebró. Lo soltó y se deslizó hacia atrás para apoyarse en la pared—. Dijo: «La verdadera fuerza y el verdadero poder no provienen de duras pieles, fragmentos de cristal o incluso coronas. Vienen de dentro. Vienen de levantarse cuando te han derribado, de luchar por lo correcto cuando todos han abrazado aquello que no lo es. Viene de encomendarse a los que amas con tal devoción que sacrificarías todo por ellos».

El muchacho se cubrió la cara y respiró profundamente unas cuantas veces. La pena aplastó a Nathan al recordar lo mucho que la madre de Thane había sacrificado por su hijo.

Él bajó las manos y continuó, con la voz tensa:

—Mi madre era la más fuerte y la más valiente de toda esa maldita colmena, y no era más que una frágil Erathi. Seguí las órdenes como un esclavo Erathi y esperé a que mi padre finalmente me matara. Hubo tantas veces que estuvo a punto de lograrlo, al igual que hubo tantas veces que quise, que *necesité* que le pusiera fin a todo. Fue entonces que algo cambió en mí. La primera vez que vi a Violet.

A continuación, cerró los ojos. Nathan no necesitó probar sus emociones para confirmar el odio hacia sí mismo que se veía reflejado en su rostro. Permaneció en silencio, dándole la oportunidad de continuar.

—Cada día me arrepiento de haber participado en el secuestro de Violet. Pero al mismo tiempo, no puedo lamentar haberla encontrado. Ella... —Miró al techo, meditando sus próximas palabras—. Vi en ella la misma fuerza y coraje que mi madre tenía. Llevábamos dos días encerrados en aquella cabaña, esperando a que los otros Veniri regresaran con más chicas. Su amiga estaba a punto de derrumbarse. Violet nos había suplicado que la dejáramos ir y que la lleváramos a ella en su lugar. Pero cuando quedó claro que ninguna de las dos iba a volver a casa, ella permaneció fuerte por las dos, hasta el momento en que su amiga se quebró. Violet resultó herida en el proceso, y cuando me volví hacia su amiga, ya era demasiado tarde. Mi hermano la había matado.

Cruzó los brazos sobre sus rodillas dobladas.

—Violet me recordó que existen más cosas en este mundo además de mí. Era lo que mi madre intentaba enseñarme cuando tenía ocho años, pero no lo entendí en ese entonces. Me enseñó que incluso cuando estás a punto de perderlo todo, debes seguir dándolo todo.

Dirigió su atención hacia Nathan.

—Tanto tú como Violet me dieron una segunda oportunidad, y me aseguré de tomarla, haciendo todo lo posible para darle un giro a mi vida, para enmendar lo que había hecho, para corregir mis errores. Y traté, Nathan, realmente traté de alejarme de ella, de darle el espacio para que pudiera vivir su vida. Pero una parte de mí seguía atrayéndome hacia ella, y ya no tengo fuerzas para luchar contra esta.

Nathan procesó en silencio las palabras de Thane, con una melancólica pesadez en el pecho. Seguía sin arrepentirse de haber matado a su hermano en el bosque. Sus tres hermanos mayores estaban cortados por el mismo patrón que su monstruoso padre, y todos comían de la mano de la reina. Entre menos escoria Veniri hubiera en ese mundo, mejor. Pero nunca se había dado cuenta del peso que Thane había estado cargando durante años.

—¿Por qué nunca me contaste nada?

Soltó un suave resoplido.

—¿Habrías escuchado? Estabas más preocupado de que me mantuviera alejado de Violet. No estabas preparado para escuchar mi versión.

Estuvo a punto de rebatirlo cuando, con un torrente de vergüenza, se dio cuenta de que tenía razón.

—Lo siento —dijo finalmente.

Una de las comisuras de su boca se elevó.

—Está bien. Sabía que querías garantizar su bien.

Nathan asintió lentamente, absorbiendo aquel nuevo sentimiento de humildad.

—No le he hecho daño a Violet —le repitió—. La he estado cuidando, asegurándome de que esté bien. Sé qué crees que su escudo la mantendrá a salvo ahora que ha alcanzado la madurez, pero eso no impidió que un tipo la atacara en un club nocturno. Tuve que embestirlo con mi coche para que ella y sus amigos pudieran escapar.

—Hum… Dijiste que Violet comenzó a recordar. ¿Qué pasó después? ¿Cómo se lo tomó?

Thane negó con la cabeza.

—No muy bien. Empezó a gritar, como si sintiera mucho dolor. Y cuando me miró, ella... recordó quién era. Intenté... Intenté explicarle. Intenté decirle que no estaba en peligro, pero siguió gritando y no me escuchó. Después sacó un cuchillo y me apuñaló.

—¿Te apuñaló?

—Sip. —Se bajó el cuello de la camisa, revelando una fea herida. El centro de color negro azulado estaba rodeado de carne irregular y burbujeante que parecía quemada, como si hubiera sido hecho por ácido. Retorcidas líneas de piel levantada salían del centro para crear la forma irregular de una estrella—. Supongo que fuiste tú quien le dio una cuchilla de estrella.

La expresión que puso era una mezcla entre indignación y diversión.

Nathan arqueó una ceja.

—Te lo mereces. Te advertí que te mantuvieras alejado de ella.

Él se río, negando con la cabeza.

—¿Dónde encontraste una? ¿Violet sabe qué más puede hacer?

Soltó un fuerte suspiro.

—Por desgracia, hay muchas cosas que Violet no sabe. Y estoy empezando a cuestionar mi decisión de ocultárselas.

Thane asintió. Tras unos momentos, preguntó:

—Entonces, ¿ella está aquí?

—No, no la he visto —respondió tras negar con la cabeza.

—¿Por qué no lo dijiste antes? —dejó escapar un gruñido lleno de frustración, poniéndose de pie de un salto—. Tenemos que encontrarla. ¿Puedes llamarla?

Nathan se frotó los ojos.

—No, yo, eh... perdí mi teléfono durante mi estadía con los cazadores Erathi.

Los ojos de Thane se abrieron de par en par.

—¿Te capturaron?

Asintió.

El muchacho maldijo en voz baja.

—Maldita sea. Eso es... Espera. —Entrecerró los ojos—. ¿Entonces cómo es que estás aquí?

—Es una larga historia. Te la contaré más tarde. —Se puso de pie para recoger su camisa y su chaqueta de gamuza color canela—. ¿Qué tal si me pones al corriente de por qué la universidad envió a Violet a casa? Y hazlo rápido porque voy de salida.

Miró su reloj; Sagan llegaría en cualquier momento. Lo único que le quedaba por llevarse era algo de comida y su bolsa de supervivencia, que se encontraba guardada en el gabinete junto a la puerta principal. Contenía suficientes provisiones para unas setenta y dos horas, además de un amplio arsenal de armas.

Mientras Thane hablaba, se dirigió a la cocina para rebuscar en la alacena. Sin embargo, lo único que encontró que valía la pena consumir fue una bolsa de carne seca sin abrir. De verdad necesitaba reabastecer sus provisiones.

—Sabía que algo iba mal aquella noche —dijo Thane, relatando los detalles del asesinato—. No puedo explicarlo, pero sabía que algo malo iba a ocurrir. Podía saborearlo en el viento. Canela. Era muy fuerte. Violet se había quedado hasta tarde, estudiando en la biblioteca. Como fue la última en salir, tuve que asegurarme de que se encontrara a salvo, así que la seguí hasta su dormitorio. Cuando llegamos, todo era un caos. Una chica había sido asesinada. Era una amiga suya, cuyo único crimen fue quedarse dormida en su cama. —Se pasó una mano por el pelo—. Nathan, el asesino se equivocó. Iba tras Violet. Tenemos que encontrarla.

—La encontraré —afirmó Nathan mientras comía.

Volvió a mirar su reloj, frunciendo el ceño. Sagan ya debería haber vuelto.

—Bien —respondió Thane—. Vamos. Yo conduciré —anunció al tiempo en que avanzaba hacia la puerta trasera.

—Espera, Romeo. —Le bloqueó el paso—. Tú te quedarás aquí.

El muchacho frunció el ceño.

—¿Qué? No lo haré. Yo...

Nathan negó con la cabeza.

—Thane, lo siento si no quieres oír esto, pero eres la última persona que necesita ver en estos momentos.

—Pero yo...

La pena, el dolor y luego la comprensión se sucedieron en su rostro.

—Dale tiempo —aconsejó—. Ha pasado por muchas cosas. Al menos dale espacio para procesarlas.

Thane dejó caer la mirada al suelo antes de que sus hombros se desplomaran. Retrocedió unos pasos, deteniéndose al chocar contra la mesa del comedor. Nathan dobló y desdobló el paquete de carne seca vacío que tenía en las manos, incapaz de encontrar las palabras para aliviar la pesada atmósfera. El plástico crepitó, llenando el prolongado silencio.

Entonces, un cuerpo se abalanzó sobre él y unos brazos rodearon su cintura.

—¡Nathan! ¿Dónde habías estado?

—¿Violet?

Las lágrimas brotaban de sus ojos rojos e hinchados, goteando por sus mejillas. Procedió a enterrar su cara húmeda en su camisa.

—Lo siento mucho —habló al fin—. No sabía a dónde ir. Una chica de la universidad murió y nos enviaron a casa. Te llamé una y otra vez, pero no contestaste. —Lo miró—. ¿Por qué no devolviste ninguna de mis llamadas?

Nathan la miró fijamente, congelado ante la situación. Su mente se disparó, intentando averiguar qué hacer o decir.

—Lo siento, no quería llorar sobre ti. —Se limpió las

mejillas con la manga—. ¡Uf! Los últimos días han sido *horribles*, y... —Se vio interrumpida por un sollozo.

La abrazó.

—Está bien, Violet.

Se acurrucó contra su pecho. Nathan trató de captar disimuladamente la atención de Thane. Estaba claro que todavía no lo había visto. No obstante, la atención del cambiaformas más joven estaba centrada en ella.

Thane se movió, provocando que su zapato chirriara suavemente contra el suelo de tarimas.

Los sollozos de Violet se detuvieron. A continuación, se giró para mirar detrás de ella. El color de su rostro desapareció y su cuerpo se transformó en piedra en sus brazos.

CAPÍTULO 23

RETORCIDOS JUEGOS

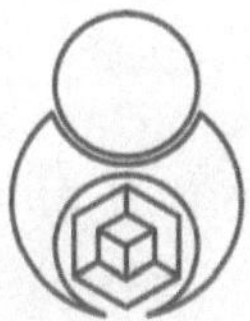

SE LE REVOLVIÓ EL ESTÓMAGO.

Thane se encontraba de pie junto a la mesa del comedor con las palmas de las manos extendidas y los dedos abiertos. Su mirada se dirigió al tatuaje del escorpión en su cuello. Una sensación helada le atravesó las venas, misma que recorrió su columna vertebral. Se le hizo un nudo en la garganta, sintiendo el sabor del ácido en ella.

Gritó.

Los brazos de Nathan la rodearon con más fuerza.

—Tranquila, Violet.

—Violet. —Thane dio un paso hacia ella—. Yo…

Ella lo señaló, con un dedo tembloroso.

—¡Es él! ¡Nathan, es *él*!

—Violet, por favor. Déjame explicarte —suplicó.

Se apretó más contra Nathan a medida que Thane se acercaba.

—Thane. Detente. Ahora no es momento.

Nathan se interpuso entre ellos, bloqueando la vista de Violet, pero eso no impidió que la imagen del escorpión de cristal siguiera escaldando su visión. Se acurrucó contra su espalda. Tanto en sus pesadillas como en la realidad, le era imposible escapar del hombre con el tatuaje en el cuello.

—Violet, por favor, tienes que creerme...

—Thane. Para —volvió a advertirle Nathan.

Sin embargo, la voz de este aumentó su volumen:

—Díselo, Nathan. Dile que nunca le haría daño.

La conmoción se apoderó de ella, seguida por un temor intenso y enfermizo. Se apartó de Nathan, golpeándose contra un mueble, momento en el que procedió a buscar su navaja a duras penas. Los dos hombres se detuvieron y se volvieron hacia ella cuando oyeron el sutil *shink* de esta.

Apuntó con el arma a Nathan, mostrando los dientes.

—¿Lo conoces?

Sus ojos se abrieron de par en par. Enderezó su cuerpo para mirarla, extendiendo una mano hacia ella, a su vez que hacía un gesto para tranquilizarla.

—Violet, dame la navaja.

Agitó la hoja una vez, asegurándose de que esta se encontrara fuera de su alcance.

—¿Lo conoces? —su voz se quebró.

La boca de Nathan se abrió y se cerró antes de que empezara a negar con la cabeza.

—¡No me mientas! —exclamó.

Sintió como sus inminentes sollozos sacudían su pecho. Aquello no podía estar pasando, no podía ser real. Debía ser otra versión de sus mórbidas pesadillas. Nathan no podía, no podría conocer al hombre que la había perseguido durante los últimos tres años. Un hombre que había mantenido oculta su identidad para llevar a cabo retorcidos juegos con sus sentimientos, engañándola para su perversa diversión.

—¿Desde cuándo lo conoces?

Nathan dejó caer los hombros.

—Violet, yo...

—¿Sabías que se trataba de uno de los hombres que nos secuestró a Lyla y a mí?

Bajó la mirada al suelo, inspirando hondo antes de continuar.

—Sí, sabía que era él.

Cerró los ojos con fuerza, llevándose la base de su mano libre a la frente.

«Esto no es real».

El dolor en su garganta y en su pecho la convencían de lo contrario. Si Nathan le había ocultado eso... ¿entonces qué más ocultaba?

—Vamos, Vi. ¿Qué tal si me das la navaja para que podamos hablar de esto?

Salir. Necesitaba salir de ahí.

Lo miró con dureza.

—Si te vuelves a acercar a mí, te *mataré* —el tono bajo de su voz goteaba veneno.

Se dirigió a la salida del comedor, con la navaja extendida, sin dejar de mirar a Nathan. Su expresión de dolor hizo que sintiera una puñalada de culpabilidad en el corazón, pero la apartó con rapidez; él la había traicionado.

Se dio la vuelta y echó a correr, ignorando la exclamación suplicante de Thane. Cuando se encontró a unos metros de la puerta trasera, algo pesado se estrelló contra el suelo justo detrás de ella. Giró la cabeza. Thane estaba tirado en el suelo, con Nathan encima de él. Violet no se detuvo a observar la pelea. Salió corriendo por la puerta principal y bajó por el sendero de esta hasta llegar al lugar en el que había aparcado su auto.

El motor rugió. Salió de la calzada y se dirigió a las afueras de la ciudad, verificando el espejo retrovisor cada pocos segundos. Nadie la seguía cuando llegó hasta al cartel que enunciaba «Gracias por visitar Brookhaven» y continuó adentrándose en el bosque.

Una melodía estridente la sobresaltó. Miró el teléfono que sonaba en el asiento del copiloto. El nombre de Gus parpadeaba en la pantalla.

Pulsó el botón para responder.

—Gus... —Un nudo le oprimió la garganta al tiempo en que los ojos se le nublaron de lágrimas.

—Hola, Vi. Pensé en llamarte para ver cómo estabas. Autumn y yo ya estamos en casa y... ¿Violet? ¿Estás bien? ¿Qué pasa?

—Yo solo... Estoy... —Los sollozos la interrumpieron.

Se limpió los ojos con el dorso de la mano.

—¿Dónde estás, Violet? ¿Estás conduciendo?

Su mirada volvió a centrarse en el camino, pisando el freno de inmediato.

Había una persona en medio de la carretera.

Gritó al tiempo en que intentaba desviar el jeep.

CAPÍTULO 24

ACÉRCATE, SLITH

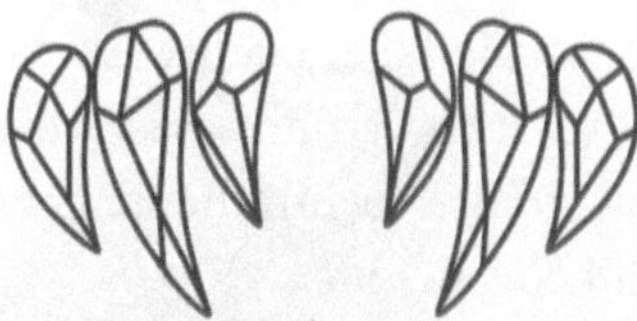

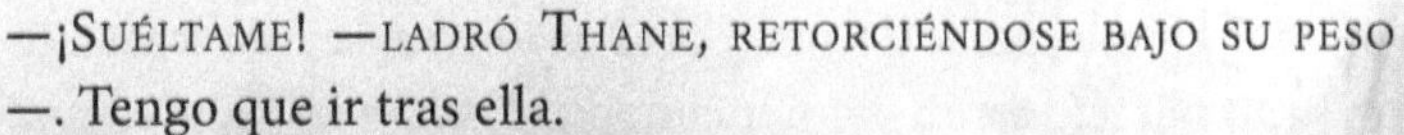

—¡Suéltame! —ladró Thane, retorciéndose bajo su peso—. Tengo que ir tras ella.

Su agarre se aflojó, permitiendo que Thane se zafara de este. El cambiaformas mayor dejó que su cuerpo se desplomara contra el suelo mientras él salía disparado por la puerta trasera, provocando que las tablas del suelo resonaran tras él.

«Si te vuelves a acercar a mí, te mataré». Las palabras de Violet resonaron en su mente como un cántico.

Se estremeció y se frotó los ojos, pero aquello no logró que pudiera borrar la imagen de su expresión traicionada. Sus manos cayeron a los lados, para después fijar la vista en el techo de madera; sus últimos despojos de energía lo abandonaban. El cansancio de los últimos días le había pasado factura. Aunque incluso los malévolos rayos de Afrodita habían sido más fáciles de soportar que las punzantes palabras de la chica.

«... te mataré».

Cuando la conoció, se encontraba destrozada y abatida. Él la había ayudado a recomponer los pedazos, solo para que ahora volviera a estar destrozada, esta vez por obra suya.

¿Y todo por qué?

¿Por Thane?

Negó con la cabeza. ¿Debía arrepentirse por haberlo rastreado la noche en que encontró a Violet? Había tenido toda la intención de matarlo. Él representaba todo lo que era corrupto y repugnante en su raza. Había querido destruir a todos los Veniri existentes, empezando por Thane, el patético Veniri con el tatuaje en el cuello. Cuando Nathan había levantado uno de sus brazos para asestarle el golpe final, él no opuso resistencia ante su inminente muerte, sino que le suplicó que acabara con su vida.

Al final se detuvo. No se atrevió a darle el golpe de gracia. La última vez que había visto al niño, justo antes de que huyera de la colmena y de su raza, este tenía unos ocho años. Sin embargo, a pesar de sus rasgos maduros, seguía teniendo un gran parecido con alguien a quien Nathan había roto una promesa hacía tiempo, una mujer Erathi, que también había sido secuestrada en su adolescencia y obligada a ser esclava. La madre de Thane.

Había hecho todo lo posible para protegerlo de los abusos de su padre y de sus tres hermanos mayores, pero había llegado un momento en el que ya no podía cuidar de su hijo menor. Las palabras que pronunció en el pasado resonaron en su mente: «*¡Por favor! Prométeme que protegerás a mi hijo*».

Le había dicho la verdad en ese momento: «*Lo prometo*». Pero al final había terminado ignorando su juramento en beneficio de sus propios propósitos egoístas.

La pena y el resentimiento lo inundaron mientras observaba al decaído Veniri que no podía afrontar en qué se había convertido. Nathan miraba una versión más joven de sí mismo en el momento decisivo en el que había decidido dejar de ser un Veniri.

Su lengua bífida se lanzó a probar cada sabor proveniente del autodesprecio de Thane. Ahí se dio cuenta de que existía algo más allá que los pesados y amargos sabores de la desesperación y la pena. El olor a brisa marina dejaba entrever la nostalgia, al tiempo en que la esperanza era representada por menta recién arrancada. Y el amor, profundo y consolidado, era acompañado por el olor del cedro fresco y penetrante.

Por un momento, se preguntó si, después de todo, su raza podría ser redimida. Esa noche en el bosque, decidió cumplir su promesa.

Sin embargo, unos días después, descubrió su profundo enamoramiento hacia Violet. Le había advertido que se mantuviera alejado de ella. Diablos, incluso todavía recordaba la frase exacta que había utilizado: *«¡Si te acercas a ella, te empalaré con tus propios fragmentos! ¿Entendiste?»*.

Golpeó el suelo de madera con el puño. ¿Por qué ese maldito imbécil no lo había escuchado? Si se hubiera mantenido alejado de Violet, entonces ella...

Escuchó un grito ahogado proveniente del exterior. Se volvió hacia la puerta trasera abierta, imaginando a Violet luchando por escapar del agarre de Thane. Apretó los dientes, se puso de pie y se lanzó hacia la puerta. Tras unas pocas y largas zancadas, se halló fuera.

El rechinar de la grava le llamó la atención, y cuando se dio cuenta de lo que veía, se le revolvió el estómago. Tres hombres vestidos de negro tenían a Thane inmovilizado en el suelo al final del camino de la entrada. Los tres llevaban distintivos amuletos colgados del cuello y le apuntaban con sus brillantes armas hechas de Diamantium.

Nathan estaba a punto de intervenir y afirmar que solo era un Erathi, un simple humano, pero entonces sus esperanzas se desvanecieron. Incluso desde su posición, podía distinguir la débil aparición de algunas escamas sobre su expresión furiosa. El joven Veniri se esforzaba por no nebular.

—Vamos, *slith.* —Un cazador se inclinó hacia su rostro—.

Muéstranos esos bonitos cristales. —Colocó la punta de su machete de Diamantium en su pecho—. Si no lo haces, entonces tendré que encontrarlos yo mismo.

—¡Oigan! —ladró Nathan.

Todos se volvieron para mirarlo.

—Vaya, vaya —habló el cazador que había amenazado a Thane. Se levantó y apoyó el machete en su hombro, su amuleto se balanceaba contra su pecho. De los diez frascos del amuleto, cinco estaban llenos. Cinco tipos de sangre de colores diferentes de cinco especies de cambiaformas masacradas por ese cazador. El hombre lo miró de arriba a abajo con un aire de triunfo—. Creo que encontramos a nuestro fugitivo, muchachos.

Su corazón latía con fuerza contra su caja torácica. ¿Cómo era posible que los cazadores lo hubieran localizado tan rápido?

El hombre se rió.

—Deberías ver la expresión de tu cara. No solo fuiste tan estúpido como para pensar que podías escapar, sino que también lo fuiste como para hacerlo en un auto con un dispositivo de rastreo. No eres muy inteligente, ¿eh, *slith*?

Nathan apretó los puños a los lados. Sagan era quien había elegido el auto. ¿Por qué lo ayudaría a escapar solo para verlo capturado de nuevo? A menos que él no supiera lo del dispositivo de rastreo.

—Déjalo ir. —Levantó la barbilla con dirección al joven —. No estás aquí por él. Es a mí a quien quieres. Así que suéltalo.

—¿Qué? ¿Y perderme una bonita bonificación que acompañe la paga de este mes? No lo creo. —Su rostro se torció en una mirada amenazante—. *Ambos* vendrán con nosotros. —Bajó la mirada, sonrió ampliamente y lo señaló con su machete—. Sí, eso es lo que quiero ver.

Miró hacia abajo. Las espadas de sus codos estaban extendidas, brillando a la luz del sol. Una vez más, no hubo advertencia, pero esta vez no le importó. Le devolvió la mirada al cazador.

—Vamos, *slith*. —Su sonrisa rebosaba malicia—. Juguemos.

El Veniri pegó un salto, elevándose en el aire a una velocidad sorprendente. Los ojos del cazador se abrieron de par en par y su sonrisa arrogante desapareció. Antes de que el hombre tuviera la oportunidad de levantar su arma, cortó con una de sus hojas el antebrazo del sujeto. La mano cortada y el machete de cristal cayeron al suelo al mismo tiempo que lo hacían sus pies.

Agonizantes gritos llenaron el aire. Las rodillas del cazador se doblaron antes de que cayera al suelo, sujetándose lo que le quedaba de brazo. Una lluvia de rojo cubría su cara y su mano restante.

Nathan se contuvo para no quedarse boquiabierto ante la escena. Nunca había oído hablar de nadie, fuera Erathi o cambiaformas, que se moviera con la velocidad y la agilidad que acababa de mostrar. Miró hacia arriba. Thane y los otros dos cazadores tenían expresiones de estupefacción similares.

Durante varios segundos, nadie más que el cazador, que continuaba gritando, se movió.

Sonrío, nebulando el resto de su cuerpo en la forma de un Veniri. Sus escamas hicieron acto de presencia, y sus numerosos fragmentos de Diamantium hicieron brillar motas de luz sobre los rostros de los cazadores. Las expresiones de estos se transformaron en un ceño fruncido, de tal modo que ambos parecieron sincronizarse antes de lanzarse contra él.

Thane extendió el pie, haciendo tropezar a uno; Nathan se preparó para enfrentar al otro.

El cazador arremetió sus dos hachas *tomahawks* de Diamantium contra él, pero ninguno de sus golpes fue capaz de dar a su objetivo. Nathan esquivó los agresivos ataques con la rapidez y agilidad que había mostrado momentos atrás. ¿O era más rápido ahora? Después de todo, siempre se había sentido más cómodo y capaz en su forma Veniri.

Sonrió. A pesar de la situación, se estaba divirtiendo. Su sonrisa agravó aún más al cazador, provocando que sus ataques se aceleraran, dejándose llevar por la desesperación y la rabia.

Le habría encantado seguir burlándose de él a costa de sus nuevas habilidades, pero el grito angustiado de Thane lo devolvió a su terrible realidad. Bloqueó las hachas con las cuchillas de sus brazos, y luego contraatacó, dirigiendo su rodilla hacia el abdomen del cazador. Esta se clavó en el corazón del hombre.

La vida se desvaneció de sus ojos, desplomándose contra la rodilla de Nathan. Sus armas de cristal cayeron al suelo.

Apartó al cazador y se volvió hacia Thane, que se alzaba sobre el enemigo restante. Su víctima se retorcía en el suelo, aferrándose a una herida abierta en el cuello. Aunque el muchacho seguía conservando su forma humana, sus escamas aparecían y desaparecían, subiendo por sus brazos y bajo las mangas de su camiseta gris oscura. Su pecho se agitaba mientras se aferraba a uno de sus hombros; entre sus dedos se filtraban riachuelos de sangre cerceta.

—¿Estás bien? —preguntó Thane.

—No te preocupes por mí —dijo—. ¿Dónde está Violet?

Negó con la cabeza.

—Se fue. Arrancó el auto antes de que pudiera alcanzarla. Se dirigía a la carretera principal que sale de la ciudad. Estas bestias aparecieron justo cuando se fue.

Escuchó como una rama se rompía detrás suyo, provocando que se girara. Una figura acechaba entre los árboles del otro lado de su patio. A pesar del follaje, no cabía duda de que se trataba de un Veniri completamente transformado.

Sus ojos se abrieron de par en par al reconocerlo, a su vez que se le revolvía el estómago.

—Kronan. —Su nombre sonó como un susurro en sus labios escamados.

—¿Qué? ¿Estás seguro? —cuestionó Thane, colocándose a su lado.

Nathan lanzó su lengua hacia fuera.

—Estoy muy seguro. Reconocería ese hedor en cualquier parte.

El aire estaba cargado de canela, un remanente de los cazadores y de su propia sed de sangre. No obstante, el resto de sabores que cargaba el viento confirmaban lo que sospechaba. Todos los Veniri de su colmena conocían el aroma de Kronan, el primo de la reina Idalia. Los sabores de la malicia y la cobardía seguían estando presentes en su esencia.

No había visto a Kronan desde que había escapado. Durante años había evadido que su raza lo detectara. A pesar de eso, ahí estaba, en su casa...

El intruso Veniri siseó y sacó su propia lengua bífida. Luego, en un instante, se escabulló por encima de la valla, atravesando el patio de su vecino y perdiéndose de vista.

Entrecerró los ojos. Si Kronan estaba ahí, entonces eso significaba que la reina lo había enviado. Y eso significaba...

—Atrápalo —ordenó—. Va tras Violet.

Salieron disparados como balas gemelas por el patio detrás de él. Sin embargo, segundos antes de que atravesaran la valla, Thane desapareció repentinamente de su vista. Antes de que pudiera registrar lo sucedido, el dolor atravesó su pierna. Soltó un grito. Tiraron de esta y, con un sonoro golpe, aterrizó con fuerza en el suelo. La punta de un arpón con punta de Diamantium unida a un cable de acero le había atravesado la pantorrilla.

Ambos fueron arrastrados hacia atrás por sus ataduras,

llevándolos directamente hacia un nuevo grupo de cazadores.

Nathan apretó los dientes cuando la púa le desgarró la pierna. Thane gruñó y se agitó, sufriendo una agonía similar al tiempo en que levantaba nubes de polvo a su paso.

Se detuvieron a unos metros de los cazadores. El alivio lo inundó una vez que paró el arrastre, aunque no del todo dado que el pincho de púas seguía provocando tormentosos espasmos en su pierna. Dos hombres —uno con una barba castaña y otro pelirrojo— controlaban los dispositivos que los habían atrapado. Entre ellos se encontraba Matthias, mostrando una expresión triunfal más arrogante que nunca. Un grupo de cazadores a su lado les apuntaban con sus armas. Uno sostenía una ballesta modernizada mientras que otros dos llevaban al hombro lo que parecían ser bazucas.

El miedo inundó cada célula de su cuerpo. Miedo por Thane y por Violet. Debía ponerlos a salvo.

«Vamos, Delano. ¡Piensa!».

Intentó ponerse de pie.

—Quédate en el suelo, *slith* —ordenó Matthias.

El cazador de la barba tiró del cable, haciendo que cayera al suelo. Contuvo un gruñido de dolor. Thane gimió, sujetándose la pierna.

—Quédate conmigo —le dijo en voz baja, de modo que Thane fuera él único que pudiera escucharlo—. Tenemos que salir de esto, ¿entiendes? Por Violet.

Thane captó su mirada. A pesar de que apretaba la mandíbula con fuerza, le dedicó un brusco asentimiento.

—Por Violet.

—Encárgate del pelirrojo. —Miró directamente a Matthias y, en voz más alta, enunció—: Yo empezaré con el feo.

Matthias sonrió, sus ojos brillaban con sed de sangre. Levantó una mano y curvó los dedos hacia Nathan, como si le pidiera venir.

—Acércate, *slith*.

Concentró toda la energía que le quedaba y saltó. Al igual que antes, su velocidad fue impresionante, pero esta vez no fue suficiente. Mientras estaba en el aire, los dos cazadores con las bazucas les apuntaron, tanto a él como a Thane. Dispararon.

Se movió inútilmente en el aire mientras el proyectil se expandía hasta convertirse en una red que lo envolvió al impactar. Una vez más, Nathan se estrelló contra el suelo.

Sus púas de cristal lo liberarían. El Diamantium podía cortar casi cualquier cosa...

Su cuerpo se estremeció cuando una descarga de electricidad atravesó la red, provocando explosiones de dolor en su interior. La combinación de sus gritos con los de Thane sumados con el agudo zumbido eléctrico casi logran destrozarle los tímpanos. Tras un instante, la electrificación cesó. El entumecimiento le recorrió las extremidades, exceptuando la pierna en la que la púa continuaba clavada, donde el dolor se había intensificado.

Ambos gimieron. Nathan intentó girar la cabeza, pero la red le permitió moverse apenas unos centímetros antes de clavarse más a su rostro.

—¿Y ahora qué? —Uno de los cazadores pateó sus costillas—. ¿Llevamos a estos dos de vuelta a ser cosechados?

Matthias se frotó la mandíbula.

—No, creo que tengo una mejor idea. Sería un desperdicio cosecharlos tan pronto. —Señaló a Nathan—. Quiero ver a este en acción.

El pelirrojo negó con la cabeza.

—Pero este *slith* está reservado. La clienta dijo que este *slith* en particular…

—Ya sé lo que dijo. —Sus ojos se entrecerraron en señal de advertencia, provocando que el otro hombre bajara la mirada y apretara los labios. Colocó las manos en sus caderas y se dirigió a Nathan, mostrando su amplia sonrisa de tiburón—. Además, podemos retrasar la transacción por un tiempo y ganar un poco de dinero extra mientras tanto.

—¿Y qué pasa con este? —preguntó otro cazador mientras le daba una patada a Thane.

El muchacho le enseñó los dientes, sin poder hacer más; puesto que la red lo mantenía inmovilizado.

Matthias se rió.

—Tráelo. Tiene las suficientes ganas de pelear como para ser al menos un buen saco de boxeo. ¿Dónde está Axel? —llamó por encima de su hombro.

—Sigue buscando a Sagan —fue la respuesta de uno de sus hombres.

El cazador se pellizcó el puente de la nariz.

—Esperemos vuelva pronto. Y ojalá lo haga con ese chico ensartado en su tridente. —Gruñó con frustración—. En ese caso, uno de ustedes vaya a buscar los tranquilizantes al auto. Lo último que quiero es que uno de estos *slith* piense que puede escapar. Otra vez.

Uno de los cazadores se puso en marcha.

Nathan luchó contra la red. ¡No, no, *no*! Aquello no podía estar pasando. Necesitaba llegar a Violet. Ella lo necesitaba.

—Mmm, mientras esperamos los tranquilizantes...

Los ojos de Matthias brillaron demasiado para su gusto cuando señaló a los cazadores restantes, haciéndoles un gesto para que se acercaran. Habló en un tono demasiado bajo cómo para que él pudiera descifrarlo, pero a juzgar por sus sonrisas maliciosas, no presagiaba nada bueno. Se alejaron todos a la vez, dejando solo a Matthias y a los dos hombres que controlaban las redes electrificadas.

Su corazón se aceleró.

El cazador se agachó a su lado, con las manos apoyadas en las rodillas.

—Admito que has sido un poco más problemático de lo que esperaba.

Una luz de un naranja brillante resplandeció en su campo de visión. Se giró justo cuando el aroma a petróleo y humo comenzaba a abrasarle los pulmones. Uno de los cazadores estaba rociando su porche con un bidón de plástico rojo. Otro encendía un trapo empapado de combustible, el cual arrojó hacia este.

«¡No! ¡No! ¡No!».

Pero no había nada que pudiera hacer. Las llamas ardieron al instante con un rugido audible, envolviendo su hermosa casa de madera. Hizo un esfuerzo por luchar contra sus ataduras. Necesitaba detener el fuego. Necesitaba salvar todas las fotos enmarcadas de Violet que había en el pasillo. Necesitaba asegurarse de que las llamas no llegaran a su habitación, el lugar seguro al que siempre podía volver. Necesitaba...

—Hora de irse, muchachos —anunció el líder.

Algo afilado se clavó en su muslo. Gruñó, luchando con más fuerza por liberarse. Ignoró el dolor punzante que sentía en la pantorrilla, el intenso calor de las llamas y el humo rancio en sus pulmones. Sin embargo, una nueva sensación de adormecimiento se apoderó de su cuerpo, aquel hormigueo le recorrió desde los dedos de sus manos hasta los de los pies. Si tan solo pudiera...

Una sombra negra invadió el borde de su visión. Sus piernas y brazos comenzaron a relajarse. Su visión se tornó borrosa y su mente se aturdió.

«¡No! ¡Lucha! ¡No te duermas! ¡No te duermas! No te... d...».

La oscuridad se apoderó de él.

CAPÍTULO 25

DIAMANTE SALPICADO EN SANGRE

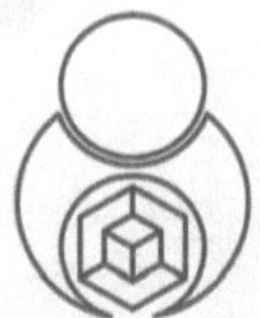

PISÓ EL FRENO, PROVOCANDO QUE EL JEEP SE SALIERA DE LA carretera y se metiera en el arcén; sus neumáticos rechinaban con fuerza sobre la grava. Su cuerpo se movió hacia delante y hacia atrás conforme el auto se detenía y el motor se apagaba. Por un momento, su pulso acelerado le martilleó los oídos.

«¿Qué demonios acaba de pasar?».

Comprobó los espejos retrovisores y laterales, pero la carretera detrás de ella se encontraba vacía.

«Por favor, dime que no golpeé a nadie».

Debería bajar y comprobar si la persona estaba bien. Pero una pequeña parte de ella siguió siendo cautelosa. Giró en su asiento y miró por las ventanas traseras. Nada. No pudo ver nada.

A excepción de… ¿acaso era…?

Una figura yacía en el suelo a unos metros de donde se encontraba, al otro lado de la carretera. Seguía con vida. Incluso desde esa distancia, podía ver el ascenso y descenso de su pecho.

Violet continuaba sosteniendo la navaja en la mano. La agarró con más fuerza y salió del jeep. Su zapato rozó una piedra, la cual repiqueteó un par de veces en el camino.

La persona giró la cabeza al oír el sonido, provocando que quedara boquiabierta al ver su rostro.

—¡Sagan! —El llamativo cabello rubio y los ojos azul marino eran inconfundibles. Corrió hacia él, desplomándose a su lado—. ¿Estás bien? ¿Qué hacías en medio de la carretera?

Las cejas del chico se alzaron.

—Violet… —Aspiró unas cuantas bocanadas de aire antes de continuar—. Violet, estás aquí, y estás... —Sus rasgos se endurecieron, transformándose en un ceño fruncido—. No puedes estar aquí. Tienes que irte.

Inspeccionó su piel magullada y heridas recientes. Tenía el labio inferior partido y un corte en la línea del cabello hacía que la sangre recorriera un lado de su rostro. Se llevó las manos a la boca.

—¡Oh, no! Si *te* golpeé.

Con un gemido y una mueca de dolor, Sagan se apoyó en su codo, sujetándose el abdomen con el brazo restante.

—Detente. No te muevas —pidió ella—. Llamaré a una ambulancia. Oh, Sagan, lo siento mucho.

Buscó su celular en el bolsillo de su pantalón, dándose cuenta de que aún se encontraba en el coche.

Sagan se aferró a su muñeca.

—¡Vete! —le gritó—. ¡Tienes que salir de aquí!

Se congeló ante su repentina ferocidad.

—¿Qué? No. No puedo dejarte aquí. Acabo de atropellarte con mi auto. Solo déjame…

Negó con la cabeza, haciendo una mueca.

—No. No fuiste tú. Fue… —Respiró entrecortadamente —: Axel.

—¿Qué? ¿Cómo que no fui yo? Yo… —Volvió a repasar sus heridas, esta vez dándose cuenta de que la sangre de su cara era oscura y estaba seca. Obviamente no se trataba de una herida reciente—. Sagan, ¿qué te pasó? ¿Quién es Axel?

Una rama se rompió. Ambos alzaron la vista.

Un imponente hombre emergía desde el bosque ubicado detrás de ellos. La miró directamente, con una sonrisa amenazante en el rostro. Un escalofrío se formó en su nuca y recorrió su columna vertebral.

El agarre de Sagan en su muñeca pasó de ser fuerte a casi romperle los huesos.

—¿Cómo demonios nos encontró esa cosa? —Su voz era tan baja que por poco no logró escucharla—. No. No puedes tenerla.

El hombre dejó escapar una carcajada aguda, parecida a la de una bruja.

El mango de su navaja se clavó en la palma de su mano cuando su pulgar encontró el botón para liberar la hoja. Pero se detuvo, inquietantemente paralizada, cuando el hombre volvió la cara hacia el cielo.

Comenzó a transformarse ante sus ojos.

La suave textura de su carne se convirtió en escamas que brillaban a la luz del sol, y afiladas púas de cristal atravesaron sus ropas. Un segundo par de párpados apareció sobre sus ojos, volviendo a mirarla. Su sonrisa maléfica se intensificó, justo antes de que una lengua bífida saliera de entre tres pares de colmillos.

—¡Violet, *corre*! —gritó Sagan.

Escuchó su advertencia, pero su cuerpo se negó a moverse. Ese hombre —o más bien, esa criatura— era horriblemente similar al monstruo que había matado a Lyla. Su mente gritó a causa de la agonía física y emocional que aquello le hacía sentir mientras el reinstaurado recuerdo ardía en su conciencia.

La cosa saltó hacia ellos, sus poderosas patas la impulsaron a una gran altura.

Violet aspiró lo que supuso que sería su último aliento e hizo lo único que se le ocurrió. Se lanzó boca abajo sobre Sagan. Cada músculo, fibra y célula de su cuerpo se tensó, anticipando el letal impacto.

En su lugar, un chillido le perforó los oídos y la sensación de una cálida llovizna le salpicó la espalda. Algo pesado cayó al suelo a unos metros, deslizándose sobre el asfalto. Se atrevió a mirar; la criatura se retorcía y gemía en medio del camino. Un líquido azul emanaba de una de sus extremidades.

Otro hombre con una tupida barba gris apareció ante su vista, acercándose despreocupadamente a la criatura, con un reluciente tridente en la mano. Llevaba otras armas, incluida una que parecía una ballesta, atadas a su persona.

La criatura detuvo sus movimientos al tiempo en que veía a Barba Gris acercándose. Después, embistió contra él. Los dos se enzarzaron en una feroz batalla: un hombre con su tridente de cristal contra una vengativa bestia.

Violet vio su oportunidad.

—Vamos, Sagan. Levántate —le pidió, ignorando sus protestas y tirando de él hasta sentarlo.

—Espera, necesito mi bolsa.

Sagan tomó una bolsa negra que se encontraba cerca de su muslo, misma que ella le arrancó de inmediato de la mano y se colgó del hombro. Se aferró a él, rodeándole el cuello con uno de sus brazos para ayudarlo a levantarse. Este gimió y se estremeció, pero rápidamente dejó de luchar contra sus esfuerzos por ayudarlo. A pesar de que se tambaleó un poco bajo su peso, al final lograron arrastrar los pies con dificultad en dirección a su jeep.

—Sagan, ya he visto una de esas cosas antes. Eso... Eso mató a Lyla.

—Lo sé.

—¿Qué? ¿Cómo...?

Los gemidos de dolor de la criatura se hicieron más jadeantes y desesperados. Era evidente que la batalla iba en favor de Barba Gris.

—No creo que esa cosa vaya a durar mucho más —advirtió.

—Mmm —gruñó Sagan—. Todavía tenemos que salir de aquí.

Aceleraron el paso. Los feroces rugidos y el estruendo detrás de ellos empezaron a apagarse.

—Apúrate —ordenó el chico.

Les quedaban tres pasos. Estos se convirtieron en dos.

Un último chillido salió de la bestia, y luego se hizo el silencio.

Otra oleada de adrenalina la recorrió. No se arriesgó a mirar atrás. En su lugar, abrió de un tirón la puerta del lado del pasajero, metió la bolsa y ayudó a Sagan a subir a su asiento. Él cerró la puerta tras de sí mientras ella corría por la parte delantera del auto y subía por la parte del conductor. Su teléfono, ahora ubicado en el espacio para los pies, volvió a emitir su estridente melodía, la cual ignoró.

Por suerte, había dejado las llaves en la ignición. El motor se puso en marcha con un movimiento de muñeca. Miró por todos los espejos laterales y retrovisores antes de que su corazón diera un vuelco.

La criatura fallecida estaba tirada en medio de la carretera, pero el hombre que la había matado no se veía por ninguna parte.

—¿Dónde está?

Se escucharon dos rápidos silbidos desde la ventana de Sagan. Ambos se volvieron solo para encontrarse con la sonrisa de Barba Gris, que sostenía en sus manos el artilugio que recién había comparado con una ballesta.

—A ver, ¿a dónde creen que van?

Su cuerpo se puso rígido y sus ojos se abrieron de par en par; el proyectil de la ballesta le apuntaba directamente.

Cuando ninguno de ellos habló, la sonrisa del hombre decayó, pero el brillo en sus ojos que dejaba ver la sed de sangre que sentía permaneció. Hizo un gesto con su arma.

—Tal y como lo veo, tienen dos opciones. Pueden venir conmigo vivos o… no. —Se encogió de hombros—. En cualquier caso, vendrán conmigo.

La mano de Sagan tanteó la bolsa que estaba colocada entre ellos.

—Oh-oh —advirtió el hombre—. Ni se te ocurra, Sagan. Las manos donde pueda verlas. Tú también, señorita.

Sintió el ácido picar en su garganta, su estómago amenazaba con vaciarse.

El brillo de la punta de la ballesta de Barba Gris volvió a llamar su atención. Tenía que irse. Su mente le gritaba que se fuera. ¡Que corriera! Pero el miedo seguía paralizándola. Podía pisar el acelerador, pero ¿a qué costo? ¿La ballesta de Barba Gris la alcanzaría a ella o a Sagan antes de que pudiera poner el coche en movimiento?

Sagan alzó las manos.

Barba Gris la miró fijamente cuando no se movió. Su respiración se aceleró hasta convertirse en rápidos jadeos mientras dejaba caer la navaja en su regazo, alzando también las manos.

El hombre sonrió.

—Me alegra ver que ambos puedan seguir instrucciones simples. Eso facilitará mi trabajo.

Se sobresaltó ante su repentina y ronca risa.

—Deberían ver sus caras. En especial, la tuya. —Señaló a Sagan—. ¿Qué tan primitivos crees que somos? ¿De verdad creías que te íbamos a dejar robar al *slith* y escapar así de fácil? Niño *estúpido*.

Su mente daba vueltas. ¿De qué estaba hablando? ¿Qué demonios era un *slith*? ¿Y por qué Sagan lo había robado? ¿En qué clase de problemas se había metido? Él era... era... En realidad, apenas lo sabía. No lo había visto mucho tras la muerte de Lyla.

Sagan seguía mirando hacia otro lado. No tenía forma de adivinar lo que haría a continuación.

—Iré contigo —anunció—. Solo déjala ir.

Barba Gris respondió a su petición con una mirada incrédula.

—¿Qué tan estúpido crees que soy? ¿En serio crees que no reconozco una recompensa cuando la veo?

Rebuscó en uno de los bolsillos de su pantalón, sacando un papel arrugado. Este contenía una foto suya. Se le revolvió el estómago. ¿No insinuaba que... *ella*...?

Sus dedos se movieron con nerviosismo, deseando agarrar el volante.

La flecha brilló bajo la luz del sol cuando el cazador se balanceó sobre sus pies, riéndose.

—Joder, este debe ser mi día de suerte. No solo me encontré con *otro slith*... —Inclinó la cabeza hacia la criatura derrumbada en el camino—. Sino que además me condujiste directamente hacia tu noviecita de turno —señaló, apuntándole a Violet con el arma.

Su corazón latía con fuerza, amenazando con atravesar su caja torácica.

El hombre arrugó el papel, lo guardó en su bolsillo y silbó.

—La recompensa por esta chica vale una fortuna. Voy a disfrutar del bono de este mes, eso seguro. —Su expresión divertida se tornó severa—. Ahora, apaga el auto y bájense.

Sagan no se movió, por lo que ella tampoco lo hizo.

El hombre levantó la ballesta, fijando su vista en ella.

—No lo volveré a repetir —dijo, cada una de sus palabras era lenta y deliberada.

Durante unos cuantos segundos, nadie pareció respirar. El zumbido del motor era lo único que llenaba el silencio.

De repente, la estridente melodía del celular de Violet cortó la tensión como una sierra eléctrica. Ella pegó un salto en su asiento. En el medio segundo que tardó en mirar su teléfono, Sagan se movió a la velocidad del rayo.

Barba Gris retrocedió, girándose a medias cuando el chico le clavó una daga en el hombro. Gruñó e intentó volver a apuntarles con la ballesta.

—¡Acelera! ¡Acelera! ¡Acelera! —le gritó.

Violet puso la marcha y pisó el acelerador. El pánico se apoderó de su garganta cuando el jeep no arrancó de inmediato, sino que derrapó y patinó sobre la grava.

Justo cuando sintió que las ruedas del coche se acoplaban a la carretera, Sagan soltó un grito.

Miró en su dirección. Una flecha metálica de ballesta había atravesado no solo la puerta del auto, sino también su pierna, justo por encima de la rodilla. La punta de esta brillaba como si estuviera hecha de diamante, un diamante salpicado en sangre.

—¡Oh, no! ¡Sagan!

—¡No bajes la velocidad! ¡Conduce más rápido! —gritó entre dientes apretados.

El motor aumentó su velocidad a medida que aceleraba, acción que mantuvo sin dejar de mirar a su acompañante. Los pantalones negros de este se oscurecían, marcándose alrededor del metal que sobresalía de su pierna.

—Dime qué hacer, Sagan. ¿Cómo puedo ayudar?

—Solo conduce. Hagas lo que hagas, no te detengas.

Hizo un torniquete con su cinturón alrededor de la parte superior de su muslo, y luego se detuvo por unos momentos, repitiendo el proceso de respirar hondo unas cuantas veces.

—¿Qué haces?

No respondió. En su lugar, sujetó el extremo de la flecha y comenzó a empujarlo a través de su muslo, quejándose de dolor mientras esta avanzaba.

—¿Qué estás haciendo? —gritó—. ¡Detente! Te llevaré a un hospital tan pronto como pueda.

—Nada de hospitales. Solo sigue conduciendo —contestó, sus palabras estaban cargadas de tormento.

—¡Sagan, para! Lo estás empeorando.

Él continuó, emitiendo pequeños y agónicos quejidos.

—Tengo que sacarla.

—Por favor, espera hasta que pueda encontrar un hospital. Un doctor lo hará.

—¡Dije que nada de hospitales!

—¡Bien! Al menos espera hasta que me detenga para poder ayudarte.

—¡No! ¡No te detengas! Nos encontrarán si lo haces. Esta cosa tiene un dispositivo de rastreo en su púa.

—¿Qué? —Se frotó la base de la mano contra la frente—. ¿Estás diciendo que ese tipo nos está rastreando?

Miró por el espejo retrovisor, esperando que un vehículo apareciera tras ellos a toda velocidad.

—Sí. Por eso necesito deshacerme de esto cuanto antes.

Soltó un gemido, sus manos goteaban carmesí a medida que empujaba la punta más adentro.

Violet deseó poder taparse los oídos y ahogar sus angustiosos lamentos. Con un último y desdichado quejido, sacó la flecha y la levantó. La púa que había bajo la punta de la flecha aún se aferraba a trozos rojos de su carne.

No pudo evitar sentir náuseas, el sabor acre de la bilis le llegó a la lengua. Se tapó la boca con una mano.

Sagan tiró la flecha por la ventana y se dejó caer en su asiento. Rebuscó de nuevo en su bolsa con lentitud y sacó un frasco de cristal que contenía un líquido de color perla.

—¡Guau! —exclamó Violet—. ¿Qué es esa cosa?

—Es mejor que no lo sepas.

Le quitó la tapa. Vertió un poco del líquido sobre su pierna, luego inclinó la cabeza hacia atrás y tomó un sorbo. A pesar de las arcadas, consiguió limpiarse la boca a duras penas con la parte del hombro de su manga.

—¿Quién era ese tipo? —le preguntó.

—Axel.

Se fijó en las otras heridas del chico.

—¿Y por qué te persigue ese tal Axel? ¿Qué pasó?

Los siguientes momentos transcurrieron en silencio, lo único que se escuchaba eran los jadeos irregulares del herido.

—Hice algo que molestó mucho a mi padre. Envió a Axel tras de mí, emboscándome en mi casa. Conseguí escapar por la puerta de atrás y atravesé el bosque hasta encontrar el camino que sale de la ciudad.

—¿Y qué hay de ese otro tipo, esa cosa con escamas y púas?

—Era… eh… —murmuró al tiempo en que su cabeza comenzaba a desplomarse.

Le sacudió el hombro.

—¿Sagan? ¿Qué era esa cosa?

Levantó la cabeza, aspirando una fuerte bocanada de aire.

—Era un Veniri.

—¿Un qué? ¿Qué es un...?

Sagan siguió hablando:

—Pero no te preocupes, Violet… —No pudo distinguir el resto de sus palabras, aparte de algo sobre un escudo.

—¿Por qué me perseguía?

No hubo respuesta.

—¿Sagan?

Miró en su dirección. Tenía los ojos cerrados y la cabeza inclinada hacia un lado.

—¿Sagan?

Seguía sin responder. Le tocó el hombro.

—Sagan, necesito que me digas a dónde ir.

Nada.

Se ahogó a causa de un sollozo y se aferró al volante, tratando de tragar su creciente pánico. ¿Qué demonios sabía ella sobre cómo escapar de barbudos psicópatas? ¿Y si todavía los seguía rastreando? ¿Y si había conseguido colocar otro dispositivo en la parte trasera del coche? Debería parar y averiguarlo.

¡No! Sagan le había dicho que no parara. Eso le daría a Axel la oportunidad de alcanzarlos.

Pisó el acelerador con más fuerza, provocando que el motor rugiera. Los árboles a ambos lados de la carretera pasaron a toda velocidad por su campo de visión. Muy rápido. Cada vez más rápido.

Una melodía chillona surgió del espacio en el que se encontraban sus pies. Pegó un salto y soltó un grito de asombro, provocando que el coche se tambaleara y se desviara hacia el carril equivocado. La melodía continuó mientras ella disminuía la presión sobre el acelerador y ponía el auto bajo control. Miró a Sagan, pero este ni siquiera se había inmutado.

Levantó su teléfono, encontrándose con el nombre de Gus parpadeando en la pantalla.

—¿Gus?

—¡Violet! ¿Qué demonios está pasando? ¿Estás bien?

—Sí, estoy bien. Al menos… Estoy… —Sus palabras se atascaron en su garganta.

Podía escuchar a Autumn en el fondo. A continuación, las voces de ambos se hicieron más fuertes y claras, hablando por encima del otro, mientras Gus —supuso— ponía el teléfono en altavoz.

El alivio finalmente venció a su pánico, por lo que rompió a llorar.

—Por Dios, chicos. No saben lo feliz que me hace escuchar sus voces.

—Violet, ¿qué pasa? —cuestionó Gus.

Ella soltó un par de sollozos.

—Es una larga y loca historia.

—Cuéntanoslo *todo* —demandó saber Autumn.

CAPÍTULO 26

SEH'VUTHI

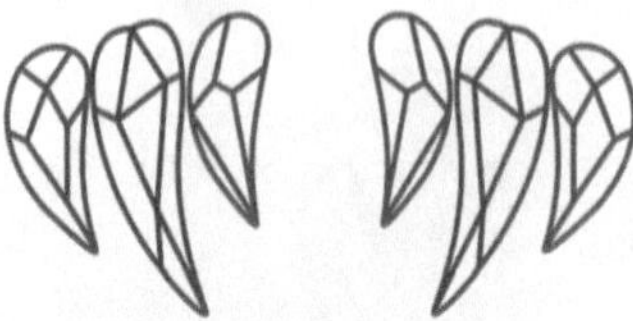

Pinceladas de consciencia pincharon los bordes de su mente. ¿Cuánto tiempo llevaba dormido y cuánto tiempo le quedaba antes de ser arrastrado de nuevo al olvido? Un profundo cansancio tiraba de sus extremidades, pero algo le apremiaba, había algo que tenía que hacer. ¿Pero qué era?

Una tupida red se aferraba a su cuerpo, uniendo sus piernas y sus brazos al pecho. Intentó mover los dedos, pero apenas consiguió lograr un débil movimiento. Una sensación cosquilleante recorrió sus escamas. ¿Estaba en su forma Veniri? ¿Por qué? ¿Cuándo se había transformado?

«¿Dónde estoy?».

Se encontraba de espaldas, su cuerpo se mecía suavemente mientras un zumbido crepitante enviaba vibraciones a través de la dura superficie sobre la que estaba tumbado. Tenía que estar en la parte trasera de algún tipo de vehículo. ¿Una furgoneta, tal vez? Algo más yacía a su izquierda, chocando contra su hombro a intervalos regulares.

El balanceo se detuvo con una ligera sacudida. La vibración debajo de él continuó, a diferencia del zumbido, el cual se calmó hasta convertirse en un suave ronroneo.

La puerta de un coche se abrió y se cerró con un débil *clic* y un golpe. Unos segundos más tarde, la puerta trasera se abrió, arrojando una luz brillante sobre sus párpados cerrados. Incluso la minúscula acción de levantar sus pesados párpados le resultaba casi imposible; aun así, consiguió abrir los ojos lo suficiente como para dirigir su mirada hacia un rostro familiar.

«Thane».

—Ya era hora de que aparecieras, Axel —dijo una voz masculina desde el exterior del vehículo—. ¿Dónde está el chico Branstone?

—Escapó —contestó una voz más baja y grave.

Su respuesta fue seguida por una serie de violentas maldiciones.

Nathan se esforzó por mantener a raya la neblina de su cerebro mientras escuchaba el resto de la conversación.

—Relájate —replicó el sujeto llamado Axel—. Me las arreglé para meter un dispositivo de rastreo en su auto. —Soltó un gruñido, como si estuviera levantando algo pesado. Un segundo después, algo cayó a la derecha de Nathan—. Me encontré a este cuando perseguía al chico.

La primera voz resopló.

—¿Tenías que apuñalarlo tantas veces? Voy a tener que limpiar la sangre con una manguera cuando volvamos. ¿Por qué no pudiste usar una red eléctrica como hicimos con estos dos?

Axel resopló.

—¿Y dónde queda la diversión en eso? Entonces, ¿capturaron al fugitivo? ¿De dónde salió el otro *slith*?

—No sé. Lo encontramos con el prófugo.

—Parece que estas cosas se multiplican más rápido de lo que podemos matarlas.

—Menos mal. Cuantas más matemos, más nos pagan.

Axel se rió.

—Hablando de cobrar, también encontré a esa chica. Escapó con el muchacho.

—¿La tal Violet?

Nathan concentró toda su atención.

«Violet».

—Sip —fue la respuesta.

Escuchó como alguien chasqueaba la lengua.

—Sigo sin entender esa recompensa. ¿Qué tiene ella de especial? Solo es una humana.

—Mientras me paguen, no me importa —respondió Axel.

—Entonces vayamos por ellos y a que nos paguen.

La puerta se cerró con un golpe, y en poco tiempo, el vaivén volvió a empezar.

Se le aceleró el pulso. ¿Adónde los llevaban? Buscó en su mente, intentando ver más allá de la oscuridad que envolvía sus recuerdos. Cualquier cosa que le diera una pista.

Esos hombres habían mencionado...

«¡Violet!».

¿Dónde estaba? ¿Dónde estaba Violet?

Su rostro se materializó a través de la niebla que representaba el océano de sus pensamientos con una claridad sorprendente, casi como si pudiera alcanzarla y tocarla. Pero no lo logró, pues unos codiciosos y aterradores tentáculos se aferraron a sus hombros y brazos, y se enroscaron alrededor de su cuello, intentando llevársela. Ella gritó, intentó alcanzarlo, rogándole que la salvara, pero los tentáculos ahogaron sus gritos. La arrastraban hacia un campo de hierba con tres lápidas, hacia las tumbas de sus seres queridos.

«¡No! ¡No, Violet también!».

Se abalanzó hacia ella y sujetó su mano extendida, utilizando cada gramo de su escasa energía para tirar de ella hasta fundirse en un fuerte abrazo. En lugar de luchar contra él, los tentáculos también lo atraparon y lo arrastraron hacia la perdición de Violet.

Un grito cortó su pesadilla. Unos feroces improperios provenían de la parte delantera del coche.

—¡Ese maldito chico se deshizo del rastreador!

—Entonces, ¿qué camino tomo ahora?

—¡No lo sé! —rugió la voz.

La oscura niebla en su cabeza ahogó el desarrollo de la discusión. Ya no podía luchar contra ella. En su mente, seguía aferrándose a Violet con fuerza mientras los tentáculos soltaban su agarre, retirándose de nuevo a las profundidades.

Fue entonces cuando la niebla se tragó a ambos, enviándolos a un profundo abismo.

* * *

—¿Nathan?

Este se removió al oír su nombre.

—¿Nathan? ¿Estás despierto?

Intentó responder, pero solo consiguió soltar un aturdido gemido.

—Nathan, despierta.

Abrió los ojos y parpadeó; la oscuridad se cerraba sobre su campo de visión.

—¿Thane?

—Sí, soy yo —respondió desde su izquierda.

Intentó girar la cabeza, pero la red que le cubría la cara seguía obstaculizando sus movimientos.

—Maldición —se dijo mientras un torrente de recuerdos lo inundaba, recordándole la grave situación en la que se encontraban. Por suerte, la niebla que había envuelto su mente se había despejado un poco. El tranquilizante estaba perdiendo su efecto—. ¿Dónde estamos?

—No lo sé —respondió Thane—. Parece que llevamos horas conduciendo.

—¿Cuánto tiempo llevas despierto?

—Eh, no estoy seguro. ¿Una hora tal vez? Intenté despertarte, pero seguías bastante ido.

Nathan soltó un gruñido. Su cuerpo rígido necesitaba desesperadamente un reposicionamiento, pero no había ninguna posibilidad de que la red que encapsulaba su cuerpo se lo permitiera.

—¿Alguna idea de hacia dónde nos llevan?

—Ninguna. —Pasaron unos segundos de silencio antes de que Thane continuara, el pánico se asomaba en su voz—. ¿Y qué hacemos ahora? ¿Cómo llegamos a Violet? Tenemos que salir de aquí e ir a buscarla. Tenemos que...

—Lo sé, lo sé. Intenta mantener la calma. —No estaba dispuesto a admitir que el pánico también comenzaba a asomar en él—. Por el momento no hay nada que podamos hacer, a menos que hayas logrado liberarte de tu red.

—Nop. Créeme, lo intenté.

Nathan inspiró profundamente por la nariz.

—Bien, entonces tendremos que esperar. Una vez que sepamos lo que está pasando, quizás podamos idear un plan.

Intentó evitar que su mente diera vueltas, que analizara y reanalizara inútilmente todo lo que había sucedido en los últimos días. Necesitaba concentrarse en otra cosa, hablar de otra cosa.

—Así que pasaste todo este tiempo con Violet, ¿no? ¿Cómo hiciste para ocultar tu tatuaje?

—Al principio usé bufandas. Luego di con un corrector que me funcionó.

—No debe haberte funcionado muy bien si ella lo descubrió.

Thane gruñó.

—Me descuidé, y, eh... se me olvidó ponérmelo. Y como puedes imaginar, se desató el caos.

El Veniri no pudo evitar resoplar con amarguera.

—¿Qué esperabas? Su trauma era tan grande que el

escudo no podía ocultarlo todo. Ese detalle se convirtió en el candado de sus recuerdos. Ver tu tatuaje fue el detonante para desbloquearlo todo. —Intentó negar con la cabeza, pero la red no lo dejó—. Debió de sufrir mucho cuando todo se le vino encima.

—Sí, esa parte fue la *peor* —contestó tras haber soltado un gruñido.

—Sí, ya lo creo.

—Hasta ese momento, las cosas iban muy bien. Quitando el incidente con la chica de la universidad, Violet era… feliz.

Nathan se quedó mirando el techo oscuro del maletero.

—¿Cómo se conocieron…? Ya sabes, la segunda vez.

—Claro, la segunda vez —dijo Thane tras soltar una risa nerviosa. Le contó la historia de su encuentro con Violet en la cafetería—. Después de eso empezamos a salir, ya sabes, a charlar mientras tomábamos café y chai. Y entonces yo... —Se aclaró la garganta—. La ayudé con una de sus tareas, y luego vimos… de hecho, hubo un, eh…

—¿Qué? —lo cuestionó cuando Thane no continuó.

—Hubo unas extrañas luces doradas.

Nathan frunció el ceño.

—No tengo idea de lo que eran —continuó—. Fue muy extraño.

—¿Dijiste que eran doradas?

—Sí.

—¿Estas irradiaban de tu piel?

—Sí. ¿Cómo lo…?

Maldijo en voz baja. Independientemente de lo que pensara sobre la relación de Thane con Violet, aquello era más grave de lo que había imaginado. Y claramente, estaba fuera de su control.

—¿De qué color eran las luces de Violet?

—¿Las de Violet? ¿Qué quieres decir? Ella... solo hubo luces doradas.

Soltó un fuerte suspiro.

—¿Nathan? ¿Sabes de qué se trata?

—Lo que experimentaste fue el comienzo del Seh'Vuthi.

—No —negó tras una pausa—. No puede ser. Eso... eso está prohibido.

Se rió con amargura.

—Según la reina Idalia, pero no está en su mano controlarlo, a pesar de lo mucho que ella y su madre lo intentaron al prohibir toda conversación y enseñanza al respecto. Simplemente se volvió sumamente raro, sobre todo cuando se introdujo el programa de reproducción. Pero cuando ocurre, es un poder a considerar.

—¿Qué…? ¿Cómo sabes todo eso?

—Lo he visto dos veces. Una vez cuando era un niño, en la época en la que se prohibió. Comenzó un levantamiento, liderado por dos Veniri dotados del Seh'Vuthi. El reinado de la Reina Imoranda casi había llegado a su fin en ese entonces. Por desgracia la pareja fue capturada y ejecutada, y la reina Imoranda hizo caer su ira sobre el pueblo Veniri y los rebeldes por igual.

—Esa no es la versión que escuché —comentó Thane.

Nathan soltó una risita.

—Sí, bueno, la realeza preferiría que la verdad se perdiera, pero todavía somos muchos los que recordamos lo que realmente ocurrió.

—Mmm. Y, ¿qué es el Seh'Vuthi? ¿Qué hace?

—Es cuando… A ver… ¿Cómo te lo explico? —Sus ojos buscaron en la oscuridad. ¿Por qué tenía que ser él quien tenía que darle esa explicación? Preferiría revelar que Santa Claus no era real, o que la ensalada de cangrejo no llevaba cangrejo... en lugar de ese asunto relacionado con «los pájaros y las abejas»—. Eh… lo que experimentaste es el comienzo de una, por falta de una mejor palabra, «unión entre almas». Es cuando tú, tu alma, ha encontrado a alguien a quien quiere unirse. Tus luces doradas fueron una propuesta.

—¿Qué…? ¿Propuesta? Como en el… ¿matrimonio?

Nathan se estremeció.

—Básicamente, sí. Pero en lugar de vestidos blancos y esmóquines, como en las bodas Erathi, el Seh'Vuthi es más profundo. Es más metafísico. Tu alma empieza a adquirir aspectos generales de la otra persona: lo que ve, lo que siente y cómo percibe las cosas. Cualquier cosa que te ayude a entenderlos a un nivel más profundo. Sin embargo, el proceso solo puede concretarse si el alma de la otra persona acepta tu propuesta.

—Oh... y entonces, ¿cómo sabes si la otra persona la aceptó?

—Sus luces también aparecen, y finalmente sus almas se entrelazan. No sé si suceda lo mismo con todas las parejas Seh'Vuthi, pero también desarrollan cosas como el poder comunicarse mentalmente, o quizás habilidades especiales que solo tenía uno de los miembros ahora la tienen ambos. Lo que antes beneficiaba a uno, ahora beneficia a los dos. Esa es la razón principal por la que los rebeldes con el Seh'Vuthi casi fueron capaces de derrocar a la Reina Imoranda, y por la que ella decidió prohibirlo.

—Un momento —dijo Thane—, dijiste que habías presenciado esto dos veces. ¿Quién era la otra pareja?

Abrió la boca, pero no fue capaz de responder.

—Eras tú, ¿no? —lo cuestionó al cabo de unos instantes. Nathan no podía ver su cara, pero la sorpresa en su voz era evidente—. Pero... ¿con quién?

—Prefiero no hablar de eso.

Cerró los ojos, dejando que la pausa en la conversación se prolongara. Un rostro de un pasado lejano apareció en primer plano en su mente. Su sonrisa y su brillo eran tan radiantes como siempre, oscurecidos únicamente por la sombra de su propia pena.

—Como quieras.

Sintió como se removía a su lado a pesar de la oscuridad.

—No sé si me guste la idea de que alguna de mis habilidades se transfiera a Violet —opinó finalmente—. Lo último que necesita es convertirse en una asquerosa máquina de matar. Creo que preferiría evitar el Seh'Vuthi y quedarme con el Juramento Divino.

—¿Qué? —exclamó—. Dime que no lo hiciste. Dime que no le proclamaste el Juramento Divino a Violet.

Thane no respondió.

—Pero ella no es de la realeza. Ni siquiera es una Veniri.

—No me importa —alegó con una dureza similar a la del acero—. No desperdiciaré mi juramento con ninguna Veniri, especialmente con esa bestia asquerosa de Idalia, que cree que puede...

—Trágate. Tus. Palabras. —resolló una nueva voz.

Nathan se congeló.

La voz continuó hablando entre ásperos jadeos y audibles bocanadas:

—Renuncia a tus palabras, y seré misericordioso en nombre de Su Divina Majestad la Reina Idalia y te perdonaré la vida.

Un profundo resentimiento recorrió su cuerpo al reconocer la voz.

—Kronan —pronunció con los dientes apretados.

Sacó la lengua a través de la red y, efectivamente, captó el pútrido olor del alma de Kronan.

Este soltó una carcajada ahogada.

—No tienes ni idea de cuánto tiempo he esperado este día, Nathan, el día en el que finalmente acabe con tu existencia.

Algo pesado se movió a su derecha. Una oleada de miedo

y furia bombeó adrenalina en sus venas, por lo que, con un impulso de desesperación, luchó por liberarse de la red.

El silencio se hizo presente una vez que el vehículo se apagó.

Sin previo aviso, la puerta trasera se abrió, dejando entrar una luz blanca y brillante. A través de sus párpados entrecerrados, Nathan registró a tres cazadores que se cernían sobre ellos.

Kronan saltó por encima de él con un alarido gutural y se aferró a uno de los cazadores.

—Diablos, Axel —chilló uno—. Creí que habías dicho que habías matado a este.

—Eh. —Un cuarto cazador con barba gris entró en escena —. Parece que me equivoqué.

Mientras los tres cazadores forcejeaban con Kronan, Axel se inclinó hacia Nathan y tomó su red, sacándolo del vehículo. Emitió un quejido cuando este lo dejó caer al suelo sin contemplaciones. Unos segundos más tarde, Thane cayó a su lado.

Los aullidos de Kronan pronto fueron reducidos a jadeos.

Intentó asimilar lo más que pudiera de su entorno. Estaba tumbado sobre madera. El chapoteo del agua se colaba entre los tablones y el fuerte olor a sal llenaba sus pulmones con cada bocanada de aire. Las gaviotas chillaban por encima de él. Giró la cabeza todo lo que le permitió la red y divisó varias embarcaciones que se mecían suavemente al borde del paseo marítimo.

Axel volvió a sujetarlo de la red y lo arrastró por una rampa antes de bajar por unas escaleras y conducirlo hasta la bodega de un barco. Finalmente, lo metió en una caja fabricada de un metal familiar de color verde. La puerta de esta se cerró de golpe y, poco después, otro cazador arrojó a Thane a la caja de al lado.

Un rostro familiar, que mostraba una sonrisa de tiburón,

apareció entre los finos barrotes de la caja. Nathan apretó los dientes, forcejeando contra sus ataduras.

Matthias se inclinó hacia él.

—Guarda tu fuerza para los combates, *slith.* Y asegúrate de hacerme sentir orgulloso.

Tras guiñarle el ojo, se dio la vuelta. El resto de los cazadores lo siguió a través de las escaleras. El último cerró la puerta tras de sí, volviendo a sumir su mundo en la oscuridad.

CAPÍTULO 27

ARROZ CON ESPECIAS

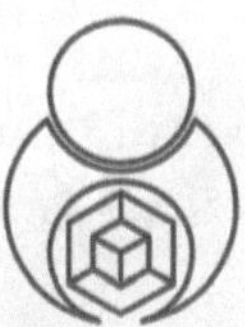

Violet cerró los ojos e inclinó la cabeza hacia atrás, disfrutando del calor del sol. Autumn se tumbó a su lado sobre la manta de picnic en la que se encontraban y se apoyó en su hombro.

—¿Cómo te sientes? —le preguntó Violet, apoyando su mejilla sobre la cabeza de su amiga.

Ella suspiró.

—La verdad me siento como una amiga de mierda. Debería estar allí. Pero yo… No puedo.

Volvió la cara hacia su brazo, los comienzos de un sollozo la hicieron estremecer.

—Tranquila. —Gus se sentó al otro lado de su prima, y tanto él como Violet le rodearon la espalda con un brazo—. Podemos hacerle nuestra propia despedida. Una en la que nos demos un atracón de sus películas favoritas con camisetas de *Hello Kitty* mientras comemos un surtido de sus dulces japoneses favoritos.

Autumn soltó una pequeña carcajada.

—De hecho, eso suena genial. Seguro que el otro servicio será mucho más formal y sombrío, nada que ver con Bessie.

—Sí —coincidió Violet, aunque ella también sentía una punzada de culpabilidad por no asistir al funeral de Bessie.

Cuando los tres recibieron un correo electrónico con los detalles, discutieron seriamente la posibilidad de ir —incluso compraron los boletos de avión—, pero cuando se acercó el día, el dolor de Autumn aumentó. Violet entendía por lo que estaba pasando, lo que era no estar preparada para decir adiós.

—Muy bien, hecho —acordó Gus—. Cuando volvamos a la casa, pediré por internet una cantidad obscena de comida chatarra japonesa.

—Genial —contestó Autumn mientras se secaba las lágrimas.

—¿Y tú, Sagan? —le preguntó Gus—. ¿Te apuntas?

Este se encontraba parado en la orilla rocosa del arroyo a unos metros de distancia.

—No creo —dijo con un ligero movimiento de cabeza—. No la conocí.

—A Bessie no le importaría —refutó Autumn—. En todo caso, se enojaría al perderse esto.

—Aun así, no me gustaría entrometerme —explicó.

Se agachó, tomó una piedrita y la lanzó al agua. Su cara se arrugó, convirtiéndose en una mueca de dolor cuando se vio obligado a masajearse el muslo. Había estado caminando más y más desde que él y Violet habían llegado a la comuna donde vivían Gus y Autumn hacía poco más de una semana, pero todavía no se había recuperado del todo.

—Ven y siéntate, Sagan. —Violet palmeó el lugar a su lado —. Dale a tu pierna un respiro.

—Sí, vamos —lo animó Gus—. Nadie va a pensar que eres menos hombre si te relajas un poco.

—No, estoy bien —refutó al tiempo en que se cruzaba de brazos y reajustaba su postura.

Gus se apoyó en sus codos.

—Como quieras.

La conversación se sumió en el silencio, permitiéndole a los sonidos de la naturaleza pasar a primer plano. El agua del arroyo burbujeaba y se agitaba en una melodía ondulante, con el bajo rugido de una cascada cercana añadiéndole sus propias y graves notas a su canción. Los pájaros revoloteaban y piaban, y el viento agitaba la larga hierba y los juncos de la orilla.

Sus ojos siguieron a un radiante martín pescador de color verde con azul que planeaba sobre el agua. Sus alas batían a una velocidad increíble. A continuación, con una gracia asombrosa, se sumergió en el agua, para resurgir un segundo después con una presa asegurada en su afilado pico. Voló hasta una rama baja sobre el agua, golpeó la cabeza del pez contra la rama y lo engulló.

Se mordió el labio, reflexionando sobre los acontecimientos de las últimas semanas. Algunas cosas seguían sin parecerle reales.

Le había llevado varios días conducir hasta la pequeña comunidad hippie de Gus y Autumn. Solo había conseguido tomar unas pocas siestas en el camino, lo cual se lo atribuía a sus nuevas pesadillas que involucraban tridentes de cristal, flechas con púas y criaturas con lenguas bifurcadas. El hombre sin rostro ya no era el centro de sus sueños, pero su presencia seguía rondando constantemente las sombras de su mente. De vez en cuando, su rostro se transformaba en el de Thane.

Sagan apenas se halló consciente durante todo el trayecto. Cuando se despertaba, solo lo hacía el tiempo suficiente para dar otro trago a la botella que contenía aquel líquido color perla. También preguntaba por su paradero, pero apenas conseguía responderle antes de que él volviera a caer inconsciente.

Varias veces había tenido el impulso de parar en una estación de policía, pero ¿para qué? ¿Qué oficial iba a creerle que la perseguía un hombre que había matado a un humanoide reptiliano con un tridente de cristal? Además, Nathan era un detective. Ella había confiado en él. ¿Cómo podría confiar en una autoridad que ni siquiera conocía?

Cuando finalmente llegó a la propiedad de Gus y Autumn, cerca del océano, casi se derrumbó a causa del cansancio y del alivio.

La madre de Gus, Dawn, era la doctora de la comuna, por lo que se ocupó rápidamente de Sagan, que se recuperó aún más rápido, para sorpresa de todos. Después de solo una semana, su herida ya parecía una vieja cicatriz. Violet tenía la firme sospecha de que el misterioso líquido de su bolsa negra tenía algo que ver.

Durante el viaje, les contó todo a Gus y a Autumn por teléfono. No pudo responder a muchas de sus preguntas, como el qué era la criatura de la carretera o por qué la perseguía Axel. Cuando Sagan se encontró al fin lo bastante consciente como para mantener una conversación, los primos también lo bombardearon con preguntas. Al principio se mantuvo muy callado, pero no tardó en ceder, sobre todo después de que Violet insistiera en que al menos tenía derecho a saber por qué su foto aparecía en un cartel que anunciaba una recompensa.

Cada respuesta de Sagan venía acompañada de al menos diez preguntas más. Su mente se aturdía con el compendio de nuevas palabras que él le daba. «Veniri, Diamantium, Erathi».

La palabra «Erathi» le pareció divertida. Era la forma en la que los cambiaformas llamaban a los humanos; era lo que ella era. Y en cuanto a los propios cambiaformas, si no hubiera visto por sí misma a la criatura de la lengua bífida, habría supuesto que la botellita de Sagan era en realidad un alucinógeno de algún tipo.

Pero a pesar de toda la nueva información que le proporcionó, el muchacho no le pudo aclarar por qué el tipo de la barba gris iba tras ella. Si no podía o no quería, eso no lo sabía. Sin embargo, el término que había utilizado cuando le habló de ello fue «ser cazada».

Un escalofrío recorrió su cuerpo al recordar sus palabras.

El débil sonido de una campana llamó la atención de todos.

—Hora de almorzar —anunció Gus.

Su amigo se levantó de un salto y extendió las manos para ayudarlas a ambas a levantarse. Él y Autumn doblaron la manta de picnic, y luego guiaron el camino por el sendero que los conducía hacia la campana que anunciaba la hora del almuerzo.

Violet esperó a Sagan, que subió con cuidado la ligera pendiente en la que el borde del arroyo rocoso y el campo de hierba se encontraban. Su pierna mala se tambaleó al pisar una roca, haciéndolo avanzar a trompicones.

Se apresuró a ir a su encuentro.

—Ven, déjame ayudarte.

—Gracias, pero puedo arreglármelas.

Lo ignoró, sujetando su brazo y pasándoselo por el cuello.

—Dije que puedo arreglármelas.

A pesar de la dureza de su tono, no la apartó. Su cojera era leve, pero Violet pudo notar que aún sentía dolor, aunque su cara de indiferencia indicara lo contrario.

—Deberías tomarte unos analgésicos cuando volvamos.

—Puedo soportarlo. He pasado por cosas peores —se mofó.

—¿En serio? ¿Qué tanto? ¿Perdiste toda la pierna la última vez?

Aunque resopló, una de las comisuras de su boca se alzó. Bajó la vista hacia ella y le sostuvo la mirada. Los bordes cobalto de sus iris se desvanecieron hasta volverse casi blancos alrededor de sus pupilas, anillos blanquecinos que eran salpicados por unas motas de azul pastel.

Violet rompió el contacto visual y miró al suelo. Para su alivio, Sagan le quitó el brazo de los hombros, por lo que ella dejó caer los suyos a los lados. Siguieron caminando por el sendero a pocos centímetros de distancia, adentrándose en un huerto. Las abejas zumbaban y zigzagueaban a su alrededor, buscando árboles y vides florecientes.

—Y, ¿cuánto tiempo piensas quedarte aquí? —le preguntó él.

Se había hecho la misma pregunta en los últimos días, especialmente cuando Gus y Autumn hablaron de volver a la universidad. No estaba segura de poder volver a vivir una vida universitaria normal después de todo lo que había pasado.

—No lo sé. ¿Existe la posibilidad de que el sujeto con el tridente aún nos persiga?

Divisaron la casa al otro lado de los árboles.

—Es posible —respondió tras una pausa.

—¿Crees que estemos a salvo aquí?

—Si no nos han encontrado ya, entonces sí. Creo que, de momento, estás a salvo.

—Bien, porque me estoy quedando sin lugares a dónde ir.

Soltó un largo suspiro. Sintió una opresión en el pecho al recordar que Nathan había sido amigo de Thane todo ese tiempo. Algunos días lo odiaba; otros se sentaba y colocaba su pulgar encima de su número de marcación rápida, tratando de reunir el valor suficiente para hablar con él. Su mente daba vueltas a tantas preguntas y, sin embargo, todas se reducían a una sola. «¿Por qué?».

No podía quedarse en la habitación de invitados de la casa de sus amigos para siempre, pero tampoco podía imaginarse volviendo a casa, a la casa de Nathan. No ahora, e incluso, tal vez nunca. Su traición la había herido profundamente.

—Al menos tienes un hogar al cual volver —añadió, abrazando su torso.

—No, no puedo hacerlo.

—Pero seguramente tu padre...

—¡No!

Pegó un salto ante su arrebato.

Se detuvo para mirarla.

—No voy a volver. Y menos con *él*.

Su expresión despertó un recuerdo latente de una pijamada sucedida en casa de Lyla. Se había despertado en mitad de la noche a causa de la sed, y había escuchado accidentalmente una violenta conversación que Sagan y su padre mantenían en el estudio. Matthias tenía a Sagan inmovilizado contra el pesado escritorio de madera, aferrando la garganta de su hijo con una mano.

—No vuelvas a mencionarla. Nunca —había gruñido Matthias, a un palmo de su rostro.

Los ojos del chico se entrecerraron, mostrando un desafío y una rabia que eran evidentes incluso desde donde Violet se encontraba.

—Pero es *mi* madre —replicó.

Su padre reaccionó con un revés seco, provocando que él se acariciara la mejilla.

La expresión severa que Sagan tenía en esos momentos era la misma que la de aquella noche.

—Está bien —cedió Violet.

No tenía ni idea de qué más decir.

Él no respondió. En su lugar, rompió el contacto visual y continuó el resto del camino unos pasos por delante de ella.

Durante las siguientes semanas, Violet se sumergió en una relajada rutina. Se ofreció a ayudar siempre que fuera posible, tratando de mantener su mente ocupada en tareas más que en preocupaciones y temores. Incluso lavar la ropa para todos era bienvenido, hasta que se encontró con la ropa que llevaba puesta el día en que encontró a Sagan en la carretera. Parches de azul iridiscente seco salpicaban sus pantalones y toda la parte trasera de su chaqueta. Al final, no se molestó en lavar la ropa salpicada de sangre. En su lugar, la envolvió y la tiró directamente a la basura.

Mientras que la madre de Gus era una brillante doctora, la madre de Autumn, Skye, era una brillante cocinera. La familia del primero, junto con Sagan —que se había instalado en su habitación de invitados—, se unía a la mayoría de las cenas. Casi todos los productos de aquellos deliciosos festines estaban hechos de productos cosechados. Violet había desarrollado una especial afición por el yogur casero y el pan recién horneado.

Gus no bromeaba cuando le dijo que sabía hacer macramé. Era un instructor entusiasta, que guiaba sus manos y las ayudaba a elaborar los diferentes nudos y tejidos que la técnica involucraba.

—Eso es, ya le estás agarrando el truco —comentó una noche al referirse a uno de sus nudos—. Unos días más de esto y podrás tener tu propia hamaca de macramé.

—¿Qué? ¿Días?

Hizo una mueca de dolor. Al menos dos de sus dedos tenían el comienzo de nuevas ampollas, y la piel de varios otros ya estaba empezando a desprenderse a causa de su práctica del día anterior.

—Toma. —Sujetó unos cuantos cordeles—. Trabajaré en este lado.

Autumn estaba sentada sobre un taburete a unos metros, con su laptop apoyada en la barra de la cocina, algo habitual cuando no estaban en el patio. Llevaba los auriculares puestos y el repiqueteo entrecortado de sus teclas se mezclaba con el ritmo que su madre generaba en la cocina. Las ollas burbujeaban y chisporroteaban en la estufa, creando apetitosas promesas para su próxima cena. Skye era el reflejo de su hija, desde las rastas decoradas hasta los anillos en los pies.

Sagan estaba sentado en el extremo de la encimera de la cocina, alejado del grupo. Apoyaba los codos en esta mientras sus ojos se concentraban en algún pensamiento lejano. Jugaba con una parte de la cadena negra que sobresalía del cuello de su camisa, haciéndola rodar entre los dedos.

Desde aquel día en el arroyo, se había vuelto distante. Aunque seguía acompañándolos en algunas de sus tareas y actividades, solo se limitaba a mirarlos de reojo. Otras veces desaparecía durante horas y volvía a aparecer a la hora de la cena.

Su temor a que se marchara crecía con cada día que pasaba. No había tenido el valor de hablar con él desde ese día, pero no se sentía necesariamente incómoda a su lado. Su presencia, así como la de Gus y Autumn, calmaba el malestar que crecía en su interior cada vez que estaba sola o intentaba conciliar el sueño por la noche.

De vez en cuando, su ansiedad era tan fuerte que creía que se desmayaría o vomitaría. Cuando eso ocurría, se obligaba a concentrarse más en la tarea que estaba haciendo o les pedía a los primos contarle otra historia de sus travesuras de cuando eran niños. Cualquier cosa que la ayudara a alejar esa sensación.

—Voy a mi habitación —anunció Autumn—. Avísenme cuando la cena esté lista.

—Claro —contestó Violet, sin levantar la vista de sus nudos.

—Y... —Gus bajó la voz para que solo ella pudiera escucharlo—. ¿Cómo lo llevas? Ya sabes, después de todo el «asunto de Thane».

Su pecho se contrajo.

—Estoy bien —afirmó, haciendo un nudo con un cordel, el cual apretó un poco más de lo necesario.

—Okey, de acuerdo. Solo quería asegurarme, porque sé que te gustaba mucho, y…

—No quiero hablar de eso, Gus —señaló al tiempo en que hacía otro nudo, apretándolo aún más que el anterior.

—De acuerdo —respondió casi en un susurro—. Siento haber sacado el tema. Es que... Estoy un poco preocupado por ti. Eso es todo.

Ella dejó caer los cordeles antes de frotarse los ojos con las bases de las manos.

—Lo sé, lo siento. —Le dedicó una pequeña sonrisa a modo de disculpa—. Es solo que no puedo lidiar con todo esto ahora. Yo … —Se sentó más erguida para tomar una enorme bocanada de aire, luego se desplomó en su lugar, liberándola con una pesada exhalación—. Tienes razón, de verdad me gustaba. Hay días en los que lo echo de menos. Echo de menos estar con él, y la persona que era a su lado. Con él me sentía... libre. Sentía como si pudiera volar y hacer cualquier cosa. Pero luego pienso en su tatuaje y en lo que este significa, y... lo *odio*. —Hizo una mueca, jugando con el extremo deshilachado de una cuerda—. De seguro piensas que soy una estúpida.

—No, no lo eres —repuso—. Creo que estar confundida es algo totalmente comprensible. Después de todo, se aprovechó de ti y de tu confianza.

—Sí. Igual que Nathan. —Contuvo un sollozo. Su traición era lo que más le dolía.

Gus frunció el ceño, negando con la cabeza.

—Sigo sin entenderlo. ¿Qué se proponía? ¿Por qué iba a

ser amigo del sujeto que te secuestró? No tiene ningún sentido.

—Lo sé. Me he vuelto loca tratando de entenderlo.

—Apuesto a que sí. Bueno... —Palmeó su hombro—. Si necesitas un hombro sobre el que llorar, dímelo.

Se rió.

—Gracias, Gus.

—La cena está casi lista —llamó Skye, limpiándose las manos con un paño de cocina—. Sagan, ¿te importaría empezar a servir mientras yo pongo la mesa?

—No hay problema.

Gus se levantó de un salto, dirigiéndose a la puerta trasera.

—Iré a buscar a mamá, papá y al tío Cruz.

—Y yo iré a buscar a Autumn —añadió Violet, dejando caer su hilo de macramé.

Fue y llamó a su puerta cerrada, pero no hubo respuesta.

—Autumn, la cena está lista.

Silencio. Violet esperó unos segundos antes de girar el pomo de la puerta y asomarse al interior.

Su amiga estaba sentada en su cama con las piernas estiradas. Su laptop descansaba sobre sus muslos y tenía puestos sus auriculares Bluetooth.

—Autumn, la cena está...

Sus ojos se abrieron de par en par cuando se dio cuenta qué era en lo que se concentraba su amiga con tanta atención. Autumn sostenía su bolso metálico dorado a unos centímetros de su cara —el mismo de la fiesta de neón—, el cual proyectaba una luz naranja brillante sobre su rostro.

—¿Autumn? ¿Qué...?

La susodicha levantó la vista, cerró de golpe su bolso y después lo metió bajo su almohada.

—¡Violet! ¿Qué estás haciendo? ¿Has escuchado sobre tocar antes de entrar?

—Sí toqué.

—Oh. Entonces intenta golpear un poco más fuerte la próxima vez —sugirió, forzando una sonrisa.

Tras unos segundos incómodos, Violet finalmente se animó a hablar:

—Eh... La cena está lista.

—De acuerdo, genial —respondió, sin hacer ninguna señal de que fuera a pararse pronto—. Acabo de, eh... —Apuntó su laptop con un dedo—. Tengo que terminar algo primero.

Violet asintió lentamente, pero no pudo evitar echarle un vistazo a su almohada, donde había escondido su bolso dorado.

—De acuerdo. Yo, eh, te veo fuera.

—Bien —respondió al tiempo en que asentía con entusiasmo.

Cerró la puerta tras ella y frunció el ceño. ¿Qué estaba tramando? Durante su camino hacia la cocina se dio cuenta de que tenía demasiada hambre como para concentrarse en desentrañar el enigma que era su amiga. Tendría tiempo de buscar respuestas más tarde.

Se unió a Sagan detrás de la barra de la cocina. Su hombro chocó con el suyo cuando intentó tomar un plato.

—Lo siento —se disculpó.

—No pasa nada —respondió él mientras cortaba una barra de pan caliente; con cada nueva rebanada se desprendían múltiples hilos de vapor.

Violet se aproximó al arroz especiado de Skye, uno de sus favoritos. El anís estrellado y las hojas de laurel, junto con una rama de canela en espiral, podían verse a través de la humedad ocasionada por el vapor a través de la tapa de cristal. Una nube de vapor aromático se elevó cuando Violet levantó la tapa, provocando que se le hiciera agua la boca.

Pero cuando el olor a canela llegó a su nariz, se le revolvió el estómago, de tal modo que no pudo evitar sentir arcadas. Se cubrió la boca con ambas manos, por lo que la tapa se le escapó de los dedos y cayó al suelo. Apenas notó el golpe y la salpicadura de los cristales rotos.

La cabeza le daba vueltas. Los ecos distorsionados le martilleaban los tímpanos. El rostro de Sagan, que tenía los ojos muy abiertos y cuya boca formaba palabras que le resultaban incoherentes, se desdibujó ante ella.

Y entonces la oscuridad la embargó.

El sonido constante de un pitido la despertó. Aún no se sentía preparada para abrir los ojos. Extendió el brazo en un torpe intento por apagar la alarma, deteniéndose al darse cuenta de que algo sujetaba su mano.

Cuando abrió sus agotados ojos, vio un tubo intravenoso que sobresalía de la parte superior de su mano y conectaba a una máquina, la cual era el origen de los pitidos. Se incorporó y parpadeó, provocando que la enfermería de la comuna se hiciera visible, lugar en el que trabajaba la madre de Gus y donde Sagan había pasado la mayor parte del tiempo cuando llegaron.

—Ya era hora de que despertaras —comentó Gus, que se hallaba sentado en una silla cercana.

—¿Qué pasó?

El chico se acercó y se acomodó en el borde de la cama.

—Bueno, resumiendo: estábamos a punto de sentarnos a cenar cuando decidiste desmayarte.

—¿Qué? —Se frotó la frente, tratando de recordar, y luego soltó un quejido—. Oh, no. Rompí la tapa de cristal de Skye.

—No te preocupes por eso. —Hizo un gesto con la mano para tranquilizarla—. Está más preocupada por tus pies.

—¿Mis pies?

Se estremeció, ahora consciente de un ligero dolor en las plantas de los pies y una opresión que recorría desde sus dedos hasta sus tobillos. Se quitó la manta de golpe, movimiento que hizo que su cabeza diera vueltas.

—Tranquila —dijo Gus—. Será mejor que te lo tomes con calma.

Esperó algunos segundos para que el mundo volviera a detenerse, luego levantó las piernas e inspeccionó las pulcras vendas que envolvían ambos pies.

—Pisaste el cristal antes de desmayarte. Tuviste suerte de que Sagan te sujetara antes de que te golpearas la cabeza con algo. Fue él quien te trajo hasta aquí.

—¿Cuánto tiempo llevo dormida?

—Bueno, un tiempo. Ya han pasado dos noches.

—¿Dos noches?

—Sí, fue un tanto preocupante. Mamá ha estado haciendo algunas pruebas para saber qué fue lo que te pasó. Dijo que hoy debería tener noticias.

La puerta se abrió de golpe, dejando ver a Autumn.

—¡Por fin! Estás despierta. —Corrió hacia ella, envolviéndola en un abrazo—. Me tenías preocupada, idiota.

Ella se rió, devolviéndole el abrazo.

—Yo también me alegro de verte —respondió desde el medio de sus rastas.

Detrás de ella, a los pies de la cama, se encontraba Sagan.

—Hola —lo saludó Violet—, escuché que tú eres la razón por la que no tengo el cráneo roto.

Este se metió las manos en los bolsillos y se encogió de hombros.

—Pero tienes los pies muy cortados.

Autumn puso los ojos en blanco.

—Está tratando de darte las gracias, tonto.

Gus se rió, provocando que Sagan los reprendiera con la

mirada. Una parte de su boca se crispó antes de que volviera a mirarla.

—De nada. ¿Cómo te sientes?

Las esquinas de sus ojos se arrugaron con preocupación.

—Estoy bien. —Asintió, pero el movimiento hizo que la cabeza volviera a darle vueltas—. Creo —añadió, haciendo una mueca y desplomándose de nuevo sobre los mullidos cojines.

—¿Qué pasa? —preguntó Gus.

—Yo... Me siento mareada.

Gus tomó el portapapeles que se encontraba al final de la cama.

—¿Te sientes mal, como si estuvieras a punto de vomitar?

—No. Al menos, no lo creo.

El chico leyó el pitido de la máquina y apuntó algunas notas en el portapapeles, luego procedió a comprobar su presión arterial, su temperatura y su ritmo cardíaco.

—¿Desde cuándo te convertiste en el doctor Gus? —lo cuestionó.

—Es su talento oculto —contestó Autumn, radiante de orgullo.

—¿Qué? Pensé que el macramé era su talento oculto.

Gus sonrió.

—Yo, ah, empecé a ayudarle a mi mamá cuando era niño. Inicié con cosas sencillas, como pasarle una venda, pero luego terminé desarrollando una especie de habilidad. Cuando crecí, me dejaba hacer cosas sencillas si estaba ocupada con otro paciente, y después revisaba lo que había hecho cuando volvía.

Estaba sacando una nueva bolsa de suero de un carrito de suministros cercano cuando Dawn y Skye ingresaron a la habitación.

—Vaya, estás despierta —la saludó Skye.

—Me alegra que te hayas levantado —añadió Dawn, con una sonrisa de alivio.

Ella y Gus empezaron a conversar en una jerga médica que Violet no sabía que su amigo dominaba. Este le ofreció la bolsa de suero a su madre, pero ella le hizo un gesto para que siguiera conectándola él mismo.

—Ya está, con eso debería bastar —anunció cuando terminó. Se volvió hacia ella—. Por lo que veo, todo debería estar bien. Estabas un poco deshidratada y tenías la presión baja debido a que no has bebido suficientes líquidos en los últimos días, así que te he puesto otro suero para corregirlo. —Le dedicó una sonrisa tranquilizadora—. Deberías sentirte mejor pronto.

Los ojos de Violet se abrieron de par en par.

—Pobrecita. —Skye presionó una mano sobre la frente de la paciente—. Seguro que también tienes hambre. Iré a prepararte algo de comer.

Plantó un beso en la parte superior de su cabeza antes de salir de la habitación.

—Gracias, Gus —dijo, todavía un poco asombrada de verlo en un papel tan diferente. Se volvió hacia Dawn—. Por cierto, ¿descubrió por qué me desmayé?

La boca de la doctora se contrajo en una fina línea.

—Gus, Autumn, Sagan, ¿nos dejarían a solas unos minutos?

De inmediato recibió las protestas de los primos. Por otra parte, Sagan parecía preferir caminar sobre brasas calientes a irse.

—No pasa nada —dijo Violet, alzando la voz por encima de las discusiones—. No tengo ningún problema con que estén aquí.

La doctora colocó las manos en su cadera y miró a los primos de forma mordaz. Violet tenía la sensación de que iban a recibir un sermón más tarde.

—Hoy recibí algunos resultados de las pruebas —le informó Dawn, volviendo su atención hacia ella—. Algunos fueron un tanto desconcertantes, pero otros tienen sentido dados tus síntomas.

Juntó las manos, volviendo a contraer los labios, esta vez en una apretada sonrisa.

—Violet, estás embarazada.

EPÍLOGO

MATTHIAS VOLVIÓ A COMPROBAR LA HORA, SOLTANDO UN gruñido bajo al ver los números brillantes en la cara de su reloj. ¿Cuánto tiempo más tendrían que esperar a esas malditas cosas? Miró con impaciencia en dirección a los árboles circundantes, más allá de los brillantes rayos y las profundas sombras que proyectaban los faros auxiliares de los vehículos que se encontraban detrás de él.

Un suave gruñido procedía de una caja cuadrada en el suelo, de unos dos tercios de su altura, hecha de Metallikite de color verde. Poco a poco, el sonido se fue convirtiendo en un estridente y animalesco ruido.

—¡Cállate! —ladró Axel.

Pateó la caja una y otra vez, pero el sonido solo se hizo más fuerte.

Matthias cerró los ojos y se pellizcó el puente de la nariz.

—Axel, podrías por favor...

Un chillido agudo retumbó en sus tímpanos. Sus ojos se abrieron de golpe justo cuando Axel sacaba su tridente de uno de los huecos de la caja.

—¡Te dije que te *callaras*! —rugió.

El grito se redujo a un silencioso lloriqueo que cesó unos instantes después. Un pequeño rastro de líquido color perla salió de la caja, acumulándose entre las hojas.

—Axel, por favor, deja de dañar la mercancía. No quedará mucho de esta si sigues derramándola —reclamó tras soltar un suspiro.

El susodicho gruñó.

—Ese maldito ruido me estaba poniendo de los nervios.

—Y las patadas seguro que lo arreglaron —se burló uno de los cazadores que se encontraban detrás de ellos.

Axel se giró cuando otro se rió. Apuntó con su tridente en dirección a los provocadores.

—Otra palabra de cualquiera de ustedes y los utilizaré como cebo en la próxima cacería.

Las risitas cesaron, pero Matthias no tuvo que voltearse para imaginarse las miradas de desprecio que seguramente su compañero recibía. Axel era un cazador feroz e impetuoso, pero su personalidad bruta no le granjeaba mucho respeto por parte de los demás.

Las ramas y las hojas chasqueaban y crepitaban bajo las pesadas botas de este.

—¿Cuánto tiempo más vamos a estar aquí? Llevamos horas esperando. Seguro que esas malditas cosas se perdieron.

Matthias inhaló bruscamente por la nariz y habló con los dientes apretados:

—¿Qué posibilidades hay de que se pierdan cuando todo el maldito bosque sabe exactamente dónde estamos por culpa de tu alboroto?

Miró fijamente a Axel, que fue lo suficientemente inteligente como para mostrarse avergonzado y dejar de moverse.

—Solo digo —habló en un tono más tranquilo—, que deberíamos hacer las maletas e irnos, y llevar el producto a uno de nuestros clientes fijos. Ya sabes, seguir con los nuestros. Además, ¿desde cuándo hacemos tratos con nuestras presas? Primero la chica humana, ahora esto. —Volvió a patear la caja, esta vez con menos fuerza que antes—. ¿Sabemos siquiera lo que harán con eso?

Se encogió de hombros en señal de respuesta.

—Mientras tengan nuestro pago, no me importa.

Su compañero gruñó.

—¿Incluso si planean usarlo en nuestra contra?

—¿Cómo podrían usarlo en nuestra contra?

No le importaban las teorías conspirativas de Axel, pero incluso una conversación sin sentido como esa era mejor a soportar esa maldita monotonía.

—Bueno, ya sabes lo que dicen sobre los Yranum y la inmortalidad. No podemos dejar que nuestras presas averigüen cómo ser inmortales, ¿verdad? —explicó tras examinar la caja.

Matthias resopló.

—Ni siquiera lo hemos descubierto *nosotros*. ¿Qué te hace pensar que ellos lo lograrán?

—Pero...

—Veo algo. Por allá —anunció uno de los cazadores a sus espaldas.

Matthias dirigió su atención a los árboles que se encontraban al frente.

—También lo veo —corroboró otro.

—Hay otro por allí.

Los murmullos y el parloteo aumentaron a medida que el movimiento entre las sombras avanzaba hacia el claro. Se volvió, siendo mucho más consciente del machete de cristal sujeto a su espalda y de la colección de armas restantes aseguradas a su cuerpo.

Al cabo de varios segundos, las sombras se solidificaron hasta transformarse en una serie de siluetas humanoides que se adentraban en las luces.

Axel emitió un silbido bajo.

—Mira todo ese brillo. —Se inclinó más cerca de él y susurró—: Yo digo que nos los llevemos. Allí veo más que suficiente Diamantium para mi fondo de jubilación.

Lo ignoró, examinando a los Veniri. Ante ellos había unos veinte, y probablemente el doble de ellos se hallaban ocultos. Los que permanecían a la vista se encontraban totalmente transformados. Tenía que darles crédito; era mucho más difícil rastrear a un *slith* sin conocer su identidad «humana».

«Aunque tampoco es imposible».

Ninguno de ellos llevaba ropa; sus escamas iridiscentes y sus fragmentos de Diamantium los cubrían totalmente, de la cabeza hasta los pies. El suelo, los troncos de los árboles y el follaje brillaban, mostrando diminutos arcoíris debido a la gran cantidad de púas que sobresalían de las rodillas, los codos y las clavículas de las criaturas.

Los deslumbrantes destellos atrajeron una imagen a su mente: el rostro de una joven, con una expresión que denotaba tanto angustia como esperanza. Ella se acercó a él, pero antes de que pudiera tocarlo, los centinelas de sus ambiciones y deseos más profundos bloquearon el recuerdo. Solo su grito permaneció en su cabeza.

«¡Papi, por favor!».

Sus manos se cerraron en puños apretados a sus costados. Se obligó a volver a prestar atención a los demonios escamados que tenía delante. El odio se agitaba con una potencia feroz en su pecho, y sus dedos ansiaban tomar su propia daga de Diamantium enfundada en su cadera.

Después de que consiguiera lo que quería, masacraría hasta la última de esas abominables criaturas de ese maldito lugar.

Varios Veniri sacaron sus lenguas de sus bocas de tres colmillos. Otros siseaban, con sus ojos extraterrestres clavados en él. Este frunció el ceño y observó varias veces a las criaturas escamosas. Algo andaba mal.

Todos los presentes eran machos.

—¿Dónde está ella? Dejé muy claro que ella debía estar aquí esta vez. Sin reina, no hay trato —se quejó, cruzándose de brazos.

Dos de los Veniri rompieron filas y avanzaron sobre sus pies de tres dedos, con movimientos ágiles y fluidos. Algunos cazadores los habían descrito como patas de raptor, como aparecían en las películas de dinosaurios, pero para él solo eran patas de pollo de gran tamaño que esperaban ser cortadas a la altura de la rodilla y servidas como entradas en los restaurantes de comida china.

Se detuvieron a medio metro de él, lo suficientemente cerca como para que pudiera distinguir los complejos patrones de escamas azules, blancas y negras de sus pieles. La brillante iluminación en la base de cada púa de Diamantium casi lo hizo entrecerrar los ojos.

Se llevó las manos a las caderas. Con tres rápidos movimientos, podría tener a esas cosas destripadas y retorciéndose agónicamente en el suelo.

La criatura que tenía en frente miró la caja.

—¿Eso es todo lo que prometiste?

Matthias levantó la barbilla y miró a la cosa con los ojos entrecerrados.

—Como dije antes: «Sin reina, no hay trato» —enunció cada palabra como si le hablara a un niño.

Los rasgos del *slith* se arrugaron hasta transformarse en un ceño fruncido. A continuación, sacó la lengua con un rápido movimiento.

A una velocidad impresionante, Matthias estiró la mano y atrapó el músculo. Este se enroscó en su muñeca emitiendo un sonido viscoso, lo cual aprovechó para tirar de su mano con fuerza hasta que la cara de la criatura se encontró a un centímetro de la suya.

—No me saques esa cosa asquerosa —siseó entre dientes.

El *slith* soltó un gruñido gutural e intentó zafarse de su agarre. Matthias pudo ver la rabia que ardía en los ojos del patético ser. Tiró una vez más del órgano, luego soltó la lengua y empujó a la criatura hacia atrás. Ésta tropezó y cayó al suelo. Algunos cazadores se rieron, sobre todo Axel.

Un profundo rugido retumbó en el pecho del segundo *slith*. El sonido atronador se hizo más fuerte a medida que el resto alrededor del claro lo imitaban, uniéndose al grito de guerra.

Sonrío con malicia. A pesar de su advertencia de ataque, ni un solo *slith* se movió ni un centímetro.

«Interesante».

Volviéndose hacia los demás, el *slith* del suelo siseó algo ininteligible. El estruendo cesó. La criatura se levantó y señaló hacia un lado del claro.

Dos *slith* más emergieron de entre las sombras, arrastrando a un tercero entre ellos. Este tenía la cabeza encorvada hacia delante y derramaba un líquido azul a su paso.

Aquel al que había sujetado por la lengua se colocó detrás de los recién llegados y, con una mano, agarró la frente del *slith* desplomado y le levantó la cabeza. Un jadeo laborioso escapó de entre sus labios.

Matthias reconocía una criatura rota cuando veía una.

Los ojos de esta se abrieron de golpe y su boca permaneció boquiabierta cuando la cuchilla del codo del primer *slith* le atravesó el costado del cuello. La criatura soltó una gárgara, cada respiración se tornó en un laborioso jadeo. Corrientes de color azul bajaron por su pecho, tejiendo riachuelos a través de sus escamas y púas de cristal.

—¿Están intentando hacer nuestro trabajo? —murmuró Axel.

El cazador ladeó la cabeza y entrecerró los ojos. ¿A qué se debía esa ridícula exhibición?

—Guau —comentó, con voz monótona—, estoy muy impresionado. Podría...

Se interrumpió cuando un humo azul se desprendió desde las brillantes sendas de sangre azulada del *slith.*

Sacó su daga del cinturón, retrocediendo un paso.

—¿Qué demonios está pasando?

Pudo ver el tridente de Axel a través del rabillo del ojo, además de observar cómo ambos eran flanqueados por el resto de los cazadores, quienes habían alzado sus armas. El humo azul danzó en el aire ante él, haciéndose más espeso hasta que se fusionó y se transformó en la aparición de lo que parecía ser una mujer humana.

Las amenazas de los cazadores se convirtieron en un silencio aturdidor.

Era la mujer más hermosa que Matthias había visto en su vida. Su pelo, su corona y su atuendo eran extravagantes y francamente seductores. La mujer posó una mano en su mejilla, y su dedo meñique acarició el labio inferior que enmarcaba una sonrisa de satisfacción.

El tridente de Axel se adelantó y apuñaló a la aparición. Las volutas azules se ondularon alrededor de las púas cristalinas.

—¿Qué clase de engaño es este? —gruñó Axel.

Nadie se molestó en responderle. La espectacular mujer ni siquiera se molestó en romper el contacto visual con Matthias a pesar de que Axel siguiera apuñalándola.

El cazador apartó el tridente de un empujón.

—Pensé que había dicho «cara a cara».

La encantadora sonrisa del espectro se intensificó. Dejó caer su mano y se deslizó hacia adelante hasta que su nariz se encontró a un centímetro de la suya.

—¿Y cómo le llamaría a esto?

La dulzura de su voz hizo que sintiera escalofríos. Una esquina de su boca se curvó, formando una media sonrisa.

—Hacer trampa.

Ella colocó una mano sobre su pecho y se rió; el sonido era como una campana de viento de cristal.

—¿De verdad creyó que no iba a tomar precauciones? —Chasqueó la lengua y negó con la cabeza—. No es tan inteligente entonces, ¿verdad, cazador?

La sonrisa de Matthias se desvaneció y un músculo se tensó en su mandíbula.

—Bueno, en ese caso instrúyeme. —Señaló el humo azul—. ¿Por qué no empiezas explicándome cómo lo haces?

—Mmm... —Colocó una mano humeante sobre su pecho. Lo recorrió con las yemas de los dedos, rodeando su espalda—. Eso, cariño, es un tema muy aburrido.

Su piel hormigueaba bajo su ropa. ¿Podía sentir realmente su tacto, o se lo estaba imaginando? Su dedo se movió hacia su espada de Diamantium, pero tal y como Axel ya había demostrado, su arma sería ineficaz contra ese espectro.

—¿Por qué no discutimos el asunto que nos concierne? —dijo—. ¿Trajiste lo que te pedí?

Ella volvió a posicionarse frente a él, colocando los dedos bajo su barbilla.

—Eso depende. ¿Trajo lo que yo le pedí?

Durante unos momentos, Matthias no se movió. El descaro de esa criatura, esa supuesta *reina*. Estaba por debajo de él en todos los sentidos de la palabra. Si tan solo se hubiera presentado en carne y hueso y no como una cobarde en forma de ese... ese... *humo,* le habría enseñado a mostrarle respeto.

Sus dedos comenzaron a tamborilear un ritmo lento; su agradable sonrisa empezaba a endurecerse.

Cómo quería borrar esa sonrisa impaciente de su rostro. Le pasaron por la cabeza algunos escenarios en los que podría hacerlo, pero la razón le recordó que ninguna de sus salvajes fantasías le ayudarían en su situación actual. Aun así, se aferraría a esas ideas para ejecutarlas una vez que consiguiera lo que quería.

Por ahora, dejaría que pensara que tenía la ventaja.

—Axel, quítate de en medio.

El corpulento hombre vaciló y luego dejó escapar unos murmullos indescifrables mientras se apartaba. La sonrisa del humeante espectro se amplió cuando bajó su mirada hacia la caja. Se deslizó para inspeccionarla, estelas de vapor azul se enroscaban detrás de ella.

Después de dar varias vueltas a la caja, se detuvo al otro lado, volviendo a centrar su atención en él.

—¿Cuántos hay ahí?

—Tres.

La reina levantó una de sus delicadas cejas.

—Creí haberlo escuchado decir que los Yranum eran raros.

—Lo son —afirmó, sin poder ocultar una sonrisa de satisfacción.

—Mmm... —Inclinó ligeramente la cabeza—. Debo confesarle, querido cazador, que tenía mis dudas sobre si acudir a usted. Sin embargo, ha demostrado tener éxito donde muchos de mis sirvientes han fracasado.

—Como dije al principio, esta es mi especialidad —contestó con una sonrisa.

Ella le sonrío con complicidad.

—Si eso es cierto, entonces por favor ilumíneme: ¿por qué hubo un retraso respecto a la entrega del macho Veniri?

Su mandíbula se apretó cuando el *slith* en cuestión atravesó su mente. Nathan Delano, el que solía ser detective en su ciudad. Esa escoria había estado viviendo a plena vista durante años. Diablos, incluso había investigado el asesinato de su propia hija. ¿Cómo no se había dado cuenta antes de que no era un humano? Nunca había imaginado que uno fuera capaz de pasar por encima de su radar. Jamás volvería a permitir que aquello se repitiera.

—Ten por seguro que tengo a mis mejores hombres en el caso. Te haré llegar un mensaje tan pronto como esté en mi poder.

Ella entrecerró los ojos. La expresión probablemente pretendía intimidarlo, pero, en su lugar, aumentó su decisión. No estaba dispuesto a renunciar a ese *slith*. Aún no.

—Olvídese de él por ahora. —Hizo un movimiento con la mano para restarle importancia—. Hay alguien más a quién busco con más urgencia.

Aquello estaba empezando a convertirse en una costumbre. ¿Cuál era la historia detrás de todas esas recompensas?

Un Veniri avanzó y le mostró una carpeta. Era un expediente de personas desaparecidas. Examinó su contenido con exagerada indiferencia. En la parte superior había una foto borrosa tomada por una cámara de vigilancia hace casi veinte años de una mujer vistiendo una bata de hospital. Debajo había una segunda foto mucho más clara y reciente, probablemente de la misma mujer, pero ahora con unos cuarenta años. Llevaba un abrigo oscuro y una bufanda, y su pelo castaño suelto le colgaba por encima de los hombros. El fotógrafo había captado a la mujer mirando hacia atrás mientras caminaba por una concurrida calle.

No parecía haber nada especial en ella, hasta que leyó su nombre. Gloria Chambers.

«¿Chambers? ¿Eso significa que…?».

—Quiero que se capture a esa mujer de inmediato —ordenó la reina—, viva o muerta.

Matthias asintió lentamente, todavía escaneando el documento.

«... desaparecida del hospital... vista por última vez vistiendo... bebé abandonada... padre desconocido...».

Cerró de golpe el expediente, se lo pasó a Axel y alzó la barbilla.

—Considéralo hecho. Mi precio será otro...

—Sí, sí —contestó, despachándolo con un movimiento de sus dedos—. Cuando la tenga, será debidamente recompensado.

Matthias sonrío ampliamente, mostrando los dientes.

—¿Dónde está la chica?

—Ah-ah-ah. —Agitó un dedo—. Primero quiero ver lo que se me debe.

No le pasó desapercibido el sutil retorcimiento de su boca, el único signo que denotaba su irritación.

La reina alzó un brazo. De inmediato, otros dos Veniri entraron en el claro, cargando un gran cofre de madera entre ellos. Lo colocaron en el suelo frente a él y abrieron la tapa. Dentro brillaban fragmentos y fragmentos de Diamantium, y por lo que pudo notar, estos pertenecían a codos, rodillas y grandes pedazos de clavículas y espinas dorsales: lo que más demandaban sus clientes. Para conseguir un botín tan grande de esas púas tan específicas, sus hombres debían cosechar al menos cincuenta de esos monstruos.

Axel silbó, apreciando la vista.

Matthias colocó una mano en su cadera y volvió a levantar la mirada hacia el espectro.

—Quiero ver los tomos.

Ella enarcó una ceja con diversión y, tras unos segundos, volvió a gesticular. Dos Veniri más surgieron de entre las sombras. Los ojos del cazador se abrieron de par en par y su pulso se aceleró cuando vio las pesadas cargas que llevaban. Cada uno llevaba un antiguo tomo que, incluso sin inspeccionarlos de cerca, podía notar que estaban hechos de oro macizo y tenían incrustaciones de gemas y piedras preciosas.

Eso. *Eso* era lo que había soñado desde que era un niño. Al menos, aquel era el comienzo de la realización de su sueño.

Sus hermanos, su padre y su abuelo lo habían ridiculizado sin piedad durante años, pero ya no se reirían más. No sabía cómo los Veniri habían conseguido poner sus sucias manos en esos preciosos artefactos Erathi. Pero ese era un misterio que resolvería más tarde.

Los dos Veniri se posicionaron juntos, cerca de la reina. Matthias se acercó un poco más, deteniéndose cuando varios Veniri sisearon y se pusieron delante de los portadores de los tomos.

Miró a la reina.

—Necesito confirmar su autenticidad.

Ella sonrió, claramente estaba disfrutando de su control sobre él.

—¿Dónde está la chica? —Fue todo lo que respondió.

Ahora fue su turno de frenar su irritación. Levantó una mano e hizo un gesto a los cazadores que estaban detrás de él. En poco tiempo, cuatro cazadores trajeron una larga nevera de polietileno azul y la colocaron entre él y la reina.

Una mirada hambrienta apareció en los ojos de esta.

—Ábranla —ordenó.

Sus compañeros se volvieron hacia él. Dejó que el momento se prolongara un poco más de lo necesario, y luego asintió. Uno de sus hombres se inclinó, levantó los cuatro pestillos y abrió la tapa. Axel empezó a arrastrar los pies de nuevo, provocando que le lanzara una mirada fulminante.

Una bruma blanca emanó de la nevera cuando la reina se acercó a ella, dejando atrás zarcillos azules que se arremolinaban a su paso. Al cabo de unos segundos, la bruma se disipó, revelando el cuerpo de una joven que yacía sobre un lecho de cubitos de hielo. Su largo cabello castaño se esparcía sobre este y unas venas azules se extendían por su carne pálida y casi transparente. Tenía un corte espantoso en el cuello.

Matthias se puso furioso cuando descubrió que el inútil

cazador que había enviado detrás de Violet había matado a la chica equivocada. Tras poco más de una semana de no poder localizar a su verdadero objetivo, habían decidido llevarse el cuerpo de la chica equivocada de la morgue. Afortunadamente, la chica asesinada por error se parecía mucho a ella, y mientras él consiguiera lo que quería, no le importaba lo que ocurriera después de que la reina descubriera que había sido engañada.

La estela azul inclinó la cabeza para mirar a la chica. Sin levantar la vista, alzó una mano, de modo que uno de los Veniri se acercó a la nevera. Este se inclinó para sujetar los hombros de la joven.

—¿Qué estás haciendo? —la cuestionó Matthias.

—Necesito confirmar su autenticidad —le respondió la reina.

Entrecerró los ojos. No le gustó su tono, ni la reutilización de sus propias palabras, ni la posibilidad de que su engaño estuviera a punto de ser revelado.

Axel volvió a arrastrar los pies.

Los cubos de hielo tintinearon cuando el Veniri hizo rodar a la chica sobre su frente.

Frunció el ceño. ¿Qué buscaba? Miró a Axel, de un modo que parecía decir: «prepárate».

—No hay cicatrices —le informó el Veniri con un siseo.

«¿Cicatrices?». Nadie había dicho nada sobre cicatrices.

El Veniri se puso de pie y le lanzó una mirada acusadora.

—Esa no es Violet Chambers.

En una fracción de segundo, la reina espectro se encontraba a un centímetro de su nariz.

—¡Te has atrevido a *engañarme*! —Su voz ya no tintineaba; en cambio, sonaba como un clavo siendo arrastrado a través de un cristal.

Todo su cuerpo se estremeció a causa de la adrenalina. Echó un vistazo a su brazo extendido; la punta de su daga se clavaba justo donde estaría el corazón del espectro. Unas mechas turquesas serpenteaban y se ondulaban alrededor de su mano y su daga.

Se dio cuenta de que tanto los Veniri como los cazadores habían cerrado sus filas en torno a él y a la reina, ambos bandos listos para lanzarse al ataque a la orden de su líder.

—Cuidado, *slith* —le advirtió en voz baja—. Una sola palabra mía y ninguno de los tuyos volverá a casa esta noche.

La reina le enseñó los dientes, sin que quedara ni una pizca de su antigua amabilidad. Aunque, incluso en su furia, seguía pareciendo una diosa.

—Sigue sin comprender que, si no consigo lo que quiero, usted tampoco lo hará.

Su rostro se torció hasta convertirse en un ceño fruncido. Tenía la orden de atacar en la punta de la lengua, pero una mirada a los tomos lo detuvo. Por supuesto que él y sus hombres podían tomarlos por la fuerza y eliminar hasta el último *slith* del claro, pero había más tomos además de esos dos. Y hasta ahora, ningún cazador había logrado encontrar dónde se ocultaban los Veniri, por lo que mucho menos sabían dónde estaban escondidos los tomos.

La enorme frustración que sentía aumentó. Los satélites podían rastrear teléfonos y dispositivos por todo el mundo —incluso podían proporcionar una imagen en primer plano de un coche aparcado en la entrada de su casa— y, sin embargo, la tecnología seguía sin ser lo suficientemente eficaz como para descubrir dónde la reina y su plaga Veniri se ocultaban.

Tragó bilis a medida que el pánico se agitaba en sus entrañas. Todavía debía mantener esa alianza temporal. Nada le garantizaba que fuera a encontrar la ciudad Veniri en un futuro cercano.

Era el momento del plan B.

—¡Curtis! —gritó. Todos se quedaron quietos—. ¿Dónde está Curtis?

—Aquí, jefe —respondió uno de los cazadores mientras se acercaba a él.

—Tú fuiste el que la trajo. Ahora, dime, ¿quién es esta?

Se aferró a la nuca de Curtis, arrastrándolo hasta la nevera. El hombre refunfuñó cuando su cara fue empujada a unos centímetros de la chica muerta.

—*¿Quién es esta?* —rugió Matthias cuando este no respondió.

—Es... es esa chica, Violet.

—No —respondió con los dientes apretados. Sacó su teléfono con la mano libre, buscó una foto de Violet y la puso bajo la nariz del cazador—. Esta es Violet.

Los ojos de Curtis se abrieron de par en par.

—Pero... pero, jefe, usted dijo...

Alzó la voz por encima del tartamudeo de Curtis.

—No toleraré que mis propios hombres me mientan. —Soltó su cuello y se volvió para dirigirse a los demás—. Que esto sirva de advertencia para cualquiera que piense que puede engañarme.

Volvió a tomar su machete de Diamantium, se giró y, haciendo un amplio movimiento en forma de arco, cortó la cabeza de Curtis. Esta cayó al suelo, provocando que el resto de su cuerpo se desplomara hacia adelante.

Sin molestarse en limpiar la sangre, enfundó su arma y se volvió hacia la reina.

—Perdóneme, Majestad. Mis hombres nos han fallado a ambos. —Colocó una mano sobre su corazón—. Me aseguraré de que esto no vuelva a suceder.

Los ojos de la reina ardían con una intensidad salvaje; una esquina de su boca se alzaba con diversión. Matthias conocía muy bien esa expresión, la cual él mismo solía hacer tras una matanza. La sed de sangre, el deseo de más.

Esta observó al Veniri que había inspeccionado el cuerpo de la chica, que le respondió con un movimiento de su lengua.

Aquello hizo que un músculo se crispara en su mandíbula. Juró que la siguiente lengua que viera iba a unirse a la cabeza de Curtis en el suelo.

El Veniri se volvió hacia la reina y dijo:

—Almendras.

Frunció el ceño. ¿Qué podía significar eso?

La reina lo miró, parpadeando con indiferencia.

—¿Dice que esto no volverá a ocurrir?

—Tiene mi palabra y mis más sinceras disculpas.

—Bien.

El triunfo sustituyó al pánico que lo corroía.

La vaporosa aparición se deslizó hacia él, con la sed de sangre aún presente en su plácida expresión.

—Le advierto, cazador, que la próxima vez no seré tan misericordiosa. —A pesar de la amenaza de sus palabras, su tono era bajo y ronco, como si le hablara a un enamorado—. Por ahora, mantendré el resto de nuestro acuerdo, el Diamantium por el Yranum. Sin embargo, espero recibir a mis *tres* recompensas sin más demora, y esta vez, quiero que todas permanezcan con *vida*.

Varios Veniri avanzaron para llevarse el cajón de Metallikite, renovando los gritos y gemidos de su interior. Los portadores de los tomos empezaron a seguirlos, avanzando hacia el borde del claro.

—¡Esperen! ¡Los tomos! —gritó Matthias, dando un paso apresurado hacia adelante, dolorosamente consciente de que su tono y su expresión se notaban demasiado ansiosos.

El espectro lo miró con los ojos entrecerrados.

—Los tendrá cuando consiga mis *auténticas* recompensas.

—Entonces he cambiado de opinión sobre el pago por el Yranum. Quiero los tomos en lugar de los fragmentos.

Una mezcla de emociones atravesó el rostro del espectro antes de que sus rasgos se suavizaran hasta alcanzar la neutralidad. Se cruzó de brazos.

—Eso no fue lo que acordamos.

—No, pero olvidas que logré adquirir más de lo acordado. Así que puedo cambiar el acuerdo.

La reina entrecerró los ojos. Su mirada logró atravesarlo por completo y, por primera vez en mucho tiempo, a Matthias le costó no apartar la vista ante una mirada desafiante.

«Ella no es humana», se recordó. Ella era una inmundicia. Una abominación, una atrocidad antinatural.

—Los tomos por el Yranum, o no hay trato.

—No voy a... —La ira comenzaba a asomarse bajo su recatado comportamiento.

—Muchachos, detengan la caja —exigió.

Se obligó a mantener el contacto visual con ella, sin dejar de ser consciente de cómo sus hombres bloqueaban el camino de los Veniri que llevaban la caja. A pesar de que se les apuntaba con armas de Diamantium, estos no mostraban ningún signo de ceder.

Le dedicó a la reina una sonrisa de satisfacción.

—Hay muchos otros compradores que estarían dispuestos a pagar una cantidad considerable por esta pequeña familia de Yranum.

Ella dejó escapar una risa burlona.

—Tengo curiosidad por saber cuál de sus compradores será capaz de pagarle con lo que más desea.

—¿Y qué tal tú? —replicó—. ¿Qué *slith* tuyo será capaz de adquirir más Yranum para ti? Tú misma lo dijiste, ninguno de ellos es capaz.

Sintió como una sensación triunfante burbujeaba en su pecho cuando la expresión de la reina se endureció. La tenía. No había forma de que se fuera sin el Yranum en su poder.

Finalmente, agitó una mano de forma despreocupada.

—Bien, permitiré que se cambie el pago. Pero solo por *un* tomo. —Cerró la brecha entre ellos hasta que su rostro quedó a unos centímetros del de él—. Esta es la última vez que el trato cambia. Y a partir de ahora, espero que se dirija a mí como Su Alteza.

Mientras la reina esperaba su respuesta, lo escudriñó con un lento parpadeo. Matthias no pudo leer su expresión. Si era sincero consigo mismo, había elementos en ella que lo intrigaban.

—Hecho —acordó, y después de unos momentos, añadió —: Su Alteza. —No se molestó en ocultar su tono burlón.

Un inconfundible borde de oscuridad impregnó la amplia sonrisa de la mujer.

Matthias les indicó a sus hombres que se alejaran de la caja, ignorando sus miradas de protesta.

—Es una suerte que hayas entrado en razón —le dijo.

Sus ojos brillaban a causa de la dureza, pero aquello no impidió que abandonara su actitud triunfal mientras la caja desaparecía en la noche. Una vez que estuvo fuera de la vista, agitó la mano, de modo que un *slith* que sostenía uno de los tomos apareció a su lado.

Sintió como una profunda emoción recorría desde el centro de su pecho hasta la punta de sus dedos. Con cierto esfuerzo, logró que sus rasgos se mantuvieran indiferentes. Era lo más cerca que había estado de uno de esos artefactos. Joder, probablemente era el primer Erathi que veía uno en un milenio. Sus ojos bailaron sobre las inscripciones y las incrustaciones de colores de la cubierta dorada del tomo. Odiaba la idea de que el otro permaneciera con los *slith*, pero era solo cuestión de tiempo para que este también estuviera en su poder.

El *slith* estaba a punto de pasarle el tomo a Axel.

—¡No! —exclamó.

Se lanzó hacia delante y apartó a Axel del camino.

Cuando se aferró al tomo, el peso del mismo hizo que se le doblaran las rodillas. Ajustó su agarre y consiguió enderezarse, pero no antes de que el espectro arquease una ceja y curvase la boca en una sonrisa. Incluso el *slith* que había sostenido el tomo lo miró con una mezcla de diversión y desprecio.

Su cara y cuello comenzaron a enrojecer, pero con el tomo en la mano, no le importó.

—En cuanto al resto de nuestra transacción —señaló la dulce voz de la reina—, no se demore demasiado, cariño. Yo también tengo otros interesados en lo que tengo.

Sus dientes brillaron al mostrar una última sonrisa antes de que la tenue imagen azulada se dispersara en la nada.

Matthias apretó la mandíbula, pero aquel arrebato de ira duró poco. Tenía el libro. Eso era lo único que importaba.

El resto de los *slith* no tardó en desaparecer, fundiéndose de nuevo en las sombras; el último de ellos se llevó el cofre de Diamantium.

Una vez más, los cazadores se encontraron solos en el claro.

—Axel, quítate la chaqueta —le pidió Matthias.

—¿Qué? ¿Por qué?

—Solo hazlo —ordenó, llevando su tesoro a la parte trasera de una de las camionetas.

Hizo un gesto a uno de los cazadores para que bajara el portón trasero antes de ordenarle a Axel que extendiera su chaqueta sobre este.

Con la mayor delicadeza posible, colocó el tomo encima de la chaqueta. Las luces de la camioneta proyectaban cada glorioso detalle del antiguo artefacto con gran nitidez.

—¿Eso es todo? —refunfuñó Axel, colocándose a su lado —. Después de todo eso, ¿esto es todo lo que conseguimos? ¿Oro?

—Esto no es solo oro, Axel —explicó.

Pasó los dedos por los surcos y contornos de la cubierta estampada. El diseño era más glorioso de lo que había imaginado; incrustaciones de gemas y piedras preciosas adornaban figuras, jeroglíficos y símbolos del antiguo Egipto.

—Cierto, tenemos algo de oro y algunas piedras bonitas —se burló su compañero—. El Diamantium vale cien veces más que todo eso junto.

Algunos de los otros cazadores expresaron su acuerdo.

—No es el oro lo que lo hace valioso —contestó—. Es lo que hay dentro.

Abrió la primera página del tomo, revelando otra magnífica imagen de figuras egipcias en su icónico diseño de perfil. Sus ojos escudriñaron los jeroglíficos con avidez, y su corazón se aceleró al reconocer algunas de las frases. Pasó a la siguiente página, y luego a la siguiente. Cada imagen repleta de gemas era más detallada que la anterior.

Se detuvo en las dos últimas páginas, las cuales contenían una imagen doble que representaba a una mujer con los brazos extendidos. Llevaba una impresionante corona y un hermoso vestido multicolor. De sus hombros sobresalían unas gloriosas alas hechas de malaquita y lapislázuli, cada una de ellas con puntas fabricadas de oro.

—A esto me refiero, muchachos —declaró Matthias. Deslizó los dedos sobre la superficie ondulada de las plumas azules, verdes y doradas—. Vamos a recuperar nuestras alas.

NOTAS

CAPÍTULO 3

1. N. de la T: «Autumn» significa «otoño» en inglés, mientras que «August» es equivalente a «agosto».

CAPÍTULO 10

1. N. de la T: Tanto el término «nebular» como sus variantes son usados como sinónimo de «transformación» por los seres cambiaformas.

CAPÍTULO 11

1. N. de la T: El término «showbag» es un concepto australiano para referirse a las bolsas temáticas que pueden ser adquiridas a altos precios en eventos recreativos. Estas suelen contener desde dulces hasta tazas, bolsas, o diversos artículos relacionados con el tema en cuestión.

CAPÍTULO 12

1. N. de la T.: «Slith» es un término despectivo usado por los cazadores para referirse a los Veniri.

CAPÍTULO 13

1. N. de la T.: El «funnel cake» es un tipo de pastel que se prepara con la ayuda de un embudo. Es bastante popular en los carnavales y eventos al aire libre en países como Estados Unidos.

AGRADECIMIENTOS

¡Guau! ¿Por dónde empiezo?

Escribir este libro ha sido un viaje verdaderamente divertido y emocionante, pero también uno muy estresante, intimidante y épico. Y, por supuesto, hay una serie de personas que, de no ser por ellas, no existiría «Fragmentos de Venus».

En primer lugar, le debo un enorme agradecimiento a mi Señor y Salvador, Jesucristo. De no ser por su extraordinario sacrificio, yo no estaría aquí. Te doy todo el crédito a Ti, a mi Padre en el Cielo y al Espíritu Santo por mi vida y todo lo bueno que hay en ella. ¡Gracias!

A mi maravilloso esposo, ¡tu apoyo y ánimos han sido increíbles! Agradezco enormemente tus comentarios y tu participación en este viaje hasta ahora. Las palabras no pueden expresar lo agradecida que estoy, ni lo mucho que te amo.

Annabelle, eres un encanto y me llenas de alegría. Eres tan creativa e imaginativa que siempre estoy deseando ver lo que crearás a continuación. ¡Te quiero mucho!

Le agradezco enormemente a mi Mamá por criarme, por estar ahí siempre que lo necesito, por alimentar mi adicción a Enid Blyton y por presentarme a autores como Frank E. Peretti, C.S. Lewis y J.R.R. Tolkien. Creo que puedo culparte sin temor a equivocarme de haber despertado mi alocada imaginación, ¡ja, ja!

¡También quiero agradecerle enormemente al resto de mi familia! Me siento muy afortunada de formar parte de un clan tan maravilloso. Significa mucho contar con su amor y apoyo en los buenos momentos e incluso en los malos.

Al grupo Writer's Unite: Carleton Chinner, Julie Dickson, Tim Edwards, Suzie Eisfelder, Tarryn Mallick y Katarina Smythe. ¡Son INCREÍBLES! Estoy muy contenta de haberlos conocido y de haberme atrevido a compartir esta pequeña historia que estaba desarrollando con ustedes. Gracias por toda la retroalimentación, el apoyo, las grandes risas y la motivación para seguir escribiendo.

Muchas gracias a Adele Ritchie, Treece y Dan Stubbs, y Lisa Meehan por haber estado disponibles para escuchar todas mis locas ocurrencias, por haberme ayudado a hacer una lluvia de ideas y por ayudarme a arreglar varios de mis agujeros argumentales. ¡Son lo máximo!

Un gran aplauso a todos mis lectores beta, Beryl Peachey, Beth Joyce, Donna Thornton, Gail Donges, Kylee Beauclerc, Karen Drescher, Kat Eveans, Kerrianne Draper, Kristy Phebey, Monica Murray, Rebecca Hampson, Rosie Barlow, la Tía Sandra Coleman y Tessa Wakefield, que ofrecieron su valioso tiempo para leer mi manuscrito y proporcionarme una retroalimentación sincera. Asumir el papel de lector beta es un trabajo de proporciones inmensas, por lo que estoy verdaderamente agradecida.

Kirstin Andrews, muchas gracias por todo el trabajo que has realizado para editar mi historia. Ha sido un gran honor tenerte como editora. No hay palabras para describir lo agradecida que estoy. ¡Gracias!

Muchas gracias al increíble equipo de *Deranged Doctor Design* por la maravillosa portada y por su fantástico trabajo al haberle dado vida a mi mundo a nivel visual. ¡Wow! No puedo dejar de mirarla.

Espero no haberme olvidado de nadie. Si lo hice, ¡lo siento mucho! Besos y abrazos para todos.

SOBRE LA AUTORA

Tjalara Draper inició su carrera como escritora a principios de 2016, momento en el que decidió hacer algo con la creciente fila de historias que su loca imaginación había creado. Tras haber tomado unos cuantos cursos online de escritura creativa, se convenció de perseguir su sueño de toda la vida y convertirse en autora. Decidió que la primera de sus ideas a plasmar sería «Fragmentos de Venus», una historia de fantasía urbana con tintes paranormales que tenía como protagonistas a seres cambiaformas.

Tiene como esposo a un hombre increíble y es madre de una hija enérgica, cuya creatividad y extroversión crece cada día.

Cuando Tjalara no está escribiendo su próxima novela o enfrentándose a los monstruos de la lavandería o a las tretas del lavavajillas, seguro que se encuentra en algún lugar volando sobre sillas que conceden deseos, nadando entre sirenas, marcando su piel con runas propias de una cazadora de sombras, criando dragones o siendo la catadora de venenos para el Comandante Ambrose.

PONTE EN CONTACTO:

Sitio Web: www.tjalaradraper.com

Facebook: Tjalara Draper Author

Grupo de Facebook: Tjalara Draper's Reader Lounge

Instagram: @tjalaradraper_author

TikTok: @tjalaradraper_author

SOBRE LA TRADUCTORA

Lissethe Herrera estudió Ciencias del Lenguaje, especializándose en Traducción e Interpretación en la Universidad Autónoma de Nuevo León. Desde 2019 se dedica a la traducción literaria y es responsable de la traducción de *Lector Activo* de Mark Leslie, *Enemigos... y más, Mi Vampiro Secreto* y *Lágrimas de Ángel* de Anna Katmore.

SOBRE LA TRADUCTORA

Lissethe Herrera estudió Ciencias del Lenguaje, especializándose en Traducción e Interpretación en la Universidad Autónoma de Nuevo León. Desde 2019 se dedica a la traducción literaria y es responsable de la traducción de *Lector Activo* de Mark Leslie, *Enemigos... y más, Mi Vampiro Secreto* y *Lágrimas de Ángel* de Anna Katmore.

www.ingramcontent.com/pod-product-compliance
Lightning Source LLC
Chambersburg PA
CBHW020941310726
48980CB00001B/1

* 9 7 8 0 6 4 8 6 9 2 8 9 8 *